히어로 프로듀서 퇴사하겠습니다

차례

1부 누구에게나
  그만둬야 하는 순간이 온다 … 7

2부 누구에게나
  붙잡아야 하는 것이 있다 … 133

3부 누구에게나
  함께여야 하는 시기가 온다 … 261

  작가의 말 … 277

1부

누구에게나
그만둬야 하는 순간이 온다

세계가 아무리 발전한들 보필해야 할 히어로들은 많아지고 변함없이 제야의 종은 울린다.

새해 첫날. 12월 31일생 조영은 이날을 가장 싫어했다. 생일이 끝나자마자 나이를 더블로 더 먹는 기분이란.

연이은 야근에 자정이 넘어서야 집에 왔다. 문을 열고 신발을 벗은 조영은 불 꺼진 거실이 주는 공허함에 작게 중얼거렸다.

"서른하나라니……."

그러곤 서둘러 냉장고에서 단백질 셰이크를 꺼냈다. 넋을 놓을 틈도, 밥을 차려 먹을 틈도 없었다. 히어로 프로듀서의 신년 자정은 이토록 분주한 법이었다. 타종 행사를 기다리며,

조영은 복층 오피스텔의 탁 트인 통창 앞에서 빨대로 볼이 파이도록 필수 영양소를 들이마셨다. 이윽고 쇼핑 센터의 곡선형 스크린이 눈부신 그래픽 모션을 쏘아 올렸다. 화면에서 시작된 홀로그램 폭죽은 쇼핑 센터의 옥상으로 이어져 주위를 대낮처럼 밝혔다. 신년 방송 생중계의 시작이었다.

올해 시민 대표 행렬의 선두는 히어로 베이비 버블이다. 그는 공기의 파동을 원하는 대로 다룰 줄 아는 숙련된 히어로였으며, 족자 속 선녀들이나 걸칠 법한 여러 겹의 숄을 자신의 이異능력으로 풍성하게 띄우고 다녀 그 화려함으로도 많은 사람들의 이목을 끌었다.

"이능력을 아낌없이 쓰고 다니는 게 좋아요. 나는 이렇게 펑펑 써대도 능력이 남는다, 아무나 와라! 실력의 차이를 보여주는 것 같잖아요. 아니 근데, 이번에 홍련은 왜 안 나온 거예요?"

빨간 뿔테 안경을 쓴 초등학생의 인터뷰가 뚝 끊겼다. 자연스럽게 풍물놀이와 스케이팅 선수의 인사로 화면이 넘어갔다.

홍련은 현재 인기의 최정상을 달리는 레드 심벌 히어로였다. 한국의 레드 심벌 히어로란 업계 브랜드 평판 1위, 구조율 1위, 민간인 선호도 1위에게만 주어지는 영예의 칭호다. 홍련 측에서는 별로 신경 쓰지 않는 듯했지만, 베이비 버블은 오래전부터 그녀를 세기의 라이벌로 생각하고 사사건건 견제해왔다.

빨대를 뺀 조영이 크게 한숨을 쉬었다. '왜겠니. 버블이 곧 은퇴하니까 그런 거지. 저 성격에, 올해 타종 행사엔 진짜 안 불러주면 거하게 삐질 게 뻔한데. 마침 푸른 뱀의 해겠다, 버블 코스튬은 파랗겠다, 홍련은 휴식기겠다. 잘됐지.'

인사를 마친 베이비 버블의 다음 액션들은 그린 듯 빤했다. '우선 무용수 인사 한 번 해주고.'

버블이 한 손을 우아하게 가슴에 얹으며 무용수들이 하는 인사를 했다. 남들보다 늦은 이능력의 발현으로, 청소년기까지 발레에 매진했던 그의 시그니처였다.

'공기를 뿜어서 구름처럼 부옇게 깔아놓고 바람으로 종을 흔들거나…… 아니면 관성의 법칙? 작용 반작용의 법칙? 최근에 교양 방송 나온 거 보니까 다큐 좀 본 것 같던데.'

버블이 손으로 둥근 모양을 만들고 입바람을 불자, 종의 양옆으로 푸른 구형의 공기층이 생겼다. 사람들은 열띤 입김을 내뿜으며 타종 횟수를 세기 시작했다. 숫자가 얼마 남지 않았을 때쯤 버블이 숄을 휘둘러 바람을 일으켰다. 오른쪽 끝에 있던 공기층이 하늘 높이 치솟았다. 버블은 양옆의 공기로 추를 만들어 관성의 법칙을 활용해 손을 대지 않고도 거대한 종을 울리는 퍼포먼스를 보여줬다. 서른세 번의 타종을 마치고 버블이 할 말은 바로.

"여러분이 없었더라면 이 아름다운 새해가 다 무슨 소용일까요……."

"여러분이 없었더라면 이 아름다운 새해가 다 무슨 소용일까요……."

조영과 버블이 동시에 읊조렸다. 차이가 있다면 버블은 아련했고, 조영은 말라비틀어진 북어포 같은 눈빛이었을 뿐.

사람들은 그의 고상한 손짓과 등 뒤에서 발산되어 나오는 연하늘색 오로라의 향연, 그리고 새로운 시작이 기대감으로 부풀려놓은 마음에 홀린 듯 환호성을 질렀다. 하지만 통창 너머에서 이를 조용히 관전하던 여자는 은은하게 질색했다. 그것은 버블의 능력이 아닌 자본의 힘으로, 돈을 열심히 펴 바른 특수 효과였기 때문이다.

대국민 신년 행사가 요란스러울수록 조영의 마음은 초라해져만 갔다. 다음 주만 되어도 저런 건, 조영이 한정된 예산으로 차질 없이 반영해야 하는 트렌드가 될 테니까.

"세상에. 저게 다 얼마야?"

조영은 빛줄기가 한 번 뿜어져 나올 때마다 빠르게 계산기를 두드렸다.

타종 퍼포먼스 하나로 상반기 예산을 짐작하는 것. 얼어 죽을 나의 회사 샤이닝컴퍼니가 얼마나 허리띠를 졸라매게 할지 각오하는 마음가짐. 이것이 1세대 히어로 프로듀서의 위엄이었다.

  오늘날의 히어로란 나타나는 게 아니라 만들어지는 것.
  홍련을 레드 심벌 히어로라 통칭하지만 실은 그를 둘러싼 메인 매니지먼트와 사이드킥 역할을 하는 수십 개의 서브 매니지먼트, 그 아래로 셀 수 없이 많은 프로듀서와 코디네이터, 전문 직함은커녕 때로는 소속조차 없는 노동자들이 그에게 사건을 물어다준 덕이다.
  홍련이 해결하기 가장 용이하면서도 적당히 큰 스케일로 극적 연출을 만들 수 있는 사고. 그녀에게 '해결하기 적당한' 사건을 물어 나르기 위해 배정된 케이스 모니터*는 100명이 넘었고, 이는 공공연한 비밀이었다.
  조영도 히어로를 떠받치는 사람들 중 하나였다. 업무 관련 소재를 집에서 보는 것이 싫어 긴 시간의 통근을 감수하고도 회사에서 멀리 떨어진 곳에 사는 게 직장인의 비애라지만, 히어로 프로듀서에게 트렌드는 목숨이었다. 전광판이 훤히 보이는 곳으로 집을 계약한 것도 이 때문이다. 어떤 히어

★   case monitor. 사건의 위험도, 이능력 적합성, 화제성 등을 분석하여 히어로가 가장 해결하기 적당한 사건을 우선으로 배정하는 직업이다.

로가 무슨 브랜드와 계약했고 그 결과물이 어떤지, 사람들은 몇 명이나 가다 멈춰서 프로모션을 지켜보는지 한눈에 볼 수 있으니까.

조영은 새로 깐 장판 위에 드러누워 손등으로 눈을 가렸다. 정신을 차려야 하는데. 이제는 진짜 30대야. 서른 살까지는 끝자리가 0이니 무효라고 우겨도 서른한 살부터는 어림없었다. 감은 눈앞에는 형광등 불빛의 잔상이 어른거렸다. 술은 한 방울도 마시지 않았는데 세상이 빙빙 도는 것 같았다. 기프티콘 몇 개와 온라인 상품권, 각종 병원과 모바일 앱에서 이름만 바꿔 보내주는 축하 메시지로 지지부진하게 마무리된 생일.

새벽까지 바닥에 몸을 뭉개며 청승을 떠는 딸에게 조영의 아버지 조상건 씨의 전화가 걸려왔다. 자기가 더 신난 모습이었다. 딸이 좋아하는 동치미를 담근다고 이틀 전에 손톱을 깎고도 새로 또 다듬었다며 온갖 생색을 내던 그는 통화가 마무리될 즈음 넌지시 물었다.

— 앞자리 바뀐 소감 어때.

"멀미 나."

귀에 꽂은 무선 이어폰 너머에서 야유가 들려왔다.

— 그게 칠순이 넘어서도 딸내미한테 선물해주겠다고 이 밤중에 쪼그려 앉아 무 씻고 있는 아버지한테 할 말이니? 좀

존경스럽게 표현해봐라. 너 한국 돌아온 지가 언젠데, 이제 한국말 까먹었다는 얘긴 안 통한다.

조영은 성의 없이 "예에", "예"라고 대꾸하며 몸을 새우처럼 둥글게 말았다.

그러게요. 어떻게 1년에 한 번 오는 생일날의 감상이 멀미일 수 있겠어요. 저도 생각 못 해봤어요.

새 장판 냄새가 코를 간질였다. 이어폰을 꽂은 채로 바닥에 눌린 귀가 서서히 짓무르는 것이 느껴졌다.

조영은 정말 기운이 없었다. 요즘 사는 게 늘 이랬다. 불편해도 그냥 살기. 웬만한 고통은 모르는 척 넘기기. 최대한 적게 움직이고 작은 소리로 말하기. 별일 없으면 눈은 반만 뜨기. 세상에서 내가 제일 특별한 하루를 보내야 할 것 같은 날도 실은 그렇게 생각하는 사람이 수천 명은 된다는 사실을 마음속 깊이 받아들이기. 이게 보통이라고 믿기. 일반적인 사람들은 보통의 상태에서 안락함을 느껴야 한다고 믿기.

'나는 잘난 것이라곤 아무것도 없는 보통 사람입니다……. 그렇게 생각해야 인생이 편합니다.'

정말 그런가?

정말, 그런가.

남들 그러듯이 천천히 편해지지가 않았다. 서른이 넘도록 욱신거리고, 허무하고, 또 아프기만 했다. 남들처럼 회사도 다녔다. 업계 사람들은 다 아는 히어로 매니지먼트에서 누구보다 성실히 일했다. 본가에 손 벌리지 않고 번듯한 전셋집에도 살았으며 중고였지만 자차도 있었다. 어버이날이나 생신에는 아버지께 전자기기 한두 대쯤 턱턱 선물할 재력도 되었다. 주 5일 뼈 빠지게 일하고 나서 토요일엔 퍼실러 자고, 일요일에는 전시회나 팝업 스토어에도 가며 '출근하기 싫어, 자고 일어나면 회사가 알아서 폭발하길' 같은 친구의 게시물에 좋아요도 누르는 삶. 모두 조영의 것이었다.

그러나 마음속 깊은 곳에서 조영은 그런 걸 원하지 않았다. 오로지 주제 파악이라는 무능력자의 덕목이 조영의 사지를 동여매고 있을 뿐이었다. 조영은 독수리에게 심장을 쪼이는 프로메테우스처럼 주기적으로 시큰거림을 느꼈다. 잊을 만하면 심장 가까운 곳에서 회전하는 별 모양의 돌. 그 돌의 이름은 꿈이었다, 아마도.

무無능력자
이능력을 가지고 태어나지 못한 사람, 또는 12세까지 이능력이 발현되지 않은 사람.

조영과 같은 사람들을 뜻하는 말이다. 조영은 현존하는 가장 평범한 인류였다. 그러나 이제는 평범하다는 말이 보편적이라는 말과 뜻을 달리하는 시대다. 이 시대적 경향은 무능력자들에게 주어진 가장 보편적인 비극이었다. 사회는 이들이 이능력자의 허드렛일을 도맡아 하는 걸 점차 당연하게 여겼다. 채용과 복지의 문턱도 날이 갈수록 미세하게 좁아졌다. 이들에게 피부로 가닿아 손에 손 잡고 쿠데타를 일으키지 않을 만큼만.

'이능력 소지자 우대'라는 문장이 기업의 채용 공고에 적혀 있지는 않았다. 적을 필요가 없을 정도로 당연하기 때문이었다. 무능력자들은 자신의 자리를 공고히 하기 위해 훨씬 더 많은 것들을 할 줄 알아야 했다. 웬만한 이능력자들은 할 필요가 없는 것. 이능력자들이 귀찮아하는 일을 내색 없이 매일 반복해도 괜찮은 능력. 이들에게는 말하자면 그런 '능력'이 있었지만 천년이 흐르고 만년이 흘러도 특기로 취급될 리 없다는 점만은 분명했다. 이들 자신조차 점점 잊어갔다.

누구나 별을 품을 수 있다. 하지만 어떤 사람들은 가진 별을 돌로 만들고 원형을 알아보지 못할 만큼 으스러뜨려야 비로소 살기 편해진다.

조영은 귓구멍 깊숙이 박힌 이어폰을 빼내며 반대쪽으로 돌아누웠다. 비행기에 탔을 때처럼 습기 찬 왼쪽 귀가 장판에 쩍 달라붙었다가 떨어졌다. 해외 출장을 나간 지도 오래되었다. 얼마 만에 느껴보는 것일까. 적어도 처음은 또렷하게 기억했다. 우수생으로 연수를 떠났던 그때의 조영은 숫기 없고 꿈 많은 열일곱이었다.

구름 아래의 땅에는 비가 오고 있었지만 그 위의 하늘은 가슴이 떨릴 만큼 맑갛고 화창했다. 하늘 위가 아름답다고 배우기만 하는 것과 실제로 다가가서 보는 게 나르다는 사실. 그 사실을 처음 실감했을 때 조영은 자신의 앞길이 하늘만큼 넓어 보였다.

더 가까이 다가가서 보고 싶은 아름다운 것들이 많았다. 하늘 높이 띄워도 지상에서 보일 만큼 눈부신 별을 만들고 싶었다. 지금처럼 히어로의 매니지먼트가 활성화되어 있지 않고 영웅들이 맨몸으로 구르던 그 옛날. 조영은 사람들을 위해 봉사하는 히어로를 스타로, 우상으로 만들어 단지 희생과 열정 페이로 이어지는 히어로의 캐릭터를 바꾸고자 마음먹었다. 그들에게 더 나은 환경을 제공하고 측은지심과 동정의 눈빛이 아닌 동경과 응원을 받을 수 있도록. 그리하여 우리 사회에 찌들지 않은 정의가 살아 숨 쉬도록.

그게 내 일이야.

활로가 분명했기에 무능력자로 판명 나고도 기 한번 죽지 않았다. 본격적으로 박차고 달릴 생각에 버거울 정도로 마음이 부풀어 올랐다. 손바닥으로 복장뼈 위를 두드리면서 아픈 줄도 몰랐다. 지금의 조영은, 그날의 풍경을 기억하고 있는 자신이 미웠다.

한쪽 이어폰 속에서 상건 씨가 대야를 씻는 소리가 들려오는 동안 조영은 가방 속으로 손을 뻗어 아무렇게나 접혀 있던 검정 뿔테 안경을 만지작거렸다.

"아빠."

— …….

"조상건 씨."

— 왜.

버릇없이 부르자 귀신같이 대답이 돌아왔다.

조영은 바닥에 한쪽 볼을 누른 채 웅얼거렸다. "나 안경이 안 어울리는 것 같아."

— 미국까지 가서 옷 공부했다는 놈이 그걸 이제 알았냐.

조영이 픽 웃었다. 상건 씨에게는 굳이 고백하지 않았지만 조영은 사실 요즘 영어 단어가 열 글자 넘어가면 써놓고도 이게 맞나 싶었다. 어울리지 않는다는 걸 깨닫는 건 언제나 쉬웠다. 인정하는 게 어려울 뿐이었다.

"이제 안경 쓰지 말까?"

조영은 오래 묵은 깨달음을 대뜸 내뱉어놓고 뒷말은 아꼈다. 종종 부주의하고 결정에 거침이 없는 상건 씨에게 물으면 돌아올 답은 뻔했다. 하필 헌 안경을 버리고 새 안경을 산 지 3주도 되지 않았다. 명색이 히어로 매니지먼트 직원이면서 나 하나 살자고 환경오염에 일조할 수는 없었고, 또…….

 서른한 살의 첫 새벽에도 조영은, 후회만큼 쓸모없는 게 없다는 사실을 받아들이지 못했다. 그러니 앞으로도 10년은 더 걸릴지 몰랐다. 어쩌면 20년. 이번에는 또 얼마나 오랫동안 후회할지 모르는 선택을 이렇게 충동적으로 할 수는 없지.

 ─ 영아. 우리 딸, 생일 축하한다.

 고무장갑을 벗어 싱크대에 걸쳐둔 상건 씨가 한껏 인자한 목소리를 냈다. 조영은 그제야 몸을 일으켜 가방에서 쏟아진 물건들을 정리했다. 말이 정리지 던져 넣는 것이나 다름없었다. 감당이 안 되는 우주를 어깨에 메고 내일도 재킷 색만 바뀐 채로 지하철에 몸을 실을 운명이었다. 모레는 또 누군가의 가장 특별한 하루가 되겠거니. 다만 생일이라는 특별한 하루를 가진 우리 모두가, 주인공이 80억 명이 넘는 영화에 출연하고 있어 기억에 남기 어렵다는 게 안타까울 뿐이다.

 "이만 주무세요."

 떠오르는 태양을 늦추는 능력 따위 없는 조영은 전화를 끊었다. 잔뜩 피곤한 눈을 하고 모가 슬슬 벌어지기 시작한 칫솔 위에 치약을 짰다. 느리게 어금니를 문지르며 휴대폰 액정 위에 뜬 새 알림을 내려다봤다. 어제는 팡파르를 터뜨리며 생일 축하를 해줬던 하나치과에서 오늘은 쌀쌀맞게 정기검진만 권했다.

가긴 가야지. 세 달이나 미뤘네. 양칫물을 뱉은 조영이 거울을 보고 한숨을 크게 쉬었다. 절로 한숨이 나오는 나날이었다.

* * *

"조 대리님."
"어머, 눈 아파."
 조영은 안 그래도 찌푸리고 있던 눈을 더 가늘게 떴다. 파티션 너머에 선 송화를 올려다보는 조영의 얼굴에 진절머리가 난다고 대문짝만하게 쓰여 있었다. 송화의 상의는 새빨간 스팽글이 빼곡히 박혀 지하 3층의 열악한 조명 밑에서도 요란스레 번쩍였다.
"어때요? 이번 크라바스 S/S 신상인데."
"트로트 경연 나가니?"
"아이, 오늘 행운의 컬러는 레드라고요. 대리님은 좀 그런 감성이 없으셔."
 송화가 뭐라고 볼멘소리를 내뱉건 조영은 고개를 저으며 다시 컴퓨터 화면으로 시선을 돌렸다. 사내에 복장 규정이 없는 것에 대해 별생각은 없었지만 송화가 어디서나 모두의 이목을 끄는 옷을 입고 올 때면 조영은 두 배로 더 피곤해졌다.

출근과 동시에 조영이 가장 먼저 하는 일은 구형 데스크톱 앞에 앉아 한껏 찡그린 눈으로 사내 메신저를 확인하는 것이었다. 안경을 쓰고도 그렇게 보지 않으면 개미 같은 글자가 좌우로 계속 흔들렸다. 익명 직원 게시판의 아무개가 벌써 열다섯 번째 메신저 글자 크기 확대를 요청하고 있으나 무용지물이었다. 조영은 마음속으로 미지근하게 그를 응원했다. 그러면서도 10년 동안 안 바뀐 걸 잘도 바꿔주겠다는 비관은 어쩔 수 없이 따라붙었다.

조영이 샤이닝컴퍼니의 레이블에 입사한 때는 스무 살 겨울이었다. 본격적으로 본사인 샤이닝컴퍼니에 적을 두어 일한 시간까지 합하면 10년이 넘었다. 언젠가부터 자신이 몇 년 차인지, 입사한 햇수에 비해 부당한 대우를 받고 있지는 않은지 같은 건 생각하지 않았다. 그러려고 의식적으로 노력했다. 히어로에 대한 가십이나 구설수는 공식 입장이 나오기 전까지 못 들은 것으로 치부했다. 같은 업계에서 일하고 있다 해도 그들과 자신의 위치는 완전히 다르다고, 그사이 거리를 누구보다 명확히 하려 애썼다. 무작정 뒷걸음질을 쳐서 그들이 풍경에 찍힌 점처럼 보일 때에야 안심이 됐다.

하는 일에 비해 턱없이 부족한 월급, 일주일에 7일 꼴로 반복되는 야근과 외근. 같은 사무실에서 일하던 후배들이 승승

장구하며 자리를 계속 갈아치워도 영원히 지하를 벗어나지 못하는 만년 대리 조영.

'그럴 만도 하지', '쟤는 그래도 싸다'라는 식의 평판이 '조 대리님 너무 안됐어', '이쯤 되면 대리님이 회사 고소해도 할 말 없는 거 아냐?'로 바뀌기까지 조영은 묵묵히 자리를 지켰다. 다른 회사에서 이직한 상사들이 '능력도 학벌도 무엇 하나 빠질 것 없는 조 대리가 대체 무슨 죄를 지었을까' 하는 궁금증을 가지는 시기를 넘어야 했다. 보통 세 달을 채우면 다른 층으로 부서를 이동하는 신입 사원들마저도 자신을 그저 사내 지하에 늘 존재하는 프린터기쯤으로 여길 때까지, 조영은 샤이닝컴퍼니에 20대를 바쳤다. 회사 내의 모든 사람이 조영이라는 이름을 잊고 그의 본명이 조 대리인 줄로만 알 때까지. 체념하는 마음으로 기꺼이 그래야만 했다. 그게 자신이 할 수 있는 유일한 속죄라고 조영은 믿었다. 회사에 대한, 히어로와 그들이 구한 생명들에 대한, 자신을 믿어준 모든 이에 대한, 그리고 마침내 자기 자신에 대한.

조영이 진작 읽은 메신저 창을 의미 없이 여닫고 있으니 어느새 다시 근처로 온 송화가 파티션을 두드리며 질문했다.

"대리님, 저희 지금 출발하면 몇 분 정도 걸릴까요?"

"어, 20분 정도 걸려. 슬슬 가자."

그의 신호를 알아들은 조영이 빠르게 눈의 초점을 찾고 서랍을 뒤졌다. 어젯밤 깔끔히 정리해둔 파일을 꺼내 송화에게 내밀었지만 송화는 자리를 비키지 않았다. 대신 가방을 챙기는 조영의 곁을 계속 얼쩡거리더니 대뜸 물었다.

"촬영하러 가기 싫으시죠."

"그럼 일하는 게 좋은 사람도 있니."

조영은 익숙하게 대꾸하면서도 눈치가 징그럽게 빠른 송화가 이제는 부서를 좀 옮겼으면 싶었다.

뭐가 좋다고 먼지 나는 지하 3층에 2년씩이나 있는 거야. 그 물음에 송화는 햇빛 알레르기가 있어서 곤란하다, 관리실 직원이 재수가 없어서 눈 마주치기가 싫다, 여러 가지로 화려하게 항변했지만 결론은 하나였다. 새로 들어오는 애들은 다 지하로 오는데 만나려면 젊고 예쁘고 귀여운 애들이랑 만나야죠. 위층 가봤자 전애인, 전전애인 만나기밖에 더 해요? 저 그거 싫어서 구내식당도 안 가잖아요.

몸을 부르르 떨며 진저리를 치는 송화에게 사내 연애를 좀 자제하는 것은 어떻겠느냐 충고하는 대신, 조영은 그냥 시끄러운 스탠드를 달고 사는 셈 치기로 했다. 수많은 핑계 중 눈물 나게 그럴싸한 것도 하나 있었다. 대리님 옆만큼 일 배우기 좋은 곳도 없다는 말. 사실이었다. 대외적으로 '내부지원팀'이라 이름 붙여진 조영의 소속 부서는 담당하기 애매하거나 곤란한 모든 일거리가 내려오는 잔반 처리반이었다.

"아니, 근데, 저희한테 화보를 이렇게까지 떠넘기면 화보팀은 대체 뭘 하는 거예요? 거기는 디자인하는 사람이 없대요? 그래도 되나?"

"글쎄. 에디터 컷에 이름 적기? 은미가 디자이너 출신이야. 뭐 이번 달에 바쁜가 보지."

"미친놈들. 돈이나 더 주든가."

애초에 이렇게까지 모호한 이름의 부서가 지하층에 박혀 있는 이유는 두 가지뿐이다. 샤이닝컴퍼니처럼 급속도로 성장한 회사라면 두말할 것 없었다. 말 못 할 비리를 본격적으로 수행하는 장소가 필요하거나, 내려오는 모든 일을 그 부서에서 그나마 가장 높은 직급을 가진 사람이 감당하고 책임지는 주먹구구식 회사 운영의 맹점이거나.

조영의 경우는 당연히 후자였다. 과장 조금 더 보태 조영은 살아 있는 부서 그 자체였다. 칠이 벗겨진 옷걸이에서 조영이 겉옷을 걷어 팔을 꿰는 동안 아니꼬운 얼굴로 턱을 괴고 있던 송화가 퍼뜩 몸을 바로 세웠다.

"그럼 대리님이랑 안 팀장님이랑 동기예요?"

"아니, 은미가 후배야."

조영의 태연한 대답에 송화가 기함하는 표정을 지었다.

"이목구비가 역동적이다. 너, 위에 올라가서도 그러진 않을 거지?"

"솔직한 게 제 매력이긴 한데, 화장실에서만 할게요."
"그래. 문 닫는 거 까먹지 말고."

조영과 송화가 사무실을 나가 엘리베이터를 향해 두 걸음이나 떼었을까, 불현듯 복도의 불이 툭 꺼졌다. 대충 걸쳐 손끝까지 내려온 소매로 몇 번이나 스위치를 눌러봐도 아무런 소용이 없었다. 소매 끝의 단추와 스위치가 부딪치는 소리만 연신 울릴 뿐이었다.

조영은 어둠 속을 가로지르며 송화에게 맥없이 지시했다.
"퇴근할 때 관리실 가서 복도 불 좀 고쳐달라 그래."
"아, 그 아저씨 진짜 재수가 없다니까요. 매번 말하는데 뭐 듣는 척도 안 하는 것 같아."

맑은 기계음을 내며 엘리베이터 문이 열리자 그제야 시야가 환하게 밝아졌다. 조영은 눈을 가늘게 뜨며 안으로 들어섰다. 불이 꺼지면 지하 3층은 한낮에도 밤처럼 어두웠다. 조영이 이곳을 벗어나는 순간은 사실상 외근할 때가 전부였다. 이 정도 형편이라도 되는 걸 감사해야 하는 게 맞는지 조영은 요즘 들어 좀 헷갈렸다.

땅 위에서 태어나 땅 아래에 사는 것들은 전부 수명이 짧은가. 조영은 짧게 상념이 들었다. 그럴지도 몰랐다.

* * *

촬영장은 한산하지만 소란스러웠다.

조영은 짐 가방을 내려두면서 눈으로는 빠르게 스튜디오 내부를 훑었다. 이번 달에만 세 번째 화보 출장이었는데 개중에선 가장 넓고 쾌적했다. 한쪽에서는 쉴 새 없이 저들끼리 떠드는 소리와 한 번씩 자지러지듯 크게 웃는 소리가 들렸다. 세팅기와 화장 도구를 늘어놓고 대기하는 걸 보아하니 헤어 메이크업 스태프들 같았는데, 얼핏 본 조영의 눈에도 꽤 낯이 익었다. 신진 히어로 전문 잡지사라고 했건만 결국 동원되는 인력은 전부 그 나물에 그 밥인 모양이었다. 조영은 재빠르게 고개를 돌리고 옷걸이에 재킷을 걸었다. 아는 척해봐야 좋을 게 없는 인물들이었다.

조류 통신 히어로 허밍버드의 트레이드마크인 '새장 헤어'로 단번에 히어로들의 러브 콜을 꿰찬 디자이너 고도, 그리고 그 제자들로 구성된 팀 블루밍어워드는 자그마치 2년 가까이 막내 구인 공고가 끊이지를 않았다. 지원자가 없을 리 없지. 천하의 샤이닝컴퍼니도 이렇게 유명해지기 전까지는 저 팀을 내부 인력으로 모셔오려고 아주 기를 쓰고 발을 굴러가며 굽신거렸는데. 별로 되새기고 싶지 않은 기억들이 떠올랐다.

스무 살에 레이블에 입사해 누구든 부러워할 법한 성공을 거두었던 조영은, 그 성공의 결과물이 나락으로 떨어진 이듬해 외부 팀인 블루밍어워드로 좌천되었다. 20대 초반에는 속죄하는 심정으로 고도의 밑에서 힘들게 버텼지만, 결정적으로 작업 방식도 가치관도 판이한 그녀와 손발이 짝짝 맞을 수는 없었다. 완벽한 사수와 부하 직원의 관계로 까라면 까고 구르라면 굴렀던 2년 남짓의 시간. 그 시간을 떠올리자 조영은 빈속에도 금세 더부룩해졌다. 스팀다리미로 셔츠의 주름을 지그시 누르며 속으로 괜히 오자마자 화장실로 달려간 송화 탓을 했다.

아직 스튜디오 내 배경 음악에 대한 합의는 안 된 건지, 음파에 따라 은은하게 일렁이는 LED 스피커에서는 이름 모를 아마추어 래퍼의 시티 팝과 반세기 전에 데뷔한 3인조 남성 발라드 그룹의 명곡이 번갈아 흘러나왔다.

조영은 제목은 모르지만 들으면 다 아는 후자의 히트곡을 두 박자씩 늦게 흥얼거리며 빼곡하게 달린 훈장 모양 브로치의 개수를 셌다. 딱 맞춰 스물다섯 개. 오늘의 모델이자 25년 차 중견 히어로인 베이비 버블의 은퇴 기념 촬영이었기 때문에 특별히 주문 제작을 맡긴 거라더니, 과연 양산형으로 찍어내고 브랜드 마크만 다는 명품과는 다른 느낌으로 고급스러웠다.

조영은 조금씩 디자인이 다른 훈장들을 미리 배치해보다가 잠시 고민했다. 그러고는 가닛이 촘촘히 박힌 브로치를 가장 중앙으로 가져왔다. 이러나저러나, 행운의 컬러가 레드라니까. 좋은 게 좋은 거니까.

조영이 혼자서 벽에 붙은 레퍼런스들을 점검하며 대강 눈대중으로 협찬 품목을 조합해둘 때쯤 송화가 돌아왔다. 어쩐지 오래 걸리더라니 혼자가 아니었다. 송화의 곁에 베이비 버블과 그의 매니저가 있었다. 셋은 굉장히 고양된 낯으로 화기애애한 대화를 나누느라 여념이 없었는데, 그 모습이 마치 십년지기 친구라도 되는 듯했다. 쇼 호스트처럼 능청스러운 송화의 말재간에 베이비 버블의 호탕한 웃음이 몇 번이나 터져 나왔다. 당최 무슨 얘기를 하는지는 몰라도 조영은 저런 거야말로 이쪽 일에 필수적인 재능이라고 생각했다. 먼 길로 돌아갈 필요가 없는, 실속 있고 영리한 재능 말이다.

"이게 누구야. 연예인보다 얼굴 보기 힘들다는 조 피디 아니야?"

그렇다고 조영이 타고나지 못한 부분에 대해 좌절하며 괴로워하는 편은 아니었다. 본인이 인지하지 못했더라도, 조영은 회사 내에서 누구보다 송화의 존경을 한 몸에 받는 인물이었다.

"오셨어요, 버블."

언뜻 보면 조영은 아직도 유명 인사 앞에서 낯을 가리는 사람으로 보였다. 입꼬리를 거의 움직이지 않는 머쓱한 미소와 짤막한 대답, 오래 마주치지 않는 시선 같은 것이 한층 더 그 인상을 짙게 만들었다.

하지만 자진해서 조영 밑에 몇 년이나 남은 송화는 생각이 달랐다. 송화는 가끔 조영에게 잔잔히 압도당했다. 조영과 일하는 초반에는 특히 그랬다. 자신이 한껏 띄워놓은 분위기 위에서 조영이 차분하게 전해야 할 정보를 정돈하는 순간들. 그마저도 당시엔 모르고 나중에 되짚어봐야 깨달을 수 있었다. 지금처럼 까다로운 상대를 대할 때면 과장 없이 담백한 조영의 센스가 꼭 은은한 방향제처럼 퍼져 주변 공기를 적셨다. 어떤 향과 섞여도 기분 나쁘지 않고, 부담스럽지 않았다.

"몇 착장이라 그랬지? 나 세 개 이상이면 힘든데."

"어떡해요. 메인 코스튬 포함해서 딱 세 착장인데."

부드럽게 달래는 듯한 조영의 말투에 어깨를 축 늘어뜨린 베이비 버블이 한결 편해진 말투로 칭얼거렸다.

"아니, 우리 매니저가 속옷을 안 챙겨왔대. 어쩌려고 그러는지 몰라. 나를 뭐 벗겨 죽일 생각인지, 뭔지."

"코디해본 적 없는 친구가 그런 걸 어떻게 알겠어요. 버블이 좀만 봐줘요. 어차피 은퇴하고 비서 시키고 싶어서 공부 잘하던 친구 데려온 거 아니에요?"

조영은 가지런히 걸어둔 두 가지 착장을 베이비 버블의 몸 위로 번갈아 대며 가볍게 미소 지었다. 내면이 허우대보다 느리게 자라는 어른이 많다는 사실을 오래전에 알게 된 사람의 얼굴이었다.

베이비 버블은 대번에 후훗 하고 콧소리를 내며 좋아했다.
"맞아. 자기 같은 사람이 우리 회사에 있어야 해."

말하지 않아도 알아요. 나는 그 CM송이 조 피디보다 어울리는 사람 못 봤잖아. 베이비 버블이 기분 좋게 재잘대는 사이 그의 어깨 위로 재킷이 걸쳐지고, 완장이 걸리고, 스무 개가 넘는 브로치가 차례차례 달렸다.

단순한 순발력보다는 여유와 품위가 있었다. 송화는 조영에게서 누군가를 서포트하는 직종의 종사자들이 쉽게 잃어버리고 마는 자기 자신에 대한 존중과 이름 붙일 수 없는 기품을 느꼈다. 그것이 인간관계에 있어 사리 분별만은 누구에게도 지지 않는 송화가 조영의 곁을 떠나지 않는 이유였다. 어쩌면 이거야말로 절대 놓지 말아야 할 직업인으로서의 프라이드 아닌가.

'하지만 저렇게는 못 살겠지.'

광대뼈 밑으로 여리게 팬 볼과 하나로 내려 묶은 머리 아래 뚝 끊긴 듯 남아 있는 카키색 탈색모를 주시하며 송화는 씁쓸하게 입맛을 다셨다. 자신이 모토로 삼고 있는 '한 번뿐인 인생, 즐겨라!'라는 문장을 발음하기도 어색해할 것 같은 상사가, 송화는 이따금 안쓰러웠다.

"어디서 짜장면 냄새 안 나?"

눈을 감은 채로 미간을 찌푸린 베이비 버블의 한마디가 송화의 상념을 끊었다. 동시에 스튜디오 입구가 급작스레 어수선해졌다. 커다란 패널이며 각종 촬영 소품이 속속들이 밀려 들어오자 구석에서 노닥거리던 스태프들도 분주하게 움직이기 시작했다. 송화가 베이비 버블의 반 토막 난 눈썹을 채우다 말고 의아한 낯으로 조영을 바라봤다. 송화의 손에 들린 브러시를 보는 조영의 표정도 크게 다르지 않았다.

"그러고 보니 그걸 왜 네가 하고 있니?"

"저희한테 배정된 스태프가 없던데요? 모르셨어요? 전 당연히 제가 하는 줄."

모르지는 않았다. 은퇴씩이나 하는 히어로의 촬영장에 헤어 메이크업 스태프들이 대기하고 있으니 당연히 우리 쪽 사람이겠거니 했을 뿐. 그게 아니라면 상황이 복잡해졌다.

"그럼 쟤네는 뭔데?"

"글쎄요. 오늘 여기서 딴 사람도 찍나."

"우리한테 저런 소품 없지 않아?"

"그러니까요. 너무들 하네. 뭐 다른 걸 하면 한다고 말을 해줘야 하는 거 아니에요?"

  의문만이 가득한 두 사람의 대화를 날 선 한숨 소리가 가르고 들어왔다. 마침 베이비 버블을 등지고 섰던 조영은 눈을 지그시 감았다 떴다. 그렇지. 이게 정상이지. 뭐 하나 걸려 넘어질 방해물이 없으면 내 인생이 아니겠지.

"조 피디가 가서 뭔 일인지 좀 물어봐. 나 촬영장 같이 쓰는 거 진짜 싫어하는데."

  조영이 송화의 어깨를 두드리자 송화가 빠른 걸음으로 스튜디오를 가로질러 스태프들에게 다가갔다. 얼마 지나지 않아 조영의 휴대폰에 메시지가 떴다.★

   [이번에 새로 론칭하는 신인이래요. 저쪽 룸에서 프로필인지 티저 촬영인지 하는 것 같은데 회사에서 엄청 밀어주나 봐요.]

   [어우, 여기 스태프 애들이 조용히 해달라고 완전 난리. 이럴 거면 촬영장 좀 따로 잡든가.]

  조영이 한쪽 손으로 뻐근한 뒷목을 주무르는 사이 메시지

★   송화의 능력, '텍스트 싱크(Text SYNC)'. 생각한 내용을 문자로 보낼 수 있다. 국가 기관에 등록된 대로는 한번에 두 명까지 허가하고, 그 이상은 불법이다. 실제로는 개인의 역량에 따라 더 보낼 수 있지만, 스팸 문자나 악성 코드를 광역 전송하며 이익을 취할 수 있기에 규제하고 있다.

하나가 더 왔다.

　[버블 어떡하죠? 곧 매거진 사람들도 다 올 텐데.]

　베이비 버블은 이제 아예 허공을 향해 코를 치켜들고 쿵쿵거리는 중이었다.
"짜장면 냄새가 난다니까!"
　수중에서 해양 생물로 변해 인명 구조를 주로 하는 베이비 버블은 인간의 모습으로도 동물적 후각이 민감해 평소에도 냄새에 관한 히스테리를 부리기 일쑤였다. 아래층에서 쥐포를 구워 먹는 냄새를 맡고 소방서에 신고를 하지 않나, 음식물 쓰레기 수거차가 지나가는 시간에는 스케줄을 거절해버리기도 했다. 뭐든 빨리 해결되지 않으면 어떤 변덕을 부릴지 몰랐다. 동시에 밀려오는 가지각색의 문제들 탓에 조영은 머리가 깨질 것 같았다.
"뭔데 여기서 식사를 하는 거야! 문자만 보내지 말고 가서 좀 물어보라니까!"
　베이비 버블이 한 차례 소리를 빽 질렀다. 조영은 블록이 잔뜩 깔린 바닥을 맨발로 걷는 심정으로 대답할 수밖에 없었다.
"알겠어요. 제가 가볼게요."

분노에 찬 조영의 걸음이 짧은 복도를 매섭게 울렸다.

안 될 거 알면서 큰 스튜디오로 달라고 해봤는데 어쩐지 군말 없이 주더라니. 평범한 인간의 능력으로는 맡아지지도 않는 냄새의 근원을 찾는 것도 일이었지만, 식사 중인 당사자를 마주친 후에 뭐라고 할지도 막막했다. 사실상 스태프들의 식사 자체를 꼬투리 잡는 것은 말이 안 됐다. 서로 다르게 전달받은 상황에서 양방의 이해관계가 부딪치면 같이 쓰는 촬영장에서 유난을 떠는 건 이쪽이 될 게 뻔했다.

조영은 반씩 열려 있는 크고 작은 사무실들을 마치 잃어버린 물건이라도 있는 사람처럼 한 번씩 기웃거리고 눈치껏 숨을 크게 마셨다. 몸을 빼낼 때는 고개를 숙이며 기계적으로 죄송하다는 말을 반복했다. 코튼 향 방향제, 콜라 맛 젤리, 다리미에서 뿜어져 나오는 증기 냄새가 조영의 코끝에 차곡차곡 쌓였지만 어디에도 짜장면은 없었다.

착각할 수도 있는 거 아닌가? 자기가 짜장면을 먹고 싶어서 짜장면 냄새를 연상했을 수도 있잖아. 급기야 조영은 25년 차 프로 히어로의 능력을 비꼬기 시작했다. 혹시 모르지. 그런 이유로 은퇴를 결심했을지도. 그 잘난 이능력도 쓰다 보면 무릎 연골처럼 닳는 건지, 무능력자인 내가 알 게 뭐람. 허상의 춘장 냄새를 쫓다 지친 조영의 발걸음이 점점 느려지다 허무하게 멈췄다. 휴대폰에서는 문자 알림이 연신 울려댔다.

    [버블 완전 컨디션 메롱. 소 귀에 경 읽기 시작이요.]
    [매거진 사람들 왔어요. 애걸복걸해서 겨우 첫 번째 옷 촬영 들어감. 화보는 어떻게든 하겠는데 인터뷰가 진짜 큰일이에요.]
    [저, 앞으로 반년은 중식 쳐다도 안 보려고요. 신경증에 걸려서 죽을 듯.]
    [찾으셨어요?]

    조영은 짝다리를 짚고 서서 끊임없이 갱신되다 3분 전에 멈춘 메시지 말풍선을 노려보았다. 보나 마나 송화가 이미 터진 댐을 온몸으로 막고 있는 모양이었다. 키패드 위를 한참 방황하던 조영의 엄지가 한이라도 맺힌 듯 자모음을 진득하게 눌러댔다.

    [혹시 배고프시냐고 물어.]

    조영이 백스페이스키를 연타하며 어금니를 악물었다. 말이 되는 소리를 해야지.
    그때였다. 조영이 반쯤 감겨 있던 눈을 번쩍 떴다. 들이마시는 숨 끝에 걸리는 건 틀림없는 짜장면 냄새였다. 누구나

다 아는, 양파와 고기를 넣고 달큼하게 볶은 춘장의 냄새. 살짝 스치고 지나가는 독특한 흑식초의 향. 디자이너 고도가 10년이 넘게 고집했던 중국집 이화루에서 8,500원씩이나 하는 기본 짜장면의 냄새!★

블루밍어워드에서 일할 때 질리게 먹었던 조영이 모를 수가 없었다. 조영은 민첩하게 고개를 돌렸다. 눈앞에 굳게 닫힌 소품실 문이 시야에 들어왔다. 예리하게 좁혀진 냄새의 행방을 놓칠 수 없었다. 조영은 그만 노크하는 것도 잊고 벌컥 문을 열어젖혔다.

"콜록."

사레들린 기침 소리와 함께 펼쳐진 광경은 기묘했다. 천장까지 닿는 높이의 반투명 패널 뒤에서 누군가 한 손으로 짜장면 그릇을 받친 채 연신 기침을 했다. 실루엣만 보고 있자니 남이 옷 갈아입는 걸 냅다 훔쳐본 기분이라 조영은 황급히 뒤돌아섰다.

"미안해요. 노크도 없이 들어와서."

사과를 하면서도 조영은 그다음에 무슨 말을 해야 할지 혼

★ 팀 블루밍어워드 소속이거나, 함께 일했던 사람들은 질리도록 먹기 때문에 모를 수가 없다. 나름의 직원 복지라지만 그저 고도의 취향이라는 의견이 우세하다. 블루밍어워드 직원들은 이럴 거면 돈으로 달라고 구시렁대는 편.

란스러웠다. 그런데 혹시 누구시죠? 얼굴이나 보게, 좀 나와 보세요. 왜 대기실도 아니고 소품실에 구겨진 채로 숨어서 짜장면을 먹고 있는 건지 모르겠네요. 직원이긴 하신 거죠? 고민 끝에 나온 말은 이거였다.

"식사 빨리 마치고 정리해줬으면 좋겠어요. 같은 층에 베이비 버블이 촬영하고 있거든요. 팀원들 중에도 전달 못 받은 사람들 있으면 좀 전해주세요."

돌아오는 대답은 없었다. 조영의 말 내내 조그맣게 달그락거리던 그릇 소리하며 소심하게 휴지를 뽑아 닦는 소리도 끊긴 듯이 멈췄다. 건너편의 사람은 마치 숨을 죽인 것처럼 묵묵했다.

"저기요. 제 말 듣고 있어요?"

조영은 힐끔 패널 쪽을 돌아봤다. 어정쩡한 동작 그대로 멈춰 있는 그의 가장 애석한 점은 언뜻 보면 숨어 있는 것 같지만 움직임이 그대로 다 보인다는 것이었다. 조영은 아무것도 파악하지 못한 찰나에도 왠지 그의 태도가, 무시보다는 망설임에 더 가깝다고 느꼈다.

그 바람에 조영도 잠시 망설이다 물었다. "괜찮아요?"

"……."

"무슨 일 있어요?"

패널 너머의 사람은 생각보다 가까이 있었다. 조영은 무의

식적으로 크게 일렁이지 않는 그림자의 윤곽을 따라 인물을 그려보았다. 후드 같은 것을 뒤집어쓴 듯한 둥근 머리통 앞으로 삐죽 튀어나온 기다란 속눈썹이 몇 번이고 깜박였다. 어정쩡하게 돌아가는 환풍기 소리 아래로 목울대가 들썩이도록 마른침을 삼키는 소리가 선명했다. 사소한 단서들이었지만 그는 분명 고민하고 있었다. 짜장면이 다 불고 나면 휘발되는 흑식초 향은 이미 사라진 지 오래였다. 조영은 입술을 안으로 감춰 물고는 결심하듯이 수그렸던 몸을 일으켰다.

"저기, 잠깐 나와……."

조영이 천천히 패널 끄트머리를 붙잡은 순간이었다.

"잠깐만요! 잠깐만 나와주세요!"

익숙한 얼굴들이 소품실 안으로 들이닥쳐 조영을 밖으로 밀어냈다. 정신을 차리고 보니 복도의 끝까지 밀려나 있었다. 조영은 누군가를 데리고 빠르게 사라지는 사람들 뒤에 우두커니 서서 그들을 멍하니 바라봤다. 눈앞으로 후드를 쓴 사람이 스쳐 지나간 것도 같았다. 뒤를 돌아봤나? 알 수 없었다. 무언가를 판단하기에는 너무나 찰나였다. 멍한 얼굴로 방 안을 돌아보니 어찌나 사람을 우악스레 빼갔는지 패널이며 의자가 아무렇게나 내동댕이쳐져 있었다.

뒤늦게 전화벨이 울렸다. 송화였다.

"대리님! 빨리 와보세요. 큰일 났어요."

조영은 한쪽 귀에 휴대폰을 붙인 채 파도에 떠밀리듯 달렸다. 본능적으로 차오르는 불길함과 불안 속에서 생각할 틈 같은 것은 사치였다.

조영은 급하게 뛰어오느라 덜덜 떨리는 무릎을 잡고 물었다. "왜, 무슨 일인데?"

이윽고 똑같이 휴대폰을 귀에 붙인 송화가 망연자실한 낯을 하고 손가락으로 스튜디오의 유리창을 가리켰다.

"저것 좀 보세요."

누군가 블라인드를 다 걷어놓은 스튜디오의 통창 너머로 높은 건물 위의 커다란 스크린이 온통 붉게 빛났다. 소리는 들리지 않아도 단번에 어떤 속보인지, 그 자리에 있는 모두가 알 수 있었다. 무언가를 살포한 듯 긴장감만이 감도는 스튜디오 내부와 개인 태블릿으로 뉴스를 틀며 웅성거리는 사람들. 스크린을 가득 메운 새빨간 콜라 캔 빛깔의 철 갑옷.

'다음은 누구?'라고 적힌 글자가 화면을 물들이자 촬영장은 한층 시끄러워졌다.

"홍련이 은퇴한대요. 다른 때도 아니고 바로 지금."

조영은 문득 귓가에 삐, 하고 이명이 들리는 것 같았다. 반박의 여지없이 조영의 하루를 구성하는 도미노가 전부 무너지고 말았다. 하루이틀 있는 일도 아닌데 유난히 견디기 버거웠다.

＊ ＊ ＊

　대한민국을 대표하는 레드 심벌 히어로 '홍련'이 은퇴를 선언했다. 여느 엔터테인먼트 사업이 다 그렇듯 히어로 산업에서 빨간색이 가지는 힘은 상상을 초월했다. '차세대 레드 심벌'의 자리를 꿰찼다는 이유 하나만으로 그 히어로는 경력, 나이, 성별에 상관없이 걸어 다니는 대기업이 됐다. 비교적 신생치고 돈 냄새 쫓기로는 둘째가라면 서러운 샤이닝컴퍼니가 이 기회를 놓칠 리 없는 건 당연한 이야기였다.

　베이비 버블을 어르고 달래 세 번째 착장을 입히는 데 성공했을 때 외부 팀이 스튜디오 안으로 들이닥쳤다고 했다. 아마 오늘 촬영장에서 곁다리로 프로필인지 티저인지 찍는다던 그 신인이 하필이면 회사가 점찍은 차세대 레드 심벌인 모양이었다. 화가 날 대로 나서 완전히 폭발한 베이비 버블은 이대로 은퇴 인터뷰를 할 수는 없다며 촬영장을 나가버렸다. 송화는 결국 이런 말까지 들었다고 했다.

　"내가 저런 머리에 피도 안 마른 애송이 때문에 이런 일을 겪어야 돼? 너희 회사 최악이다, 정말."

　매거진의 주인공도, 핵심 인력들도 모두 빠진 촬영장에서 무용지물이 된 짐 가방을 정리하며 조영이 간략하게 전해 들은 내용은 여기까지였다.

집에 돌아온 조영은 초췌한 눈으로 책상 위를 내려다봤다. 과열된 모니터 위에서 오늘 날짜가 기입된 경위서 양식이 은은하게 빛나고 있었다. 아침에 뭘 잊고 나갔나 했더니, 불 끄는 것을 잊었다. 하지만 조영은 퇴근 시간을 다섯 시간이나 넘겨 집에 와서도 그 불을 끌 수 없었다. 조영은 앉을 때마다 새된 소음이 나는 바퀴 의자에 풀썩 주저앉아 눈알이 뻐근해질 때까지 모니터를 쳐다봤다. 몽롱한 정신 속에 낮과 밤을 잊은 지 오래됐다는 생각이 들었다.

[은미야, 이건 아니잖아. 애초에 너희 일이고 네가 맨날 바쁘다고 해서 내가 도와준 거야. 추가 수당도 없는데 경위서까지 쓰게 하는 건 정말 아니잖아. 촬영장 같이 쓴다고 연락받은 것도 없고 오늘 내내 당황스럽기만 했어. 뭘 아는 게 있어야 대처를 하지. 헤어 메이크업도 송화 씨한테 맡기는 건 언제부터 약속된 거니? 약속은 둘이서 하는 거지, 너 혼자 하는 게 아니야. 이런 식이면 우리도 정말 곤란하지…… 이 메시지 보면 연락 줘.]

새벽이 다 가도록 사라지지 않는 '안 읽음' 표시만큼 조영은 비참해졌다. 평소 같으면 영혼 하나 없이 남의 일을 관전하듯 써 내려갔을 경위서였지만 오늘은 단 한 자도 적을 수 없었다.

조영은 이런저런 문서와 메신저 창을 난잡하게 띄워놓기만 한 채 모니터 화면 위를 방황했다. 착잡한 마음으로 가지런히 배열된 폴더를 괜히 하나씩 눌러봤다. 모든 폴더마다 연도와 월별로 정리된 파일들이 가득했다. 그것들을 열어보지 않아도, 눈을 감고서도 조영은 그 안에 있는 내용을 줄줄이 읊을 수 있었다. 패배가 곧 죽음인 전장에 나가는 기분으로 10년을 출근한 샤이닝컴퍼니에서의 기록. 대학 입학 후 반년 만에 인턴 생활을 병행하며 치열하게 살았던 나날들. 조영 자신도 모르게 손을 떨었던 것일까, 마우스의 스크롤 휠이 탁 튕겼다. 첩첩이 쌓인 파일 목록의 맨 위로 스크롤이 올라가자 조영은 순간적으로 잠시 숨을 참았다.

누구에게나 싸구려 문신 같은 기억이 있을 거야. 지우지도 못하고 번질 대로 번져서, 그 위를 덮고 또 덮고. 결국에는 문신보다 상처에 가까워져버리는 기억. 조영은 한동안 그런 말들을 기도문처럼 외우게 됐다. 보기 흉한데도 상처라고 인정을 못 해서 끝까지 좋은 의미로 한 문신이라고 우겨대며 말이다. X라거나 하이픈 따위의 문자로 바꾸면 더 눈에 띌까 봐 날짜로 된 파일명 여덟 자를 고스란히 뒀지만 별 소용은 없었다. 폐인 같은 꼴로 집에 들어가면서 번호 키를 누르다가도 그대로 주저앉았던 그 시절의 아득함이 생생했다. 경고음이 울릴 때까지 귀가 먹먹하도록 울며 떠나보냈던 새

벽. 아직도 조영은 알코올이 들어간 어지러운 밤이면 현관문 앞에서 이미 바꿔버린 여덟 자리 비밀번호 숫자가 떠올라 엄지를 주춤댔다. 조영은 일상 속에서 쉽게 연상되고 목격하는 명사형의 이름이 싫었다. 태양, 사랑, 우정, 아름, 다운, 구름, 별, 달, 장미, 바람……

소나기, 같은 것.

나기. 또는 소낙. 어느 쪽이든 조영에게는 더 이상 부를 수도 없고 회상하기조차 괴로운 이름이 장마철 TV에서는 헤프게도 흘러나왔다. 그래서 조영은 비가 오든 안 오든 가방에 우산을 챙겨 다녔다. 그날 이후로 단 한 번도 일기예보를 본 적이 없었다. 기상캐스터의 낭랑한 목소리로 그의 이름을 듣고 나면 아무것도 할 수 없는 머저리가 되는 기분이었다.

열아홉부터 스물둘까지. 조영이 모든 것을 걸고 스타로 도약시켰던 전 히어로 소낙은 지금 빌런의 이름으로 감옥에 있다. 그는 80년 형을 받고 죽을 때까지 감옥에서 썩을 운명이 됐다. 그가 제 버릇을 개 못 주고 범죄자가 됐을 때 일제히 돌아선 여론의 평은 한결같았다.

그럴 줄 알았다. 관상이 딱 그래.

최연소로 미국의 국제 히어로 아카데미를 졸업하고 한국으로 돌아와 최고의 스타 히어로 메이커로 누구보다 촉망받던 조영이, 소낙의 얼굴에 새겨진 숙명을 읽지 못했던 것은 전혀 아니었다. 오히려 반대였다.

'도전 정신을 타오르게 했었지. 나라면 할 수 있을 거라고 믿었나 봐.'

어린 조영의 미래를 아는 30대의 조영은 돌릴 수 없는 시간이 야속해서 애꿎은 과거의 자신을 수도 없이 힐난했다. 인생의 모든 이벤트는 반짝 빛나는 우연으로 시작하며 기회는 모두에게 공평하게 찾아온다는 말이 그해 겨울에는 왜 그리도 근사해 보였을까?

아빠는 아무것도 모른다고 외친 후 무작정 집을 뛰쳐나왔던 중학생 조영은 센티한 기분을 떨치지 못해 주머니에 양손을 꽂고 호숫가 공원을 걸었다. 넥워머 속에 푹 파묻은 턱이 인조 양모에 쓸려 따가웠다. 세상이 유독 내게 등을 돌린 것처럼 느껴지는 날이었다.

그 나이 때의 청소년이 아침 9시 만원 지하철을 타고 출근해봤을 확률은 0에 수렴했다. 그러니 우리 모두 앞을 보고 가는 중에는 등만 보이는 것이 일반적이라는, 냉철하고 어려운 객관화를 조영이 할 수 있을 리는 더더욱 없었다. 무지에 대한 깨달음. 후유증처럼 찾아오는 외로움. 그런 것들이 바로 이능력과 상관없는 전 세계 인류의 공통된 성장통이라는 사실을 그때는 몰랐다. 이제 막 처음 끓는 고독을 서툴게 버텨내던 어린 조영의 눈에 꽝꽝 얼어붙은 호수가 들어왔을 뿐이었다. 그날따라 느슨하게 풀려 있던 노란색 안전제일 사슬이 꼭 누군가의 산뜻한 허락 같았다. 덴 손을 찬물에 담그면 아픔이 사라진다는 거야 다섯 살배기 어린애들도 안다.

조영은 가슴팍에 손을 얹고 얼음판 위로 살포시 발을 디뎠다. 가만히 손가락을 더듬으면 두꺼운 겉옷 위로도 박동이 느껴졌다. 우습게도 그게 좋았다. 더 크게 듣는 방법을 알 것만 같았다. 고요한 겨울 호수에 내려앉은 적막은 주위의 사물들을 하나하나 눈여겨보게 만들어 로맨틱했다. 낭만은 여유를 가진 어른들의 전유물이었고 어린이는 항상 빨리 자라 어른이 되고 싶어 하는 법이었다. 조영은 운 좋게 손안에 들어온 부주의함을 마음껏 누리고 싶어졌다. 마침 무언가가 눈앞을 확 밝혔다. 하루 중 가장 맹렬한 오후의 햇발. 산란하는 모양이 너무나 눈부셔서, 조영은 얇고 미끄러운 중심부의 빙판이 갈라지는 소리를 미처 듣지 못했다. 몸이 기울어질 때까지도 뭐에 홀린 사람처럼 흩날리는 빛의 파편을 손으로 잡으려고 허우적댔다.

소낙이 나타난 건 그때쯤이었다. 소낙은 분명히 끝장을 향해가는 삶에 제멋대로 난폭하게 비집고 들어와 조영을 구했다. 조영은 쿨하게 인정했다. 꽤 멋진 등장이었다. 거기까지였다면 적당히 감사 표시하고 서로 갈 길 갈 수 있었을 텐데. 변덕스럽기 짝이 없던 그 사람이 또 그날따라 기분이 좋았는지 바윗돌에 쪼그려 앉아 훌쩍이는 조영에게 휴지도 주고 겉옷도 덮어주는 바람에 사달이 났다. 그뿐인가, 한창 예민한 무능력 청소년의 속 깊은 얘기까지 들어줬으니 고마운 마음이 더 커지는 건 당연한 수순이었다.

그날 조영은 시골 촌구석에서 제 능력을 모르고 있는 이 사람을 세계 최고의 영웅으로 만들겠다고 다짐했다. 애석하게도 소낙은 그날 조금 착한 짓이 내켰을 뿐이었는데. 무능력자로 태어나 비통했던 그간의 설움마저도 전부 승화시켜 쏟아부으리라. 받은 것은 촌스러운 체크무늬의 마을 회관 손수건과 급히 찢은 노트에 적힌 전화번호 한 줄이 전부였지만, 그 다짐으로 조영은 최단기간에 아카데미를 졸업함과 동시에 여전히 마을에서 백수처럼 놀고 있던 소낙을 찾는 데 성공했다. 인턴으로 일했던 소속사에 데려와서 '후레자식', '망나니' 따위의 별명이나 갖고 있던 소낙의 이미지를 머리부터 발끝까지 뜯어고쳤다. 참을성이 부족하고 정해진 일정에 따르는 것조차 힘들어하던 소낙의 고약한 성미 정도는 조영에게 아무런 문제도 되지 않았다. 그런 건 조영의 힘으로 극복하면 그만이었다.

조영은 소낙에게 서포터로서 줄 수 있는 모든 것을 줬다. 거칠고 다듬어지지 않은 언행에서는 기구한 과거사로 상처 입은 반항아의 이미지를 뽑아냈다. 좀처럼 어디 맞추기 싫어

하는 성정에는 자유분방한 록 스타 내지 집시의 색을 덧입혀 흠이 될 만한 곳을 철저히 가려주었다. 듣도 보도 못한 시골 마을의 백수 소낙은 그렇게 조영의 손에서 10대들이 가장 열광하는 최정상의 하이틴 히어로가 됐다.

그는 아파도 서로를 보듬고 거침없이 꿈을 향해 달려드는 청춘의 표상이 되었다. 수많은 청소년이 한때 소낙을 보고 자신들의 뜨끔한 사춘기를 마냥 외롭지 않게 이겨냈다며 감사와 애정 어린 메시지를 보내왔다. 문제는 소낙이 이 모든 것에 일말의 고마움도 느끼지 않았다는 점이다. 소낙은 끈질기게 자신을 따라다니며 설득하는 조영을 눈에 띄게 귀찮아했다. 그가 즐기고 싶어 하는 충동적 스릴에 유명세나 명예 같은 건 조금의 쓸모도 없었다. 그는 애초에 가진 것을 지켜야 한다는 개념이 없는 사람이었다.

청춘의 상징이 한낱 범죄자로 추락하는 건 한순간이었다. 그것도 쪽팔리게 마약 사범으로. 조영은 지푸라기를 잡는 심정으로 유통에 대한 것만은 뒤집어쓰지 말라고 했다. 소낙은 법정에서 유통 및 판매 혐의까지 대충 인정하며 조영이 지금까지 바친 성의를 전부 물거품으로 만들어버렸다. 마지막까지 소낙을 떠받들어보려고 기를 썼던 천재 프로듀서 조영의 추락도 예견된 일이었다.

어린 시절에 동경과 사랑의 감정을 구분할 줄 아는 사람이 몇이나 될까. 누가 가르쳐준다면 또 모르겠다. 그저 금기처럼 쉬쉬하기 바빴으면서 둘을 헷갈려하는 젊은이들을 비난하는 세상의 경향은 참 가혹했다.

오래도록 열지 않은 파일을 응시하며 조영은 따끔거리는 한쪽 눈을 찡그렸다. 아직까지도 젊은이들의 심정을 대변하게 되는 자신의 설익은 마음이 싫었다. 조영에게 남은 건 별다른 이름도 없이 새로운 여덟 자리 숫자로 날짜를 쓴 폴더에 밀어 넣는 게 전부인 온갖 뒤치다꺼리뿐이었다. 좋게 풀리면 남의 공이고 나쁘게 풀리면 조영의 실책이 되는 것들. 조영은 정말이지 자신이 쓰레기같이 살고 있다고 느꼈다.

조영은 무거운 안경을 벗어 내려두고 관자놀이를 주물렀다. 내가 왜 이러고 있지? 지금의 나는 무엇에 대해 속죄하는 중이지? 언제나 답이 명확할 거라고 생각했던 질문에 별안간 숨이 턱 막혔다. 간판 히어로의 몰락과 그에 따른 회사 이미지의 추락. 설립 초반부터 먼 길을 돌아가게 된 회사가 조영을 무턱대고 비난하거나 사지로 몰아넣은 것은 아니었다.

하지만 조영은 태어나서 처음 맞닥뜨린 거대한 실책을 제 힘으로 메우지 않고는 견딜 수 없었다. 아무도 그녀에게 그것을 견디거나, 적당한 대처로 뻔뻔해지는 법을 가르쳐주지 않았다. 완전히 코너에 몰린 조영이 선택한 방법은 샤이닝컴퍼니가 일어설 때까지 자신의 젊음을 헌납하는 것이었다. 가장 값진 시간을 담보로 걸고 한때는 그래도 자신을 내쳐버리지 않는 회사에 감사함까지 느꼈다. 그러나 갈수록 무언가 잘못되고 있었다. 조영 자신의 손으로 밑바닥까지 낮춰버린 스스로의 가치는 절대 다시 위로 떠오르지 않았다. 어디까지나 조영이 사는 곳은 부력이 아닌 중력이 작용하는 공간이었으므로.

어느 순간부터 책임만 있고 권리는 찾아볼 수 없는 방관 속의 삶을 끝마치고 싶었다. 마침내 조영의 뺨을 타고 뜨거운 눈물이 흘렀다. 조영은 손바닥에 얼굴을 파묻었다. 살고 싶다. 좀 잘 살고 싶다. 분명한 것 하나 없는 더러운 문제지를 얼음물에 맨손으로 빨아다가 다음 날 아침 9시까지 명료한 답지로 말려서 제출하는 시한폭탄 같은 인생에서 벗어나고 싶어. 나도 이름을 갖고 싶어. 잃어버린 게 아니라 이젠 사라져버려서 새로 찾아야 한단 말이야. 흘러서 떨어지는 마음들이 투명했다. 조영은 자신을 오래 울도록 내버려뒀다. 그 시간이 사치스럽다 느끼지 않았을 때 조영은 자신이 많이 자랐음을 깨달았다.

그래서 다 그만두기로 했다. 자신이 정말 어른이라면 어른답게 사는 것도 나쁘지 않을 것 같았다. 조영은 속이 다 비치는 흰 봉투 위에 거침없이 글자를 적어 내려갔다. 진부하지만 언젠가 꼭 해보고 싶었던 대사도 남겼다. 그래도 마지막은 훈훈해야겠지. 안녕, 샤이닝컴퍼니. 안녕, 돌이킬 수 없는 과거의 영광. 안녕, 내 죄와 벌. 자라게 해줘서 고마워. 다신 만나지 말자.

* * *

"이름이 뭐라고요?"
"아, 저, 써리원이요."
"그게 이름이에요?"
"네?"
"그게 이름이냐고요."

의자에 삐딱하게 앉은 조영은 종이 끄트머리에 펜촉을 누른 채 한참 가만히 있었다. 펜 끝에서 까만 잉크가 울컥거리며 새어 나왔다. 곧 종이에 새카맣고 축축한 얼룩이 맺혔다. 조영은 그 검은 웅덩이와 꼭 닮은 눈을 하고 45도로 고개를 숙인 채 아래의 허공을 멍하니 주시했다.

이게 다 무슨 일일까?

조영은 정말 묻고 싶었다. 물을 수만 있다면. 그러나 불과 한 시간 전의 자신이라면 지구 끝까지 도망쳐서라도 그 답을 회피할 것이었다. 누구보다 조영을 잘 아는 사람은 조영이었으므로 그녀는 좀처럼 힘이 들어가지 않는 손목을 향해 시선을 돌렸다. 눈에 보이긴 하는데 마음처럼 움직이지 않는 게 꼭 남의 손이나 목각 팔을 어깨에 달아둔 것 같았다.

"예명 말고요, 본명."

"아, 그건 실장님이 말하지 말라고."

"가지가지 하네, 정말."

조영의 앞에 놓인 이력서는 척 보기에도 절반 이상이 공란이었다. 내가 왜 그랬을까. 질문을 바꿔봐도 달라질 건 없었다. 간절히 바라도 직접 손대지 않고는 채워지지 않는 빈칸들이 조영을 비웃듯 희멀겋게 존재했다. 전부 그대로였다. 오래된 책상 앞에 앉아 있는 젊은 남자애만 빼고. 조영이 말없이 있는 동안 그는 손가락으로 책상 위 유리의 긁힌 자국이나 문댔다.

"제가요?"

성 실장의 말이 끝나자마자 조영은 퀭한 눈으로 물었다.

먼저 치면 필히 이긴다는 말에 따라, 본래대로라면 조영의 필승이 예견되어 있던 상쾌한 아침이었다.

"알잖아. 얘 이번에 회사가 작정하고 밀기로 했다니까. 조 대리만 한 사람이 없어! 아니, 막말로 난 근 5년간 새로 들어온 애들 중에 조 대리보다 눈 좋은 애들 못 봤잖니."

내가 이거 지지난달에도 말했다? 기억 못 하는 거 아니지? 안 그래도 굴러떨어질 것 같은 커다란 눈을 크게 뜨고 묻는 성 실장의 표정이 그렇게 얄미울 수가 없었다. 조영은 차마 뚫린 입으로 튀어나오는 말을 막지 못했다.

"그렇게 좋다고 느끼셨으면 추천을 해주시지 않고……."

애초에 가슴속에 사직서를 품고 온 회사원에게 두려울 게 있을까? 단 한 가지 실수가 있다면 조영이 제 발로 실장실에 찾아가지 못하고 불려가버렸다는 점이었다. 성실하기 짝이 없는 성 실장이 무려 출근 두 시간 전부터 보내놓은 메신저에 조영은 등골이 오싹해졌다.

"에이, 내가 무슨 힘이 있나? 아휴, 마음 같아선 백번도 더 추천했지. 나도 그냥 월급쟁이예요, 한 달 벌어 한 달 겨우 먹고사는. 내가 백이 어디 있어. 아무튼 그게 중요한 게 아니고, 이거 좀 봐봐."

성 실장은 다짜고짜 얇은 파일철 하나를 내밀었다. 엘리베이터를 타고 올라오면서 애써 부정했던 감이 처절하게 들어맞는 순간이었다. 주황색 겉표지를 열자 앳된 얼굴의 남자애가 뚱하고 바보같은 표정으로 찍힌 증명사진이 조영을 반겼다. A4 종이에 얼굴만 꽉 들어차 있어 외면할 수도 없었.

"애 잘생겼지."

"이 친구가 잘생긴 거랑 저랑 무슨……."

"조 대리가 미남 하나는 끝내주게 뽑잖아. 딱 봐봐. 견적이 나오지 않아? 대박이라는 생각이 막 들지?"

성 실장은 들고 있던 효자손 끝으로 사진을 찌르듯이 가리켰다.

"얘가 되게 괜찮거든? 능력도 기가 막혀. 이따 보면 알겠지만. 근데 흙먼지가 좀 많이 묻었어. 아무것도 모……르지는 않고 뭐 어느 정도 가르쳐놓기는 했어. 그러니까 조 대리가 잘하는 거 있잖아. 캐릭터라는 거를."

"실장님."

"응?"

조영은 처음으로 성 실장의 말을 끊었다. 일장 연설을 늘어놓던 성 실장이 당황한 낯으로 돌아보건 말건 조영은 품에서 사직서를 꺼내 사진 위에 올려두었다.

"뜻하시는 바 알아들었고, 말씀은 감사하지만 저 오늘 여기 사직서 내러 왔습니다."

"갑자기? 왜?"

시선을 내리깐 채 두 손을 가지런히 모은 조영이 아무 말 없이 고개를 들어 성 실장의 눈을 마주 봤다. 성 실장은 콧구멍이 늘어날 정도로 입술을 감춰 물며 눈을 굴렸다.

숨 막히는 침묵의 시간. 조영은 생각했다. 여기서 밀리면 안 돼. 저 만년 묵은 너구리 같은 인간한테 이대로 선수를 뺏길 순 없지.

이윽고 성 실장이 아랫입술을 쭉 내밀고 선선히 고개를 끄덕였다.

"하긴, 조 대리가 그동안 너무 힘들기는 했지. 어디 힘들다 뿐인가? 이 망할 놈의 회사가 조 대리한테 진짜 너무했잖아. 10년을 일했으면 손에 뭐 떨어지는 게 있어야지."

그럴 만하지. 그럴 만해. 손바닥 위로 효자손을 연신 두드리며 성 실장이 중얼거렸다. 성 실장은 꿀벌이라도 된 것처럼 사무실 안을 팔자로 맴돌았다.

이제 슬슬 끝을 내야 했다.

조영이 사직서가 놓인 파일철을 한 번 더 건네며 입술을 떼는 순간 성 실장이 맑은 눈을 하고 조영을 돌아봤다.

"내가 이사님 추천서 따줄게."

"실장님."

"딱 한 달만 맡고 시원하게 퇴사해. 그러면 조영 씨가 어디를 가든지 최고로 대접받을 수 있는 프리 패스권 하나 해줄게. 뭐 그동안 회사가 조영 씨한테 해준 게 없잖아. 퇴직해도 아는 척이나 하겠어? 기껏해야 쥐꼬리만 한 퇴직금이나 쪼끔 던져주겠지. 근데 그러면 안 되는 거잖아."

"실장님이 이사님 추천서를 어떻게 따요."

"나는 약속은 지킨다?"

팽팽하게 맞당겨진 시선이 공중에서 부딪쳤다. 말이 안 되는 소리였다면 조영은 진작 실장실 문을 박차고 나갔을 터였다. 가장 잔혹한 사실은 이미 조영의 발이 도무지 움직일 생각을 하지 않는다는 거였다.

성 실장은 거기다 딱 한마디 더 했다.

"조영 씨, 베테랑이잖아."

환청처럼 맴도는 성 실장의 목소리에 조영은 이력서 파일을 넘기다 말고 눈을 질끈 감았다. 몇 번을 반복해서 봐도 이렇다 할 만한 밑천은 없었다.

써리원. 20세. 강원도 양양군에서 나고 자라 신인개발팀의 캐스팅으로 발탁. 중학교 중퇴. 능력은 초 단위로 움직이는 초속 능력, 도움닫기를 한 곳에서 높게 뛰어오르는 발사 능력으로 이중 능력 소지. 기타 경력 없음. 얇디얇은 이력서의 뒷장에는 신문 기사 하나가 붙어 있었다.

> 어린 소년, 무너지는 다리에서 서른한 명의 인명 구해... 31초의 기록을 남기고 홀연히 사라진 민간인 영웅, 그는 누구인가?

"그래서 쓰리원이야? 31초에 서른한 명을 구해서?"

단순하기는. 속으로 덧붙인 가차 없는 비난과 달리 직관적인 예명이 가장 효과적일 때가 많다는 사실을 조영도 이미 알고 있었다. 그저 시기상, 성 실장이 정해놓은 것은 전부 아니꼽게 느껴질 뿐이었다.

조영은 내내 신문 조각에만 머물던 시선을 힐끔 들어올렸다. 회색 모자가 달린 현란한 핑크색, 하늘색, 노란색의 체크무늬 후드 집업을 보니 절로 뒤통수가 지끈거렸다. 저건 도대체 어느 시절의 유물일까? 목까지 잘린 증명사진만 보고 안일하게 판단한 건 조영뿐만 아니라 성 실장도 마찬가지일지 몰랐다. 조영은 이내 탁 소리가 나도록 파일철을 덮고 자리에서 일어섰다.

"따라오세요."

성 실장이 채광 좋은 꼭대기 층으로 사무실을 옮겨주겠다고 했지만 조영은 거절했다. 사무실이 지하에 배정된 순간부터 어차피 옮기지 못할 것을 예상하고 작업실에 보다 공을 들였다. 철제 프레임 책장에 가지런히 배열된 레퍼런스 파일과 해당 기간의 작업물이 빼곡히 붙은 메모 보드, 간단한 촬영 기기부터 LP 턴테이블, 빔 프로젝터, 마이크, 커다란 깃털 모양의 석고 방향제까지. 조영의 개인 작업실에는 애정이 다

채롭게 묻어 있지 않은 곳이 없었다.

 열쇠로 문을 열고 안쪽으로 들이자 여태 묻는 말에 대답하는 것 외에는 별다른 말을 꺼내지 않던 쎠리원이 작은 탄성을 냈다. 방의 크기가 크지 않아서 쎠리원은 조영을 따라 들어가다가 의자 등받이에 걸쳐져 있던 담요를 떨어뜨릴 뻔했다. 바닥에 떨어지기 전에 담요를 줍는 데 성공한 쎠리원은 그것을 건네려다 말고 엉거주춤 들고 서 있었다.

 조영은 쎠리원을 등지고 구석에 박힌 탁상용 삼각대를 꺼내며 질문했다. "카메라 테스트 안 봤다고 했죠?"

 "네."

 "애초에 내 일이었다 이거네."

 조영은 짧은 한탄과 함께 책상 위에 삼각대를 던져두었다.

 쎠리원은 조영이 분주하게 준비하는 동안 몇 번이나 등받이에 담요를 걸려고 했지만 실패했다. 의자가 너무 미끄러웠다. 결국 담요를 팔에 건 채로 방 안을 둘러봤다. 별로 크지도 않은 작업실이었지만 방은 엄격히 두 공간으로 뚝 잘려 있었다. 책상과 의자가 있는 이쪽과, 별 물건이 없는 저쪽. 너머의 공간을 바로 들여다볼 수 있는 건 책상 앞으로 큰 유리창이 나 있기 때문이었다. 창은 여닫을 수 없는 구조였다. 그저 한쪽에서 다른 쪽을 들여다보기 위한 용도다.

 쎠리원은 부드러운 머스크 향이 감도는 이곳이 꼭 조영의 집 같다고 느꼈다.

조영은 층별로 정리된 패브릭 바스켓을 빼내면서 물었다.

"윗옷이랑 바지 몇 입어요?"

"어……."

조영은 알 만하다는 듯 고개를 주억이며 적당히 맞아 보이는 흰 티셔츠와 청바지를 하나씩 쥐여주었다.

"화장실 가서 이걸로 갈아입고 오세요. 복도 끝에 계단 올라가서 지하 2층."

써리원이 돌아오기를 기다리는 동안 준비를 마친 조영은 의자에 앉아 손이 가는 대로 뽑아놓은 무드 보드를 대강 훑어보았다. 레드 심벌 히어로라는 작업 목표와 어느 정도 짐작 가는 이미지를 대분류하고 콘셉트에 맞게 점점 줄여나가는 식이었다. 조영은 이미 넘쳐흐를 만큼의 자료를 갖고 있었고 유행은 돌고 돌기에 어깨 높이까지 쌓인 파일들로 충분해 보였다. 물론 그 많은 것들 중 30퍼센트는 히어로 소낙을 만들어낼 때 구축해놓은 것이라 조영은 입안이 썼다.

"이 짓도 오랜만이네."

그리고 이제 끝이겠지. 조영은 오히려 속이 후련했다. 대학 시절에도 휴학 한 번 한 적 없는 조영이었다. 여태껏 꿈도 못 꿔봤던 퇴사라는 게 가정만으로도 제법 사람을 신나게 만들었다. 우선 본가에 내려가서 끝내주게 쉬고, 허리가 아플 때까지 자고, 이미 반년 전에 남들은 다 보고 실컷 즐겼는데 조영 혼자만 못 본 드라마 시리즈도 아주 제대로…….

"티가 좀 작은 것 같아요."

노크도 없이 들어온 초짜 탓에 조영의 상상은 어영부영 끝이 났다. 조영은 앉은 자리에서 손을 뻗어 바스켓을 뒤졌다.

"티는 그거보다 더 큰 게 없네. 많이 이상하진 않아요. 일단 들어가봐요."

책상 옆의 문을 열고 써리원이 통창 너머의 방으로 들어가자 이어폰을 낀 조영이 마이크의 전원을 켰다. 짤막하게 울리는 소리가 지나고 나서 조영이 몸을 숙였다.

"잘 들려요?"

소리가 들리는 쪽을 향해 두리번거리던 써리원이 한 박자 늦게 고개를 끄덕였다. 조영은 손가락으로 동그라미를 만들어 보였다. 슬리퍼를 신은 발로 책상 밑의 페달을 누르자 통창 너머의 불이 꺼졌다.

"어이구."

안에 있는 사람의 반응과 상관없이 페달을 조작하는 조영의 움직임은 능숙하고 편안해 보였다. 몇 번의 조작이 끝나자 촬영용 조명이 켜지고 써리원의 등 뒤로 하얀 배경지처럼 불이 들어왔다. 송화가 들어왔을 때 우연히 조영의 작업실을 보고 더 편히 일할 수 있도록 제안하고 개조해준 것들이었다. 카메라의 영점을 맞추고 있자니 송화와 부쩍 가까워졌을 때의 기억이 났다. 송화에 대해서는, 모든 것이 손에 닿도록 이곳을 편리하게 만들어준 것 말고도 크고 작은 정들을 많이 느끼고 있었다. 몇 안 되는 아쉬움이기도 했다. 작업실을 더 오래 쓸 수는 없을 테니 본전 뽑고 가야지.

조영이 자세를 고쳐 앉으며 말했다. "정자세로 서줘요. 테스트 한번 할게요."

뻣뻣하게 차렷 자세를 한 써리원을 향해 플래시가 터졌다. 조영이 흘깃 찍힌 사진을 확인했더니 아니나 다를까 눈을 감은 채였다. 조영은 서랍에서 레이저 포인터를 꺼내 자신의 뒤쪽 벽 위에 그려진 작은 점을 가리켰다.

"사진 찍을 때 눈 잘 못 뜨죠? 카메라 보지 말고 여기 점 볼게요."

다시 찍은 사진은 한결 나았다. 배경색을 다양하게 바꿔가며 적합성을 본 조영이 살짝 아쉬운 듯 혀를 찼다.

"빨간색이 베스트는 아니네."

굳이 따지자면 가장 쨍한 빨강에서 채도를 조금 낮추거나 명도를 조절하면 훨씬 괜찮았지만 성 실장과 회사가 원하는 건 그게 아닐 터였다.

여태 한마디 없이 멀뚱히 서서 셔터가 눌리는 대로 눈만 끔벅이고 있던 써리원이 대뜸 물었다.

"빨간색이어야 돼요?"

조영은 바로 대답하는 대신 카메라 뒤에서 고개를 들어 맨눈으로 창 너머를 봤다. 그리고 노트에 몇 가지를 메모하며 별생각 없이 답했다.

"일단은요."

"그렇게 좋아하진 않는데."

다시 셔터로 뻗던 조영의 손이 멈칫했다. 사회생활을 해본 적 없는 말씨가 티 난다고 생각하며 조영은 어깨를 으쓱했다.

"회사에서 써리원한테 원하는 이미지가 그래요. 저도 별수는 없네요."

"빨간색이면 좋은 거예요?"

"똑똑하네요. 아무래도 그렇죠? 우리 회사에선 홍련 다음 사람이 써리원이 됐으면 해요. 아까 쓰여 있는 것 보니까 능력이 두 개나 되던데, 부모님이 물려주신 건가?"

써리원은 표정 변화가 많은 편이 아니었다. 조영은 그 또한 히어로의 자질이라고 생각했다. 감정을 쉽게 드러내지 않는 건 프로 히어로들에게도 어려운 일이었고 코치할 내용이 줄어드는 거야 더할 나위 없이 좋은 일이었다. 그럼에도 써리원은 잠시 고민하는 듯했다.

"닮았는지는 잘 모르겠어요."

"그래요? 검사를 늦게 받았어요?"

"피디님은 능력이 뭐예요?"

거꾸로 돌아온 질문에 조영은 무난하게 답했다. 더 이상 이 질문에 움찔할 나이도 아니었다.

"없어요. 저는 무능력자예요."

다만 답하면서도 그 대답이 미묘하다는 생각은 했다. 조영이 페달을 누르자 총천연색으로 변하던 배경지가 흰색으로 돌아왔다.

"옆에 있는 셔츠로 갈아입어볼까요?"

써리원이 미처 머뭇거리기도 전에 방 안의 조명이 차츰 어두워졌다.

조영은 의자를 빙글 돌려 앉아 팔짱을 낀 채로 눈을 감았다. 눈앞에서 아른거리던 섬광들이 어렴풋이 현기증처럼 남았다. 고요하고 어둑한 방에서 바스락대는 섬유 소리를 들으며 조영은 막연히 자문했다. 젊음에 대한 수요는 언제쯤 줄어들까? 조영은 안경, 카메라, 유리를 합해 세 겹 너머에서 관망한 어수룩한 남자애의 얼굴을 기억했다.

언젠가 송화가 번번이 마이크를 통해 얘기하는 게 불편하지 않느냐 물은 적이 있었다.

"실제 사람이라고 의식하기 시작하면 작업하기 힘들거든. 나는 성격이 좀 그래. 펜 선 하나도 조심해서 쓰게 될 때가 제일 답답하고 짜증 나."

송화는 조영의 입에서 짜증 난다는 말을 처음 들어봤다고 했다. 그렇게 어린 단어도 쓸 줄 아세요? 조영은 기가 막혔다. 그럼 어린 말이 있고 늙은 말이 있니? 당연히 있죠. 신조어라는 말도 있잖아요. 환절기에 휴지로 코끝이나 문지르고 있는 조영에게 송화가 씩 웃으며 말했다. 조 대리님은 아기 때에도 울어도 되는지 허락받고 우셨을 것 같았거든요. 네 살짜리가 어머님 진지 잡수셨느냐 하고. 조영은 끝내 송화에게 주유소에서 나눠준 홍보용 티슈를 던졌다. 그 티슈에 맥없이 어깨를 맞으면서도 송화는 뭐가 좋은지 한참을 더 웃었다. 진짜 마음이 싱그러운 사람에게 확언을 당하니 조영은 괜히 빈정이 상했다.

알지, 알고말고. 무엇보다 찬란하게 표상되는 청춘을 잊을 수 있는 자는 없었다. 한 시절 맛본 강렬함을 영원히 기억 속에서 지워낼 줄 아는 이들은 제정신으로 살아남기 힘든 세상이었다. 유리창을 두드리는 소리에 조영이 다시 돌아앉아 조명을 올렸다.

"이제 바스트 위로만 찍을 거예요. 얼굴 위주로."

모두가 그 시기를 경험하고, 지나치고, 다시 찾을 수 없기에 추억했다. 지구를 완전히 차지해버린 인류의 존속은 이미 본능보다 사치스러운 미련의 형태로 이루어지고 있었다. 어쩌면 젊음이 계속해서 생산되는 이유는 '나만 혼자 죽을 순

없지'라거나 '이렇게라도 위로받고 싶어'라는 이기적인 심보가 아닐까. 언젠가 조영은 본인이 이 일을 하기에 얼마나 적합한 사람인지 이런 식으로 관조해본 적이 있었다. 이렇게 세 겹쯤 떨어져서. 조영이 아까와 다른 페달을 누르자 빔 프로젝터에서 우주가 쏟아져 나왔다.

써리원은 이번에도 단조롭게 감탄했다. "되게 많은 걸 할 수 있는 공간이네요."

조영은 그 말이 참 이상하게 들렸다. 멋지네요, 신기해요 같은 것보다 훨씬 구체적인 표현. 써리원은 그런 것을 감탄사 대신 썼다. 같은 언어를 배워 사용하는데도 다른 국적의 사람과 대화하는 기분이 들었다.

"작을수록 그래야 하거든요. 움직여볼까요? 뭐 잘하려고 하지 않아도 돼요. 그냥 어떤 느낌인지 보는 거예요."

써리원의 포즈들은 잠도 덜 깬 명절 오전에 집안 어른들을 따라 가족사진을 찍으러 간 어린아이처럼 어색했다. 조영은 웃음기 하나 없이 사진을 찍고, 무언가 적기만을 반복했다. 필터가 다른 것으로 바뀌기 직전에만, 아주 잠깐씩 카메라와 노트에서 떨어져 의자를 뒤로 빼고 유리 너머를 바라보는 조영을 볼 수 있었다.

써리원은 '저 사람이 집중하는 얼굴이 저렇구나' 하고 생각했다. 필터를 바꾸고 셔터를 누를 때마다 조영은 촉망받는 신인에게서 뽑아낸 관념들을 필기했다. 어떤 것은 놓치지 않으려는 듯 휘갈기고, 어떤 것은 그 짧은 사이에도 고민을 하는지 느리게 눌러 적었다.

 '세대교체. 시간을 거슬러 만난 타국의 흔적.'

 자연스러움이 중요했다. 무엇을 잡아내든 최대한 써리원이 가진 것들 내에서. 알고 보면 기계식 공장처럼 단순하고 복잡한 공식투성이였다. 조영이 세 번째 프레임 안에 써리원을 집어넣었을 때 일찌감치 포즈가 고갈된 그가 손으로 브이를 했다. 방심한 조영이 실소했다.

 '신비로움과 현실감 사이.'

 조영은 연달아 메모했다.

 '이방인. 비일상. 진부하지 않은 현세대의 카사노바. 행방을 모르는 어린 시절의 이웃집 소꿉친구. 여행자. 때가 되면 돌아오는 사람. 본인의 의지와 상관없이 누군가를 기다리게 한다.'

 작은 방에 에어컨의 냉기가 빠르게 돌았다. 익숙하게 등받이를 더듬던 조영은 손에 잡히는 것이 없음을 깨닫고 뒤를 돌아봤다. 반듯하게 접힌 담요가 궤짝으로 사둔 탄산수 위에 놓여 있었다. 왠지 다시 펼치기가 무안해서 조영은 손바닥으로 차가운 뺨을 한 번 쓸고 말았다.

 '22호. 레드. 스칼렛보다 로즈. 캔디 애플과 체리.'

그러다 문득 궁금해졌다.

"말수가 없는 편이에요?"

"음, 아뇨. 근데 집중하고 계신 것 같아서요."

"머리는 왜 그래요."

"아는 누나가 미용 시험 연습한다고."

"큰일 날 뻔했네. 어디 가서 했느냐고 물어보려고 했는데."

써리원은 그 후로 말문이 트인 듯 여러 가지 질문을 했다. 언제부터 이 일을 했는지, 사무실은 원래 지하 3층인 건지, 따로 배정된 사진사 같은 건 없는지, 피디님은 나이가 몇 살인지 같은, 워낙 거침없어 아프기는커녕 헛웃음을 지으며 남의 얘기처럼 대답하게 되는 질문들이었다. 괜히 말을 시켰나. 그래도 사진을 찍는 동안 계속 움직이면 안 된다는 생각은 있는지 입을 옹졸하게 벌리고 웅얼대는 게 가상했다. 조영이 눈을 가늘게 뜨고 한탄한 직후에도 어김없이 다음 질문이 들어왔다.

"그럼 피디님 같은 직업을 뭐라고 불러요?"

그러게. 뭐라고 부른담. 말이 좋아 피디고 대리지, 그거야말로 호칭을 위한 호칭이었다. 이미 조영은 한마디로 정리하기 부적절할 정도로 많은 일을 동시에 하고 있었다.

"옛날 같으면 생각해봤을 것 같은데 이제 와서 열심히 생각하는 게 무슨 소용인가 싶네요. 옆으로 서볼까요? 아니, 그렇게 말고."

조영은 일어선 채로 직접 제 턱에 손을 대고 각도를 틀었다.

"이렇게 틀면 그림자가 안 져요."

"피디님은 사진과를 나오신 거예요?"

"아뇨."

"어떻게 그런 걸 다 아세요?"

조영은 눈두덩이를 비비면서 대답했다. "제가 모르는 건 없어요."

어느덧 마지막 필터였다.

그간 건너편 방에는 우주가 왔다가, 오로라가 드리웠다가, 불구덩이가 솟구쳤다가, 눈이 내렸다가 했다. 조영은 마지막으로 페달을 밟으며 찬장에서 필름 카메라를 꺼내 들었다. 꽉 채운 검은 배경과 흰 원. 하얗게 남은 배경지 위로 선명하게 써리원의 그림자가 졌다.

"그런데 미리 찍은 프로필도 없어요? 실장님이 꼭 한 번씩 찍으시는데."

"찍으려다가 말았어요."

조영은 렌즈가 빠듯할 정도로 피사체를 확대해서 당겼다. 써리원이 느리게 속눈썹을 깜박이자 이상한 기시감이 들었다. 한 번, 두 번, 세 번. 옆을 보고 섰던 써리원이 지시를 하기도 전에 카메라를 향해 고개를 돌렸다. 음영이 짙은 쌍꺼풀과 눈동자가 시야를 가득 채웠다.

'……짜장면?'

조영은 숨을 짧게 들이켰다.

그게 얘야? 어쩐지 김이 빠지는 기분이었다. 이 금지옥엽이 그때 그 짜장면이야?

테스트 촬영이 끝나고 조영은 휴게실에서 쪽잠을 잤다. 눈을 뜨자마자 송화가 코스튬 주문서를 눈앞에 들이밀었다.

"징그럽다. 징그러워."

요청 사항에는 다음과 같이 쓰여 있었다.

> 망토는 피할 것
> 장갑 필수, 벗겨지지 않게 손목 조임 필수

"망토는 홍련 때문일 것이고, 장갑은 왜?"

송화가 나야 모른다는 얼굴을 하자 조영이 질린다는 듯 고개를 저었다.

"뭐, 그래. 위에서 만들라면 만드는 거지. 내가 무슨 힘이 있다고, 응."

조영이 거의 감긴 눈으로 주문서를 훑어보는 동안 태블릿으로 일정을 정리하던 송화가 박수 치듯 태블릿 뒤편을 치며 물었다.

"저희 샘플 가격은 어느 정도로 잡을까요? 신인이라 샘플 다섯 벌은 잡아야 할 것 같은데."

조영은 대수롭지 않게 잠깐 생각해보더니 손을 휘휘 저으면서 대답했다. "대충 제일 비싸고 좋은 걸로 뽑사. 예산도 많은데."

* * *

늦은 오후의 영동대로는 끔찍하게 붐볐다. 몇 번의 헛손질 끝에 한쪽 귀에만 겨우 들어간 이어폰 속에서 송화의 징징거림이 새어 나왔다.

"대리님, 왜 요새 저 떼놓고 다녀요. 오늘도 성 실장님이 불러서 같이 밥 먹었단 말이에요. 실장님, 또 설렁탕에 꽂히셔서 한 달째 그것만 드신다고요. 더워 죽겠는데……."

"어, 그래. 너 말 잘했다. 나도 아주 죽겠어. 저기 송화야, 급한 거 아니면 나중에 통화할까?"

조영이 핸들 너머로 목을 쭉 빼고 앞 차선의 풍경을 살폈다. 신호가 바뀌고 출발과 정차를 반복한 게 몇 번인데 아직도 여기? 체감상 고작 30센티미터는 움직였나 싶었다. 곧 있으면 앞 차들의 번호판을 다 외울 판이었다. 답답한 마음에 조영이 콘솔 박스 위를 주먹으로 내리쳤다.

뜨끈한 식사를 마치고 아몬드가 들어간 초콜릿 바로 입가심을 하던 송화가 눈을 동그랗게 떴다.

"대리님, 어디세요? 뭐 다 부서지는 소리가 나는데요?"

조영은 제대로 묶지도 못한 머리카락을 마구 헝클었다. 울분 섞인 목소리가 송화의 이어폰으로 흘러들어왔다.

"아, 몰라. 걔 진짜 왜 그래?"

음. 우리 대리님이 퇴사 직전에 아주 잘못 걸리셨네. 어금니 골 사이에 낀 헤이즐넛 조각을 빼내며 송화가 안타까운 얼굴로 고개를 끄덕였다. 누군가를 이름도 없이 다짜고짜 '걔'라고 지칭해도 다 알아듣는 상황에 송화는 조영이 유난히 안쓰러워서 눈물이 찔끔 날 것 같았다.

조영이 공사 현장에 도착한 건 결국 건물 위로 노을이 내려앉을 즈음이었다. 주차장에서부터 달려온 조영은 무릎을 짚고 밭은 숨을 몰아쉬었다. 조영은 철골 위를 누비는 예비 히어로들 사이에서 써리원을 찾아 바삐 시선을 옮겼다. 바닥에 떨어져 질질 끌리는 겉옷의 허리끈도 갈무리하지 못한 채였다.

'아니고, 아니고, 아니고.'

조영의 미간이 좁아졌다. 왜 못 찾지? 나도 너무 더워서 정신이 나갔나?

[삼식이 또 실습하다가 **코스튬** 찢었단다.]

체념한 듯한 성 실장의 문자를 받고 울며 겨자 먹기로 퇴근 시간의 고속도로에 오른 것이 불과 한 시간 전이었다. 조영이 스스로 만든 코스튬 샘플을 못 알아볼 리는 더더욱 없었다. 하지만 아무리 찾아도 햇빛 화창한 날, 거울에 빛을 반사시키는 놀이를 닮은 이능력의 자취는 코빼기도 보이지 않았다.

조영은 급한 마음에 휴게실 옆에서 커피를 마시던 인부에게 다가가 말을 걸었다.

"여기 혹시 이만한 남자애 보셨나요? 옷이 빨간색인데."

"여기 뭐 다 옷이 뻘건데, 그렇게 말하면 어째 아누?" 인부가 시큰둥하게 답했다.

말을 듣고 보니 공사장의 인부들은 전부 형광 주황색 안전 조끼를 입고 있었다. 조영이 멋쩍게 헛기침을 했다. 어떻게 설명한담. 계약서상 기밀 유지가 걸린 사항이나 능력에 관한 특징을 빼자니 특정할 방도가 얼마 없었다.

"머리가 좀 얼룩덜룩하고요. 장갑을 끼고 있어요. 흰색 장갑이요. 그리고 좀."

"좀?"

"……좀 맹하게 생겼는데. 대꾸도 잘 못 하고."

"아, 그런 애 봤지. 저어기 건물 뒤에 있을걸?"

신입인가? 되게 말귀를 못 알아듣더라고. 다 식은 믹스 커피를 홀짝이며 덧붙이는 인부에게 재빨리 감사 인사를 건넨 조영이 걸음을 재촉했다.

짤막한 횡단보도 신호등에 때마침 불이 들어왔다. 건물을 빙 돌자 탈색과 염색이 엉망으로 된 부스스한 머리칼이 눈에 들어왔다. 목부터 등허리를 망토처럼 뒤덮은 분홍색 명절 선물 보자기가 보이자 조영은 숨이 멎어버릴 것만 같았다. 주여. 차마 다가가지 못하고 마음속으로 성호를 긋던 조영에게 써리원이 허리를 숙여 인사했다. 가슴팍이 찢어진 코스튬이 훤히 드러나자 조영이 기겁하며 보폭을 넓혔다.

"서이원 씨, 이게 대체 몇 번째야. 그리고 이 거적때기는 뭐야. 또 이런 일 생기면 업무에서 빠져서 일단 대기하라고 내가 그랬잖아요."

공식 데뷔 전까지 임시로 사용하려고 적당히 예명에서 따온 가명은 그간 조영의 잇새에서 몇 번이고 씹혔다. 조영은 구겨진 얼굴을 다 펴지도 못하고 써리원의 행색을 살폈다. 날카로운 섬광을 지닌 그의 오라를 갈고닦아 빛내기 위해 짜 맞춘 인조 가죽 점퍼는 어깨와 팔 부분만 겨우 남아 펄럭이고 있었다. 민소매 목 폴라 티셔츠의 목 부분은 누가 쥐어뜯기라도 한 것처럼 너덜거렸다. 혼자 어디서 폭탄이라도 맞고

온 듯한 몰골은 추레함을 넘어 처참했다.

일주일 만에 네 벌을 해드시고. 아주 장하십니다.

조영의 착잡한 심경을 아는지 모르는지 써리원은 머쓱한 낯으로 뒷목만 긁적였다.

"일 안 하고 서 있으니까 반장님이 빨리 와서 일하라고 하셔서."

"이원 씨 상사가 반장님이야? 소속사는 제일건설이고? 어디서 일하는지 잘 생각을 해보라고요. 그리고 옷이 찢어졌으면 좀, 다 보이는 데 서 있지 말고 적당히 휴게실이나 경비실 같은 데 양해 구하고 들어가 있으면 되잖아. 일이 생기면 제일 먼저 나한테 빨리빨리 연락을 하라고. 왜 이런 소식을 실장님 통해서 듣게 만들어요?"

써리원이 혼나는 중학생처럼 입을 꾹 다물고 눈이나 굴릴 때면 조영은 도무지 갑갑한 심정을 숨길 수가 없었다. 조영과 함께 있지 않는 시간은 교육생 신분으로 훈련 센터에서 히어로 단기 속성 교육에 매진 중이라고 했건만, 이쯤 되면 매진 중인 사람은 써리원이 아니라 코치들만이 아닌가 싶었다.

"우리는 공공기관 소속이 아니에요. 이원 씨도 가족 병원비 벌려고 왔다면서. 그러면 사람이 냉정해져야지. 일 하나하나 뭘 위해서 하고 있는지 목적을 뚜렷하게 해야 한다는 말이에요. 그리고 지금 이원 씨가 어떤 입장에 놓여 있는지도 잘 봐요. 회사 사람들 전부가 이원 씨 노출을 철저하게 막고 있어요. 빠른 시일 내에 데뷔해야 해서 더 조심해야 되고 시간도 없다고. 근데 지금 이게 뭐야. 아주 광고를 하지? 멀리서도 저 꼬락서니를 하고 있는 게 누군가 하고 궁금해서 찾아오겠다. 응?"

조영은 구시절의 공문서에나 쓸 법한 서체의 파란 글씨로 '축 함 여사 환갑 하'라고 적힌 꼬질꼬질한 보자기를 손가락으로 찌르며 말을 쏟아냈다. 배운 내용이 전부 한 귀로 빠져나가지 않고서야 이럴 수가 있나.

"능력을 쓰면서 부대끼는 게 있으면 센터에다가 말을 하세요. 그쪽에서 분석을 해서 자료를 넘겨줘야 내가 코스튬에 반영을 할 수가 있단 말이야. 아니면 진짜 그냥 조심성이 없는 건가? 이게 샘플이긴 해도 가격이 꽤 나가거든? 다 차치해도…… 매번 이렇게 코스튬을 찢어먹으면서는 히어로 일을 할 수가 없어요, 예? 아니, 뭐. 대문짝만하게 바바리 맨이라고 기사에 실리고 싶은 게 아니면 제발 조심 좀 하자. 조심 좀 해. 나만 조심하지 말고 너도 조심을 좀 하라고."

꾸중이 길어질수록 담요를 감싼 써리원의 자세가 다소곳해졌다. 써리원은 한탄 내지 타령처럼 쏟아내는 조영의 말이 잦아들 때까지 기다렸다가 조용히 물었다.

"피디님은 훈련 센터에 안 오세요? 직접 와서 보시는 게 빠를 것 같은데."

 조영은 그걸 말이라고 하느냐는 듯 손을 저으며 지친 얼굴로 여벌의 옷을 꺼내주었다.

 "난 코치가 아니라서 훈련 센터에 가면 안 돼요. 사내 규정이 그래."

 휴게실로 들이밀어진 써리원이 옷을 갈아입는 동안 조영은 컨테이너 문에 등을 기댔다. 손등으로 이마를 문지르자 땀이 한 움큼이나 쓸려 나왔다. 저도 모르게 헛웃음이 났다. 불과 지난주만 됐어도 이렇게 질겁하고 식은땀을 흘려본 게 얼마 만인지 했겠지만 고작 한 주 만에 익숙해져버렸다. 소름이 돋는다, 소름이 돋아. 한 달이 금방 갈 거라고 생각했던 건 완전히 오산이었다.

 조영은 평상복으로 갈아입은 써리원을 데리고 터덜거리는 발걸음으로 편의점에 들어갔다. 에어컨의 찬 공기가 평소처럼 소름이 돋기는커녕 구세주처럼 반가웠다. 조영은 그 사실마저 슬펐다. 아직 이렇게 더울 때가 아닌데. 이게 다 화야, 화. 난 죽을 때 무조건 화병으로 죽을 거야.

 괜히 고개를 돌려 써리원을 본다고 해서 꺼낼 수 있는 말이라고는 없었기에 조영은 원 플러스 원 세일 중인 바나나 우유를 두 개 집었다. 건설 작업장 근처의 작은 편의점이라 내부에 앉을 만한 자리가 없었다. 조영은 잠시 고민하다 결국 다시 밖으로 나왔다. 그새 후덥지근해진 여름 공기가 얼굴을 훅 덮쳤다. 바나나 우유 한 개와 빨대를 써리원에게 내밀며 조영은 나지막하게 말했다. 짧은 손톱이 뚜껑 껍질 위에서 몇 번 헛돌았다.

"이원, 내가 너랑 같이 있을 수 있는 시간이 그렇게 길지 않아. 배우는 속도가 느릴 수는 있는데 그걸 티를 내는 건 안 돼. 너는 유망주잖아."

"송화 누나한테 들었어요. 곧 퇴사하신다고."

"걔는 뭐 벌써 누나라고 부르라고 한다니? 웃긴다, 걔도."

써리원이 건네받은 빨대를 도로 내밀자 조영이 짧게 손을 저었다.

"그걸로 먹는 게 더 불편해."

"왜요?"

"내가 말수가 없냐고 했던 게 아주 화근이다. 너도 참 궁금한 게 많아."

조영이 껍질 까기를 성공한 것은 써리원이 우유를 반은 마셨을 즈음이었다.

"입병이 자주 나서 그래."

"병원 가시면 안 돼요?"

가볍게 목을 축인 조영이 가소롭다는 듯 웃었다.

"너도 정직원 돼봐. 병원 갈 시간이 있나."

그러네. 퇴직하면 병원부터 싹 돌아야겠다. 편의점 간이 테이블의 파라솔 아래에서 조영이 느리게 눈을 깜박였다. 플라스틱 우유 단지의 아랫부분을 쥐고 조영의 휴식을 관망하던 써리원은 한참 만에 우유병을 기울여 마셨다. 뜨뜻해진 바나나 우유가 두꺼운 볼을 부풀렸다가 사라졌다.

***

오랜만에 찾은 사내 식당에서는 홍련의 은퇴 뉴스가 흘러나오고 있었다. 송화는 당면이 들어간 어묵 조림을 껌처럼 질근질근 씹으며 코웃음을 쳤다.
"무슨 은퇴를 한 달 동안 하네. 대통령인 줄 알겠어요."
"대통령보다 인기는 많을걸."
따라 웃은 조영이 미역 건더기를 젓가락으로 깨작거렸다. 그러다 고개를 들고 의아한 눈으로 송화를 봤다. 카메라 플래시로 번쩍거리는 TV 화면을 보고 기가 찬다는 표정을 지을 때마다 송화의 양쪽 귀에 달린 얼굴만 한 귀걸이가 따라서 흔들렸다.
"근데 사내 식당은 왜? 죽어도 싫다더니."
"요즘 대통령보다 바쁘신 대리님과 한 끼 하려면 구애인 정도는 감수해야죠. 뭐 어쩔 거야. 싫으면 지들이 피해야지."

송화는 아무런 알림도 뜨지 않는 조영의 휴대폰 액정을 물끄러미 바라보다가 물었다. "대리님은 퇴사 디데이 같은 거 안 해놔요?"

"……요샌 그런 것도 해?"

조영의 둥그렇게 뜬 눈을 보고 송화는 꼭 휴대폰이 터치가 된다는 얘기를 처음 들은 사람 같다고 생각했다. 이걸 어떡하면 좋아. 이래서야 정작 퇴사하고 나면 뭘 해야 할지 모르겠다고 한 달 만에 다시 구직 사이트를 뒤지게 생겼군.

"당연히 무조건 해놓죠. 퇴사 날짜 정해지면 하루하루 그것만 보면서 사는구먼."

아침에 일어날 때 보고 출근할 때 보고 퇴근하면서 보고 자기 전에 보고. 연초에 50만 원 주고 받아온 부적처럼 마르고 닳아서 풍화될 때까지 보는 거라고요.

간만에 들은 송화의 넉살에 조영이 김빠지듯 웃었.

"그만둔다고 생각하니까 기분이 이상해."

"어떻게 이상한데요?"

"티를 내면 안 될 것 같은데, 그래도 너무 열심히 사는 것도 별로인 것 같고. 대충 하자니 찔리고. 몰라. 뭐라고 말을 못 하겠네."

조영은 말을 골라보다가 금방 포기했다. 말마따나 퇴사 디데이니 하는 건 생각해본 적도 없었다. 당연히 그만두고 싶다는 생각이야 숨 쉬듯이 해온 거라 충동적인 결정이라는 느낌은 없었지만, 자각할 때마다 얼떨떨한 것도 사실이었다.

"맘 같아선 그냥 대충하면서 월급이나 따먹으시라고 하고 싶긴 한데요. 제가 퇴사 선배로서 말씀을 드리자면, 대리님 같은 성격은 오히려 대충 끝내면 찝찝해서 퇴사하고도 발 뺄 고 못 잘 스타일이에요." 송화가 진지한 눈빛으로 치커리를 흔들며 조언해주었다.

조영도 비슷한 생각이었다. 아니, 되레 퇴사 직전에 이렇게 바쁘니 생각이 줄어서 차라리 좋았다. 번복할 마음조차 깡그리 앗아간 느낌이라고 해야 하나.

그 마음을 읽기라도 한 양 송화가 물었다. "근데 삼식이는 요새 훈련 잘 받아요?"

멍하니 젓가락 끝을 응시하던 조영의 눈이 싸늘하게 굳은 채로 송화를 마주 봤다.

"말도 마. 나는 진짜 개를 이해할 수가 없어. 그래. 내가 애초에 이해할 필요는 없지만, 애가 무슨 벽에다 대고 얘기하는 것 같아. 똑같은 얘기를 한 다섯 번은 해야 흡수가 되나 봐. 걔는 진짜 어떤, 스타의 재목이 전혀 아니야."

풀리지 않는 문제가 있으면 대화하는 상대방에게서 살짝 비껴간 곳의 허공을 주시하며 한풀이처럼 중얼거리는 조영의 버릇을 송화는 잘 알고 있었다. 도무지 써리원 그놈이랑

다니면서 누구한테 털어놓을 수 있는 내용이 아니군.

송화가 유산균이 1억 마리나 들었다는 요구르트를 홀짝거리는 동안 조영은 한 손으로 입을 막듯이 뺨을 누르고 중얼댔다. 대강 들어보면 써리원이 코스튬에 포함되지 않은 토끼 모양 털 귀마개를 하고 나타났다는 내용이었다.

"하고 오려면 좀 예쁜 걸 하고 오든가. 센스라는 게 진짜 하나도 없어. 처음에 옷 입고 온 꼴을 보고 알았어야 했는데. 한여름이 다가오는데 털 귀마개가 뭐니. 그것도 토끼, 그것도 핑크색. 미친 줄 알았어. 보나 마나 집에 굴러다니는 거 아무거나 주워온 거겠지. 무슨 이명이 들려서 그렇대. 훈련 센터에서 하루 종일 능력을 쓰게 하니까 원래보다 좀 많이 썼나 보지. 그럼 나한테 말을 하든가, 센터에다 보고를 하든가. 그래야 뭘 만들어주든가 하지. 왜 지 혼자 그런 걸 쓰고 나타나는 거야. 요즘은, 요즘이 뭐야. 30년 전에도 아이돌들한테 연습생 때부터 옷 예쁘게 입으라고 가르쳤어. 걔가 살던 동네, 걔네 집만 시간이 한 100년은 늦게 흐른다니? 왜 그렇게 사람이 둔해. 그것도 정도가 있지. 히어로를 하기로 본인이 마음을 먹었으면……"

송화는 자신이 괜한 말을 꺼냈음을 뼈저리게 깨달았다. 뉴스가 끝난 TV 화면에서 협찬을 많이 받은 프로그램의 열다섯 번째 광고가 지나가던 참이었다.

그래서 송화는 전략을 살짝 바꾸기로 했다.

"퇴사 축하합니다. 퇴사 축하합니다. 사랑하는 대리님. 퇴사 축하합니다."

조금 이른 퇴사 축하 깜짝 파티를 열어주는 쪽으로. 사무실 문을 열자마자 머리 위로 쏟아지는 파티용 축포에 조영은 반사적으로 양손을 펼쳐 얼굴을 가렸다. 슬그머니 손을 내려 머리에 들러붙은 색종이 조각들을 떼어내다 보니 보이는 얼굴이 여럿이었다. 조영의 낯이 대놓고 어리둥절해졌다.

조영이 프로듀서로 참여해 지금은 열 손가락 안에 꼽히는 인기 히어로가 된 앤비,★ 그리고 지하 3층 사무실의 원년 멤버★★ 로이와 텐더였다. 일단 송화가 시키는 대로 축하 노래를 부르기는 했지만 하나같이 조금 민망하고 머쓱한 표정이었다. 상황 파악이 끝나고 나니 조영도 그 표정이 뜻하는 바가 고스란히 느껴졌기에 괜스레 타박을 했다.

★ 작년까지는 앤비의 인기를 꼽는 데 열 발가락까지 사용해야 했지만, 올해 초 잡지사 인기투표에서 처음으로 10위권에 안착했다. 각종 사물들의 위치를 서로 바꿀 수 있는 대체 히어로이다. 본명인 '은비'에서 따와 '무언가가 대체된 그 자리에는 앤비가 있다'라는 뜻의 표기 철자 AndB, 동음이의어인 Envy를 함의하는 히어로 예명은 조영이 직접 지었다.

★★ 라고 해도 각각 벌써 2년, 4년 전에 함께했던 이들이다. 로이는 송화의 동기. 현재는 각각 지상 층에 사무실을 둔 다른 부서로 이동하여 팀장과 대리를 단 상태다.

"이거 치우는 게 더 오래 걸리겠다. 퇴사가 뭐 별나다고 이런 걸 하니."

"대리님, 그거 걱정하실 줄 알고 종이가 줄에 매달려 있는 걸로 준비했잖아요."

눈 하나 깜짝 않고 줄에 매달린 축포 한 뭉텅이를 번쩍 들어 올린 송화의 너스레에 그 자리에 있던 사람 모두가 못 말린다는 듯 웃고 말았다. 파티 멤버치고는 조촐했지만 사람을 아는 대로 부르지 않은 것 역시 송화의 센스였다. 비록 기회가 되는대로 지상 층에 올라가 승진 절차를 밟았더라도 조영과 일을 한 시간이 꽤 길고, 마주치면 눈을 피하지 않고 인사하는 사람들이다. 무언가 특별히 도움 주려 애쓰지는 않더라도 굳이 조영의 존재를 지워버리지 않는 이들을 송화는 제법 높게 평가했다. 어떤 종류의 용기가 있는 사람들이라고 생각했다. 때문에 송화는 같이 일한 적도 없는 텐더와 딱 두 번 현장에서 마주친 게 전부인 앤비에게까지 망설이지 않고 사내 메신저를 날렸다.

예상한 대로 그들은 무시하지 않고 지하 3층으로 왔다. 나도 사람을 보는 눈이 있다니까. 송화는 자아도취가 듬뿍 담긴 입꼬리를 한껏 끌어올리며 조영이 한 개짜리 곰돌이 모양의 초를 부는 모습을 흐뭇하게 지켜봤다.

"한 살 때도 이런 초는 안 불었겠다."

그 말을 들은 송화는 로이가 손으로 입술을 치든 말든 어깨를 으쓱하며 뻔뻔하게 덧붙였다.

"이왕 새로 시작하는 거 한 살로 돌아갔다고 생각하세요. 서른한 살도 한 살이죠."

빨간 점퍼 베스트를 입고 헤드폰을 쓴 별로 크지 않은 키의 남자가 미적거리며 복도를 지나간 것은 그쯤이었다.

"저거 삼식이 아니야?"

송화는 눈 깜짝할 새에 복도로 뛰어나가 써리원을 붙잡아 왔다. 조영이 말릴 새도 없이 순식간이었다. 헤드폰을 벗은 써리원의 표정은 좀 전의 조영 못지않게 얼떨떨해 보였다. 잠깐 써리원과 눈이 마주친 조영도 덩달아 멋쩍은 얼굴이 됐다.

"자, 너도 축하드려. 좋은 날 미리 잡아 파티 중이다."

"……어떤 축하를 드리면 되죠?"

당황한 것치고 침착한 질문에 앤비와 텐더가 까르르 웃었다. 두 사람 모두 말은 하지 않았지만 이렇게까지 신인은 오랜만이라는 표정이었다. 담당 부서가 훈련 센터와 연계되어 있는 로이는 써리원을 알아보고 알은체를 했다.

"어, 지난번에 봤을 때랑 코스튬이 또 다르네?"

"당연하지. 샘플 하나 바뀔 때마다 새 항목 업데이트 싹 하는 거 몰라? 우리 대리님은 너희 같은 후레아들이랑 달라."

"미안한데 우리 팀은 코스튬에 원래 일절 손도 안 대거든. 대리님은 나도 정말 존경하는데 욕은 하지 말아줄래?"

"너희는 싸우지 좀 마라. 2년 전이랑 지금이랑 어떻게 다를 게 없니. 둘 중에 하나가 올라가서 다행이다."

조영의 묵직한 농담에 앤비가 헛기침까지 하며 간신히 웃음을 참았다.

정작 답을 얻지 못하고 멀뚱히 서 있던 써리원은 조영이 몸을 숙여 색종이 조각을 줍는 걸 보고 따라 줍기 시작했다. 조영은 작게 한숨을 내쉬었다. 송화는 인맥도 넓고 사회성도 좋지만 가끔 흥분하면 무엇이든 조금 과해졌다. 가까이서 써리원의 헤드폰이 덜그럭거리는 소리가 나자 조영의 시선이 자연스레 그리로 향했다.

몸을 일으켜 주운 색종이 조각을 쓰레기통에 쓸어 넣은 조영이 저들끼리 시끄러운 네 사람을 멀리 두고 써리원에게 물었다.

"새로 만든 헤드폰 쓰기 괜찮니? 귀마개랑 실제 헤드폰 기능도 같이 넣었어. 그래도 그걸로 웬만하면 음악은 너무 많이 듣지 마. 귓바퀴 부분, 쿠션감 별로면 말하고."

써리원은 선선히 고개를 끄덕였다. 그러다 잠시 생각해보더니 티셔츠 목에 걸어놓은 고글을 꺼내 조영에게 보였다.

"네. 좋아요. 헤드폰 머리띠 부분이 거의 없어서 좋긴 한데 그래도 여기 안경다리에 좀 걸려요."

"그래? 그럼 오늘 훈련 끝나고 사무실에 헤드폰 벗어놓고 가. 고쳐줄게."

로이와 옥신각신하던 송화가 문득 두 사람 쪽을 보더니 씩 웃으며 소리쳤다.

"야! 너, 우리 대리님한테 너무 정 붙이지 마라? 우리 대리님 좋으신 분이라 안 계시면 너 쓸쓸해서 아무것도 못 할지도 모른다고."

조영이 인상을 약간 구기고 고개를 살살 젓자 분명 오늘 송화와 처음 얘기해본다던 텐더가 송화의 입에 머핀을 쑤셔 넣었다. 콜록대는 송화를 뒤로한 채 조영은 민망한 마음에 문밖으로 써리원을 밀어냈다.

"얼른 훈련장으로 가. 저녁에 볼일 있으면 보자."

그래서 어떻게 뭐, 오늘 내가 밥이라도 사니? 사무실 안으로 들어간 조영이 못 이기는 척 건넨 말에 환호성이 터져 나왔다. 써리원은 복도에 그대로 잠깐 있다가 뒤돌아 헤드폰을 꼈다.

여전히 형광등이 깜박거리는 복도에 올드 팝이 희미하게 퍼졌다.

* * *

 잠시 추적거리던 빗줄기가 굵어져 장대비로 변한 지 한 시간이 넘었다.
 훈련 센터 내 병동의 자동문이 열리자 유달리 굵은 빗물을 뚝뚝 흘리는 우산 하나가 우산꽂이 속으로 내팽개쳐지듯 거칠게 들어갔다. 푹 젖어 무겁게 늘어진 카디건 주머니에서는 연신 진동음이 울렸다.
 조영은 불어난 강물처럼 차오르는 메시지들 속에서 허우적대며 간신히 병실 문을 열었다. 한쪽 어깨 전체에 붕대를 휘감은 써리원이 큰 소리를 내며 열린 문간을 돌아봤다. 예의 그 고저 없는 뜻 모를 얼굴을 마주하자 조영은 속이 울렁거렸다.
 가뜩이나 몸이 찌뿌둥해 되는대로 늦잠을 자고 일어났던 주말이었다. 생각해보면 시끄러운 벨소리에 잠이 깼던 것도 같은데 조영은 불과 몇 시간 전의 일도 또렷하게 기억나지 않을 만큼 정신이 없었다. 얼굴에 척척하게 들러붙은 머리칼을 손으로 쓸어넘기며 조영이 가슴팍을 들썩였다. 몰아쉬는 호흡 사이사이에 있는 힘껏 눌러 담은 말들이 덩어리째로 쏟아져 나왔다.
 "자율 실습 때는 나한테 먼저 연락하라고 했지. 매니저도 없이 떨거지처럼 다른 애들 현장에 붙어나가서, 뭐 어쩌려고. 아직 샘플 코스튬 하나도 간수 못 하면서 거기가 어디라고 화재 현장을 나가니."

 오늘 비 안 왔으면 어쩌려고 했어. 죽으려고? 히어로가 그냥 의로운 행동 하다가 죽으면 그만인 사람들 같아? 씨리원이 평소처럼 시선을 피하며 고개를 떨구지 않아서 조영은 계속 말해야 했다. 입으로 직접 소리를 내면서도 조영은 스스로 생경함을 감추지 못했다.

 씨리원을 질책하는 문장들이 길어질수록 귓가가 고요해지는 것 같았다. 누군가 조영의 목소리를 전부 빼앗아가고 입만 벙긋거리는 기분이었다. 종일 큰비가 쏟아지기 때문이었을까. 그런 날에는 대부분의 소리가 잘 들리지 않고 으레 귀가 먹먹했다.

 "그럼 나는 왜 이러고 있을까. 왜 멀쩡한 인생 허비하면서 전화 한 통에 내 목숨 거덜 날 것처럼 뛰어오겠니. 히어로한테 회사가 왜 필요하고 어째서 이렇게 많은 사람이 일하고 있는지 알기는 해? 그거야말로 궁금해한 적은 있니? 음악이나 들으면서 날아다니니까 인생이 뮤지컬 같지."

 씨리원은 조영의 눈을 약간 비껴 마주한 채 그대로 있었다. 그 눈은 고집스러울 만큼 무언가를 버티고 있어서 조영으로 하여금 별로 갖고 싶지 않은 마음들을 자꾸만 불러일으

컸다.

  그 시간을 밀어내려고 조영도 고집을 부렸다. 물기를 잔뜩 머금고 살갗에 달라붙는 옷소매보다 견디기 어려웠다. 종내는 아주 멀리서 이 상황을 지켜보고 있는 듯한 착각이 들었다. 공기 중에 지저분하게 부유하던 불안은 습기에 이끌려 발목 위로 올라오지도 못했는데 조영은 그것이 금방이라도 목 위로 떠오를까 두려웠다. 차라리 무슨 말이라도 꺼내주었으면. 더 이상 먼저 말하고 싶지 않단 말이야.

  써리원은 끝내 묵묵했다. 조영은 손을 떨지 않기 위해 약지를 손아귀 안으로 밀어 넣었다. 몽상 같은 일방향의 대화 속에 손톱이 박혀 들어가는 느낌만이 선명했다.

  조영이 어렵사리 다물었던 입을 열었다. "우리는 아직 영웅이 필요하니까."

  죽지 않고 살아나는 영웅. 위기의 상황 속으로 뛰어 들어갔다가도 반드시 우리 곁으로 돌아오는 초인적인 사람들이 필요해.

  조영의 목소리는 무언가를 고백해내듯 기이하리만치 떨렸다. 써리원이 듣기에 그것은 퍽 절망적이기도 했다. 지구가 어떻게 멸망하는지를 알아버린 사람의 회고 같았다.

  "우린 영웅이 없던 시대로 돌아가는 법을 잊었어. 아무리 뛰어난 이능력을 가지고 태어났다 해도 인간은 결국 다 죽어. 기어이 다 꾸며내는 거야. 다쳐도 안 다친 것처럼. 죽어도 안 죽은 것처럼."

조영의 말과 말 사이에는 천둥도, 번개도, 간호조무사가 끌고 가는 철제 무빙 카트의 소음도 있었다. 써리원은 둥글게 말린 수건 하나를 펴서 조영이 주먹을 쥔 손에 쥐여주었다.

하얗게 번졌던 손등 뼈의 색이 원래대로 돌아오고 나서야 조영은 나직하게 물었다.

"너는 더 이상 불도, 전기도, 언어도 존재하지 않는 세상으로 돌아갈 수 있니?"

써리원은 아무 말 없이 고개를 저었다. 이제는 조영이 할 말을 전부 끝마칠 때까지 기다리는 사람의 태도였다. 그 사실을 인식한 것처럼 조영의 목소리가 차츰 차분해졌다.

"그러니까 설령 조잡하고 속 보이는 히어로라도 여전히 필요한 거야."

내내 써리원의 어깨 위로 번진 화상 자국에서 눈을 떼지 못하던 조영이 서서히 시선을 위로 들어올렸다.

"나는 네가 아직 하기 어려운 판단의 길잡이를 하려고 많은 걸 배우고 익힌 사람이야. 네가 소모품이 되지 않게 막는 일을 업으로 하는 사람."

써리원이 손을 뻗어 병상 앞의 간이의자를 끌어다놓았다. 조영이 축축하게 젖은 카디건을 벗고 수건으로 얼굴을 눌러 닦았다.

"흉터가 생겼다고 혼내지 않으시네요. 전 그게 가장 걱정이었는데."

써리원이 간만에 입을 열자 조영이 수건에서 얼굴을 떼고 그를 한참 바라봤다. 헛웃음도 나오지 않았다.

"안 죽은 게 다행이라고 또 말해줄까?"

조영은 엉성하게 매듭지어진 붕대의 한쪽 끝을 가만히 응시했다.

써리원이 처음부터 화재 현장에 뛰어든 것은 당연히 아니었다. 견학 삼아 방문한 공사 현장에서 폭발 사고가 일어났다. 마침 최종 단계에 가깝게 만들어진 코스튬을 정석대로 차려입은 써리원이 프로 히어로로 보였는지, 근처에 있던 인부가 절절히 도움을 요청했고 써리원이 그에 응한 것이었다. 써리원은 타들어가는 건물 3층에서 간신히 매달려 있던 인부를 구하는 데 성공했지만 등 뒤에서 덮쳐오는 구조물을 미처 보지 못했다.

조영은 빗물 자국이 그대로 남은 안경을 벗어 수건으로 문지르고는 말했다. "너는 가진 게 많아."

비가 그칠 기미를 안 보이네. 내일은 또 얼마나 쏟아지려고. 복도를 지나는 사람들의 말소리가 반 뼘 정도 열린 문틈 새로 스며들어왔다.

"그걸 다룰 지식이 적으면 도움을 받아야지. 도움 받는 걸 부끄러워하는 쪽도 아니면서 왜 그래."

너는 네 할 일을 해. 나는 내가 할 일을 할 거야. 팬 곳에 고여 있다가 햇빛이 들면 차차 마르는 우수처럼 조영은 읊조렸다. 눈꺼풀을 내리깔고 바닥의 무늬를 셌다.

"같이 일을 하는 사람들은 히어로와 비히어로를 가리지 않고 팀 메이트인 거라고 배웠는데."

써리원이 대뜸 꺼낸 말에 조영이 다시 고개를 들었다.

"그런데 저는 팀 메이트가 있다고 느껴본 적이 없어서, 혼자 하는 연습을 해야 할 것 같았어요. 좀 이상해요. 필요하다고 배우는 것과 주어지는 것이 다 달라요. 당근으로 사과 주스를 만드는 느낌이에요."

조영은 잠시 머뭇거리다 입술을 뗐다. 일부러 꺼내지 않으려고 했던 말이라 입안에서 굴리는 것부터 발음하는 것까지 전부 어색하게 느껴졌다.

"하지만 나는……."

이제 곧 있으면 여기 없는걸. 어쩌면 네 말이 맞을지도 몰라. 혼자가 되는 연습이 필요하다는 말이 참 이상해. 조영이 망설이는 사이 써리원이 거침없이 시선을 맞부딪쳐왔다. 가리고 숨길 게 없이 솔직한 눈빛이었다.

"상관없어요. 저는 당장 오늘 필요하거든요."

* * *

차세대 레드 심벌을 노리는 초특급 신인 히어로 써리원의 데뷔 격전지로 정해진 곳은 남해안의 관광 명소로 유명한 인공 섬 세령도였다.

유행의 선두 주자가 되고 싶어 하는 SNS 셀럽들에 의해 본격적으로 입소문을 탄 지는 얼마 되지 않아서 더욱 시기적절했다. 해당 장소는 적절하게 화제성을 띠고 있어야 했지만 그 공간에서 가장 화제가 되는 것은 누가 뭐래도 써리원이어야 했다.

조영은 짧은 시일 내로 잠입 수사나 빌런 소탕 예정이 잡힌 사건들 중 비교적 간단하고, 그러면서도 대중들에게 한껏 대담해 보일 수 있는 건수를 골라 고심 끝에 채택했다. 이동 거리가 얼마 되지 않는 국내 행선지라도 회사에서는 굳이 비행기를 고집했다. 이사가 작전 도중 헬기를 띄울 수는 없느냐고 하는 걸 성 실장이 간신히 뜯어말렸다고 했다. 때로는 단순히 자본을 쏟아 넣는 것만으로도 쉽사리 이목을 끌 수 있는 까닭이었다.

손에 든 것 하나 없이 경호원들에게 둘러싸인 채 수속 게이트를 넘던 써리원이 몸을 구기듯이 수그렸다. 목소리를 낮추느라 미간이 덩달아 일그러졌는데, 그 모습이 선글라스 너머로도 훤히 비쳤다.

"진짜 이런 식으로 해도 돼요?"

매일 쓰던 두꺼운 뿔테 안경 대신, 검은 마스크와 모자로 얼굴을 거의 가리다시피 한 조영은 대답 없이 송화의 옆구리를 찔렀다.

온통 거무죽죽해 마음에 들지 않는 옷차림에 아침부터 툴툴거리던 송화가 한숨을 쉬더니 쎄리원의 메신저 단말기가 꽂힌 허리띠를 슬쩍 눈짓했다.

[신인 데뷔 때나 이러지, 앞으로 프로로 활동하고 나면 해달라고 해도 안 해줘.]

[거북해도 좀 참아. 그래서 실질 피해자도 없고 스케일만 큰 사건으로 골라뒀어. 그냥 데뷔 쇼 하러 간다고 생각해.]

겨우 50분 남짓한 비행시간인데도 극진히 대접해주는 일등석의 서비스를 어색해하며 쎄리원은 계속 주위를 두리번거렸다. 아무리 신인이라고 해도 회사에 머무는 동안 봐왔던 낯익은 얼굴보다 처음 보는 얼굴들이 많았다. 하나같이 엄숙하지 않은 평상복 차림이었지만 어느 정도 신경을 곤두세우고 있는 것이 느껴졌다.

그들은 샤이닝컴퍼니의 극비 협력 기자, 작전 서포트 전문 마이너 히어로,* 경찰, 샤이닝컴퍼니 전속 헤어 메이크업 아티스트와 촬영 감독들로 전부 이 작전만을 위해 엄선되어 꾸려진 최정예 인력이었다.

써리원의 산만한 고갯짓에 결국 조영이 파일 뭉치로 어깨를 가볍게 두드렸다.

"이미 어제 귀에 못이 박히도록 들었겠지만 그래도 한 번 더 읽어. 긴장하거나 하면 간단한 거라도 생각이 안 날 수 있으니까."

둥글게 말린 종이를 펴자 그 말마따나 며칠 전부터 수없이 읽어 친숙해지기까지 한 작전명이 눈에 들어왔다.

'세령도 장난감 공장 마약 생산 및 유통 은닉 사건.'

써리원이 담당한 임무는 사건에 가담한 빌런 무리를 소탕하는 것도, 마약의 정체를 밝혀 생산을 중단시키는 것도 아니었다. 그저 서커스 공연장으로 탈바꿈한 장난감 공장에 잠입해 정찰하고, 그들이 현재까지 제조하여 은닉해둔 분량의 마약을 빼돌려 미리 마련해둔 배에 싣는 것뿐이었다. 다

★ 대중 앞에 노출되어 스타처럼 활동하는 히어로를 메이저 히어로, 일반적으로 노출되지 않고 사건 협력에만 집중하는 히어로를 마이너 히어로라 칭한다. 통상적인 호칭이 이런 것이지, 마이너 히어로들은 전문 사관학교를 졸업하거나 국가 공인 히어로 자격증을 가지고 있어 메이저 히어로들보다 능력상으로 훨씬 뛰어난 경우도 많다.

만 조금 더 상황을 극적으로 만들기 위해 조영과 써리원, 송화를 포함한 오늘자 선발대는 현지 로케이션을 떠나는 스태프진과 배우 무리로 위장한 상태였다. 하다못해 은닉 장소를 찾는 것도 써리원의 업무가 아니었다. 바로 옆을 보니 그것을 담당하기 위해 동행한 마이너 히어로가 안대를 쓰고 입을 벌린 채 코를 골고 있었다.

[저래 봬도 실력은 진짜 좋아.]

 써리원의 미심쩍은 눈길을 인식했는지 곧장 송화에게서 메신저가 날아왔다. 써리원은 에라 모르겠다는 마음으로 등받이에 뒷머리를 풀썩 기댔다. '어렵지?'라고 어젯밤 화상 프로그램으로 늦은 시간까지 작전 수행 팁을 알려주던 조영의 목소리가 떠올랐다. 단순히 일 자체를 뜻하는 것이 아님을 써리원도 이제는 알았다. 무얼 하든 규칙을 이해하는 것이 가장 어려웠다.

"현대 사회에 히어로는 이미 포화 상태야. 너처럼 이능력을 두 개씩 가진 아이들이 태어나기 시작했고, 능력 소지 청소년을 대상으로 한 장래 희망 설문 조사에서는 히어로가 매년 1위를 차지하지. 사람들은 문이 좁아질 거라고 생각하겠지만 사실은 그렇지 않아. 몸집이 큰 히어로들이 새로 등장하면 한쪽에서는 억지로라도 문을 넓히는 사람들이 생겨나거든. 손안에 가진 것을 전부 놓고 싶지 않아 하는 심리는 누구에게나 공평하게 있잖아. 그러니까 이런 식으로 분배를 하게 됐어. 능력에 따라, 종사자들 개개인의 성향에 따라, 수요에 따라. 파이를 잘게 쪼개서 조금이라도 여러 명이 맛보게 하는 거지. 분명 장점도 있어. 한 사람이 너무 많은 것을 감당하지 않아도 되니까."

들으면서도 모든 말을 다 이해한 건 아니었지만 써리원은 유독 어제만큼은 그걸 하나하나 풀어 설명해주려 애쓰는 조영에게 고마움을 느꼈다.

옆자리를 돌아보니 조영은 영화를 보고 있었다. 한쪽 귀에만 이어폰을 꽂은 채 앞좌석 등받이에 달린 화면을 보며 멍을 때리는 건지, 집중해서 관람하는 건지 아리송한 얼굴이었다. 써리원은 무릎 위에 올려둔 가방을 일정한 박자로 두드리는 조영의 검지를 가만히 내려다봤다. 조영은 써리원이 회사에서 본 이들 중에서 가장 액세서리를 착용하지 않는 사람이었다.

"저도 같이 봐도 돼요?"

파일이나 보라는 대답이 돌아올 줄 알았지만 조영은 아무 말 없이 일회용 이어폰 한쪽을 건넸다.

중력이 무뎌지는 기체 안에서는 주변 사람의 움직임이 다른 어떤 반동보다도 크게 느껴졌다. 조영의 손짓이 자꾸만 위로 떠오를 것 같은 몸을 의자에 가라앉히는 것 같아서 구체적인 영화의 내용은 눈에 잘 들어오지 않았다. 아마도 비행기를 탈 때 영화를 보는 것은 조영의 루틴 같았다. 출근하자마자 컴퓨터를 켜고 사내 메신저부터 확인하거나, 밤을 새고 아침에 퇴근할 때는 서랍 속에서 꺼낸 핑크색 캡 모자를 쓰거나, 작업실에서는 엄지와 중지 마디에 고탄력 밴드를 감아두는 것 같은. 설명 없이는 시작점을 알 수 없는 조영의 오래된 버릇들. 영화는 그런 루틴보다 더 나이가 지긋한 고루한 영미 하이틴 장르였다. 어림잡아 써리원의 손바닥만 한 화면에서는 가장 친한 친구에게 첫사랑을 빼앗긴 여주인공이 침대에 엎드려 통곡하는 중이었다.

"미안. 네가 볼 수 있는 자리에서 파티 같은 걸 한다고 하면 내가 말렸어야 하는 건데."

맥락 없이 흘러나오는 말에 써리원이 화면에서 눈을 뗐다. 먹먹한 한쪽 귀로 듣는 조영의 목소리가 꼭 영화 속 대사 같았다. 바로 알아듣지 못하는 표정이었지만 써리원이 자세히 묻지 않자 조영이 대신 입을 열었다.

"애들이 퇴사 파티 해준 날 말이야." 조영은 화장이 번진 얼굴로 남자 악역에게서 도망치는 여주인공에게 시선을 고정한 채 팔짱을 끼고 담담히 말했다. "솔직히 기분이 너무 좋았어. 입사할 때 빼고 그런 거 처음 받아봤거든. 회사 처음 들어왔을 때 생각이 나더라. 그때 과분할 정도로 환영받은 기억이 좋아서 이렇게 오래 일한 걸지도 몰라."

"입사했을 때는 피디님 싫어하는 사람 없었어요?"

그 말에 조영은 조금 천연덕스럽게 답했다. "왜 없었겠니? 내가 제일 엘리트였는데. 지금보다 더 많았지. 네가 몰라서 그래. 안티가 많은 게 진짜 스타라는 증거야."

김빠지는 웃음소리가 두 좌석에서 동시에 샜다. 본인이 말해놓고도 약간 창피했는지 조영은 한쪽 눈을 문지르며 계속 피식피식 웃었다.

"피디님, 회사 그만두시면 그땐 뭐라고 불러야 해요?"

"퇴사하고도 연락할 생각이니?"

조영은 별 얘기를 다 듣는다는 얼굴로 쎠리원을 흘깃 봤다가 화면으로 눈을 돌렸다. 다른 학교의 퀸카인 줄 알았던 여주인공이 사실은 같은 학교의 범생이라는 걸 알게 되자 속았다며, 그녀가 좋아하던 학교 선배에게 다 까발리겠다고 협박하는 악역의 험상궂은 얼굴이 화면 가득 들어찼다.

"너도 선배라고 불러."

화면 속 여주인공이 홱 돌아서더니 울음기 가득한 목소리로 소리쳤다. "모든 여주인공이 안경 벗으면 사실은 예쁠 거라는 환상은 좀 버려!"

조영이 짧게 혀를 찼다. 여주인공이 자신을 직접 여주인공이라 칭하다니 전개가 아주 막장이었다.

그때 캡 모자의 그늘 아래로 조영의 맨눈을 물끄러미 바라보던 쎠리원이 혼잣말처럼 중얼거렸다.

"근데 선배는 눈이 초록색이네요."

벌써 퇴사시키고 잘한다, 라고 조영이 타박을 하려던 찰나 비행기의 착륙 안내 방송이 울렸다.

"승객 여러분, 우리 비행기는 착륙 중입니다. 오늘도 우리 항공사를 이용해주신 승객 여러분들께……."

"다 잊고 임하자. 다음 주에도, 한 달 후에도 늘 그랬듯이 출근할 사람처럼." 조영은 이어폰을 뽑아 가지런히 정리하며 말했다.

성층권에 닿아도 날이 맑아 서울이 훤히 보이던 날이었다. 멀리서 본 한낮의 서울은 유달리 적적하고 고요해 보였다. 나쁘지 않은걸. 제일 분주한 시간에 국내선 일등석을 타고 반도를 가로지르는 사치 같은 것도. 쎠리원은 기체의 바퀴가 땅에 끌리기 전 마지막으로 들은 조영의 말을 오랫동안 잊지 못할 것 같았다.

"좋은 작전이 됐으면 좋겠어. 처음이잖아."

기꺼이 그와 눈을 맞춘 채였다.

***

끈적하게 녹은 기시감은 어느 밤에 불현듯 열대야처럼 찾아왔다.

이름뿐인 정찰을 위해 공연장을 찾은 조영은 무미건조한 눈으로 근본 없는 서커스를 관람했다. 딱히 특정한 스타일이라거나 숫자만 들어도 감동이 가능한 유서 깊은 역사 따위는 없었다. 어쩌면 그것이 떠돌이 서커스의 본질이 아닐까 하는 자각은 있었지만 조영의 취향은 아니었다. 인체 공학에 하나도 맞지 않는 플라스틱 의자에 적당히 구겨 넣은 등허리가 슬슬 아렸다.

조영은 금세 흥미를 잃고 괜스레 공연장의 내부 경관이나 둘러봤다. 정성 들여 꾸몄다기보다는 원래 있던 지형지물을 영리하게 활용한 식이었다.

'옛날에는 장난감 공장이었다고 했지.'

장난감을 만드는 직원들도 그것을 가지고 노는 아이들처럼 즐겁게 일하기를 바랐던 걸까. 공장 내부 구조는 거의 실내 놀이동산에 가까웠다. 직장이라는 곳이 즐거워 보이게 꾸민다고 해서 즐거워지는 곳이 되는 건 절대 아니었겠지만, 그래서 결국 문을 닫아야 했을지도.

잡념이 길어질 때쯤 시선이 자연스레 천장에 머물렀다. 그리고 조영은 목격했다. 처음에는 잘못 보았다고 생각하고 눈을 게슴츠레 떴다. 그랬더니 흐려지기는커녕 더 잘 보이는 게 아닌가. 별자리처럼 이어지는 어떤 무늬가 있었다. 크고 작은 별 조각들이 벽화로도, 장식물로도 달려 있었으니 영 틀린 말도 아니었다. 하지만 저 무늬가 뜻하는 바는 좀 달랐다.

SOS…….

다른 데도 아니고 서커스장 천장에 구조 신호가 적힐 필요가 있나? 그것은 화려하게 꾸며진 돔 모양의 천장 벽화에 군데군데 찍힌 형광색 점들의 집합이었다. 간격도 제법 규칙적이고 찍힌 크기도 일정해 고의가 아니라고는 보기 힘들었다. 분명히 그린 사람의 의도가 보이는 신호였다. 문제가 있다면 빌런들이 아지트이자 돈벌이 수단으로 사용하고 있는 이 장소의 목적과는 어떤 의미로도 어울리지 않는다는 점이었다.

조영은 감는 것을 잊어 어느새 뻐근해진 눈을 세게 감았다 떴다. 눈꺼풀 안쪽이 얼얼하게 부어오른 느낌이었다. 그 후로도 서커스가 끝나기 전까지 조영은 천장에 시선이 가는 것을 막을 수 없었다. 긴장감 조성을 위해 잠시간의 숨 막히는 정적이 찾아왔을 때 조영은 무심코 입을 열어 소리 내기까지 했다.

"저게 대체 뭐야."

그러나 눈을 동그랗게 뜨고 자신을 돌아본 송화가 "뭔데요?" 하고 되물은 데는 별 대답을 해주지 못했다.

송화는 제 상사가 홀린 듯이 쳐다보고 있는 천장을 의아한 눈으로 한 번 올려다봤다가 입에서 불을 뿜는 남자에게로 주의를 돌렸다.

내가 낮에 비슷한 무늬를 오래 봤었나. 공연장을 나오며 조영은 끝내 얼얼해져버린 눈꺼풀 위를 손등으로 지그시 눌렀다. 한참 전에나 유행하던 매직아이나 실컷 하고 말았다고 생각했다. 그걸로 끝났다면 단순히 렌즈를 오래 착용해 피로해진 눈의 탓을 했을 테다.

조금 이른 시간에 배정된 저녁 공연을 틈타 철거되지 않은 공장 시설에 잠입했을 때, 조영은 바닥에서 눈에 익은 형광색 물감 자국을 발견했다. 이번에는 점의 형태가 아니라 실수로 흘린 듯한 모양새였다. 우연이라 하기에는 그 색깔과 농도가 정확히 같은 물감을 사용한 것처럼 지나치게 일치했다. 헨젤과 그레텔이 남겨둔 빵 조각처럼 너른 간격을 두고 떨어진 자국을 따라가보니 얼마 가지 않아 허름한 대기실 같은 공간이 나왔다. 조심스레 문을 열자마자 조영은 그 물감의 출처를 알 수 있었다. 출처라고 하기에는 비약이었지만 적어도 이 공장에 형광 물질을 능력의 일부로 사용하는 사람이 있음은 확실했다.

 척 보기에도 휑한 방의 한쪽 벽면을 꽉 채운 캐비닛에는 형광색 손자국이 수도 없이 찍혀 있었다. 손잡이는 아예 따로 떼서 칠했다고 해도 믿을 정도였다. 굉장히 찝찝한 표정으로 조영은 자물쇠가 없는 캐비닛을 슬쩍 열어보았다. 안에 있는 것은 소포장된 여러 종류의 과자로 채워진 쇼핑백, 꽤나 큰 사이즈의 트레이닝복 상의, 조촐한 세면도구들과 면도기가 전부였다. 짐이 단출하기는 해도 나름 누군가의 살림살이처럼 손때가 타 있었다. 이 경우에는 손때라는 말이 더욱 직관적이었다. 모든 물건에 형광색 자국이 조금씩 묻어 있었으니 말이다. 의문이 풀리기는커녕 이해할 수 없는 단서들만 늘어난 기분이었다. 어떤 전제에 어떤 결론을 붙여도 서로 호응하지 못해서 저녁 즈음에는 조영도 그 생각에서 아예 벗어나려고 애썼다. 보통 이런 식으로 파고들게 되는 문제는 머리만 아프게 하고 어설프게 무엇이든 헛짚거나, 진행 중인 일을 그르치는 결과밖에 낳지 못했다. 그야말로 조영의 지난 시간들이 증명해주는 자명한 교훈이었다.

 미쳤지. 그놈의 복숭아가 뭐라고. 철 지나기 전에 시장에서 파는 여름 복숭아를 먹어야 한다고 송화가 관광이라도 온 듯이 들뜨지만 않았어도. 노끈으로 매놓은 비닐봉투 사이로 알

굵은 파리가 몸 무겁게 나는 밤의 시장에서, 조영이 본 건 되뇌는 것만으로 진절머리 나는 형광색 물감이 아니었다.

공기 중에 습기가 가득해 뱉은 숨을 그대로 들이마시는 듯했다. 선명하게 치솟은 불쾌지수의 지대에서 누가 긴팔 웃옷을 입고 살아남을 수 있단 말인가?

인파를 비집고 걸어가는 한 아이의 걸음은 느리고 불규칙했다. 아이라고 단정 지은 건 조영의 어깨까지도 미치지 못하는 그의 키 때문만이 아니었다. 제 몸의 두 배는 되어 보이는 긴팔 트레이닝복을 목 끝까지 잠그고도 왜소하고 깡마른 체형이 숨겨지지 않았다. 흐릿한 조명에도 깎인 듯 파인 볼이 적나라했다. 조영은 그 트레이닝복을 본 적이 있었다. 몇 가지 브랜드 로고가 전부 섞여 박힌 모조품, 지저분하게 닦여 있는 형광색 물감 자국, 골목을 돌아서는 순간 바닥으로 떨어지는 점성 있는 액체까지. 아이가 형형색색의 천막들 사이로 사라져버리기 전에 조영은 충동적으로 무리를 이탈했다.

"잠시만, 금방 갔다 올……."

마무리도 미처 맺지 못한 흐지부지한 문장을 내뱉고는 일행을 내버려두고 사박거리는 돌길을 빠르게 가로질렀다. 골목 뒤에서 조영이 가장 먼저 들은 것은 긴 지퍼를 내리는 소리였다. 지퍼 소리가 먼저, 부스럭거리는 무언가를 품에서 꺼내주는 소리가 그다음…… 생각할 틈 없이 조영은 손바닥으로 제 입을 틀어막았다. 반사적인 행동이었다.

 골목 깊숙한 곳에서 낮은 연기가 피어올랐다. 육안으로 번진 연기를 확인할 수 있을 때쯤 조영은 그것이 실제로는 분진에 가깝다는 것을 알게 되었다. 틀림없었다. 보고서에 빼곡하게 적힌 빌런의 특징이자 불법 유통되는 마약의 주성분이기도 한 기체였다. 하지만 조영은 그 사실을 복기하기도 전에 본능적으로 깨달았다. 체내에서 자체적으로 생산되고 이 능력을 통해 발산되는 독성 물질은 그것만의 특이하고 공통된 냄새가 있었다. 특징적으로 썩은 과일을 짓밟을 때 질척이며 퍼지는 악취를 가장 닮았다. 마약에 절여져 있던, 마지막으로 본 소낙에게서 진동했던 냄새. 몸에 배어 있는 달갑지 않은 상식에 얼굴을 일그러뜨린 조영이 아랫입술을 지그시 깨물었다.

 "잘했어, 제이. 덕분에 바닷물 속에서도 아주 잘 보여. 앞으로도 계속 이렇게 해주면 돼."

 제이? 들어본 적 없는 이름이었다. 빌런과 함께 있는 걸 보면 등록되지 않은 그들의 동업자이지 싶었다. 조영은 빌런이라면 사정을 가리지 않고 범죄자 취급을 했기에 우선 다른 손을 뻗어 녹음기를 켰다. 손목시계로 개조된 무음 카메라 같은 거라도 차고 나올걸. 목소리가 끊기고 사방이 조용해지기 전까지 그런 생각을 하다가 조심스레 골목 안쪽을 들여다 봤을 때 조영은 충격을 금치 못했다.

  신장이 2미터가 넘는 빌런 렉터에게 숨이 막히도록 끌어안긴 아이의 몸은 바닥으로부터 한참 떨어져 있었다. 제이라고 불린 아이는 렉터가 온몸에서 뿜어내는 기체를 들이마시며 "아파요, 아파요" 하는 말만 반복했다. 그러다 렉터가 공중에서 아이를 내려놓았는데, 아이는 중심을 못 잡고 휘청거렸다. 그 모습을 보아하니 한쪽 다리를 심하게 다친 게 분명했다.

  렉터는 입이 귀까지 찢어진 웃는 얼굴로 달래듯 제이의 뒤통수를 쓰다듬었다. 1분가량 흡입했을 무렵 목이 쉰 채 쌕쌕대는 소리가 잦아들었다. 렉터는 골목 안쪽의 철문을 열고 제이를 들여보내려다 멈춰 세웠다.

  "제이, 옷은 벗어주고 가야지. 그래야 다른 애들도 나갔다 오잖아."

  제이는 똑바로 서서 렉터를 올려다봤다.

  조영의 가슴께가 가쁘게 들썩였다. 아무리 마취가 되었다고 해도 절대 저렇게 제대로 서 있을 수 없을 텐데.

  제이가 느린 동작으로 트레이닝복을 벗었을 때 조영의 뒷목이 뻣뻣하게 경직됐다. 제이가 입은 것은 가면을 쓴 서커스장의 도우미들이 공통적으로 입고 있던 번쩍거리는 유니폼이었다. 그러고 보니 그들은 하나같이 어딘가 몸이 불편해 보였다. 안내데스크에서 소개를 맡은 직원이 일자리를 잃은 장애인들을 고용해 함께 상생하고 있다던 말이 떠올랐다. 입에 침도 바르지 않은 거짓말.

그들은 장애인도, 성인도 아니었다. 자신들에게 쓸모 있는 이능력을 가진 청소년들을 납치해 몸을 심하게 다치게 하고, 렉터의 마취제 향에 중독되게 만들어서 노예 계약을 했구나. 전부 눈에 띄는 똑같은 유니폼을 입히고 사복을 제한해서 도망 못 치게 한 거야. 어차피 섬이니까 그걸로도 충분하지. 그러니까 공식적으로 등록된 빌런이 적어도 그만큼 큰 공장을 가동시킬 수 있었던 거야.

멀지 않은 숙소로 돌아오는 사이에 머릿속으로 정리되는 내용은 착잡함 그 자체였다. 절대로 실질 피해가 없는 사건이 아니야. 조영은 어두운 방에서 태블릿을 켜고 지금까지 알아낸 것과 짐작한 것에 대해 무작위로 적어 내려갔다.

공연 직전과 직후에 돌아다니는 도우미들을 조영이 직접 본 것만 해도 대여섯 명은 됐다. 그러면 공장 안에 몇 명이 더 살고 있을지 모른다는 얘기였다. 그중에 빌런들의 신뢰를 받고 트레이닝복을 걸친 채 밖에서 활동할 수 있는 인원은 많아야 한두 명, 옷에 형광 물질이 제법 많이 묻어 있는 걸로 봐서는 제이가 가장 함께한 시간이 긴가?

모든 마약성 물질은 내성이 생긴다. 제이가 마취제 향을 흡입한 시간은 1분이 좀 넘었다. 렉터의 마취제 향은 농도가 짙고 독하기로 유명한데 그걸 1분 넘게 흡수하고도 잠들지 않고 똑바로 서서 걸을 수 있었다면……. 조영의 눈앞에 공연장의 천장을 가득 채운 구조 신호가 사이렌처럼 맴돌았다.

***

"피디님, 괜찮으세요?"
'어떡하지?'
"피디님."
"어?"
"젓가락, 거꾸로 들고 계셔서."
써리원의 말을 듣고 보니 젓가락의 두꺼운 쪽에 데리야키 소스를 흠뻑 묻힌 채였다. 깔끔히 비우고 이미 정리를 한 써리원의 도시락과는 달리 조영의 것은 처음 받았을 때와 거의 다를 것이 없었다. 도시락 칸 안에 가지런히 담겨 있던 백김치만 갈가리 찢겨 있을 뿐이었다. 조영은 황급히 플라스틱 뚜껑으로 도시락을 덮고 밴에서 내려와 써리원의 앞에 섰다.
"아니, 괜찮아. 잠을 좀 못 잤네."
조영은 심란한 마음으로 써리원의 차림새를 살폈다. 바로 어젯밤, 머리카락을 검은색으로 정돈하고 군데군데 짙은 붉은빛으로 염색한 머리칼이 눈썹 아래에서 부드럽게 반짝였다. 대여할 수 있는 미용실이 하나같이 구식이라며 헤어 담당 스태프가 한껏 툴툴댄 것치고는 굉장히 만족스러운 결과물이었다.

아무것도 모르고 평소처럼 프로듀싱이라는 이름의 수십 가지 책임 소재에나 전념할 수 있었다면 좀 나았을까. 몇 번의 착오 끝에 쎄리원의 어깨에 딱 맞게 제작된 가벼운 보호구와 조끼형의 점퍼, 고글과 글러브, 입사 때보다도 탄탄해진 가슴팍에 오차 없이 밀착되는 내의며 밀리미터 단위로 주머니 위치를 조정했던 카고 바지 같은 게 하나도 눈에 들어오지 않았다. 전체적인 디자인을 주로 고려한 샘플과 달리 실제 히어로 코스튬에 사용되는 각종 첨단 기술이 전부 반영된 최종 공식 코스튬은 정말 근사했지만 지금 조영의 집중력은 절망적인 수준이었다. 조영은 완전히 따로 노는 몸과 정신을 어떻게든 합치시키려 애쓰며 기계적으로 큐 사인에 대해 설명했다.

"그러니까…… 캐치프레이즈는 '오브 콜스 레이디'거든?"

쎄리원은 도무지 이해하지 못한 얼굴로 입을 떡 벌렸다.

"저는 여성 피해자들만 구하나요?"

"어…… 그건 아닌데, 어쨌든 일단은 그래."

눈동자는 허공에 둔 채로 써리원의 헤드폰에 무전 칩을 다는 조영의 손길이 이어졌다.

그러면 다른 때는 어떻게 한다는 거야. 오브 콜스 젠틀맨, 오브 콜스 그램마. 근데 애초에 이런 걸 외치고 뛰어갈 시간이 있나?

써리원이 골몰하는 동안 조영은 무력한 손짓으로 소품 박스를 뒤적거리다 무언가를 집어 올렸다. 손목에 거는 뱅글 형태의 은색 액세서리처럼 보이는 그것은 최근 라운드원*에서 자체 발명한 '미러 스케처Mirror Sketcher'였다. 일종의 변장 용품으로 디자인 데이터를 입력하면 똑같은 모양의 의상을 착용한 것은 물론, 체구까지 비슷하게 보이는 착시 현상을 줬다. 내구성은 약해도 구현도가 상당해서 요즘 히어로들은 물론 경찰, 서포터들에게까지 암암리에 인기였다.

송화가 직접 그려준 공장 내부도와 작업 지점을 외우고 있는 써리원에게 조영이 넌지시 물었다.

"이원, 어제 서커스 보면서 이상한 것 못 봤니? 천장에."

"이상한 거요?"

"그래. 무늬 같은 거. 공연장이랑 되게 안 어울리는 그림 같

★   현재 대한민국 1위 사설 히어로 매니지먼트. 공공기관과 협력하는 형태로 이루어져 있어 그 입지가 더욱 공고하다.

은 거, 너는 못 봤어?"

써리원은 전혀 모르겠다는 듯 고개를 저었다.

조영은 비로소 자신이 세운 비극적인 가설을 확신했다. 제이의 형광 물질은 어째서인지 모르겠으나 나만 볼 수 있다.

작전 수행 5분 전, 조영은 옷소매 아래로 손목에 차고 나와 버린 미러 스케처를 만지작거렸다.

엄밀히 따지자면 작전에 흠집이 났다고 할 수는 없었다. 모두의 계획은 정상적으로 멀쩡히 돌아갔고 조영 혼자만의 차질이 생겼을 뿐이었다. 조금 더 시간을 들이면 일차적으로 써리원을 필두로 한 이번 팀의 임무가 끝난 후, 자연적으로 다음 팀에서 해결할 문제일지도 몰랐다. 조영이 발견한 것들에 대해 진술을 한다면 보다 수월해질 것이었다.

조영은 마른침을 삼키며 고개를 저었다. 그렇다 해도 새 발의 피다. 이능력 관리 센터에 고하든 회사에 고하든, 혹은 공공 기관에 찾아가 말한다 해도 그들이 가장 먼저 시행할 행동은 정해져 있었다. 도우미라는 이름으로 착취당하는 청소년을 구하는 것도, 가능한 한 **빠른** 시일 내에 빌런을 소탕하는 일도 아니었다. 바로 어떻게 해서 무능력자인 조영이 이능력의 흔적으로 보이는 형광 물질을 홀로 알아챌 수 있었는지에 대해 조사하는 일이었다. 적어도 조영은 이 사건이

지지부진하게 절차에 밀려서는 안 되는 일이라고 생각했다.

조영은 하루가 다르게 죽은 사람처럼 변해갔던 소낙의 얼굴을 생생히 기억했다. 그를 마지막으로 보았을 때, 뉴스에 실렸을 때, 신문 기사에 보도되었을 때, 감금 소식이 들려왔을 때 목격했던 얼굴은 전부 다른 사람을 찍어둔 것 같았다. 시간이 더 흐르면 아이들 중 몇몇이 사라져 있을지 몰랐다. 사람마다 몸이 독소를 받아들이는 능력이 다르고, 공장 내에 소낙이 있는 수용소처럼 체내에 쌓인 마약을 해독할 수 있는 시설이 있을 리 만무했다.

'그럼, 제이 하나만이라도 데리고 나온다면?'

조영은 바짝 말라붙은 입안을 축였다.

가능성이 있다. 그 애 하나만 센터에 신고되어도 즉시 출동할 수 있는 증거가 차고 넘치게 불어났다. 물론 실패할 수도 있었다. 실패할 수는 무슨, 그럴 확률이 대부분이었지만 성공한다면 전부를 구할 수도 있었다. 조영의 생각은 객관적으로 판단하기에도 허무맹랑했다. 하지만 시도조차 해보지 않는 것과 손이라도 뻗어보는 건 완전히 달랐다. 3개월이 되고 6개월이 될지 모르는 유예 기간을 며칠로 함축할 하나뿐인 열쇠가 조영의 손에 놓여 있었다.

— 작전 수행 2분 전, 스탠바이.

송화의 무전이 들려오자 조영은 써리원이 보고 있던 공장 내부도에서 직각으로 꺾인 복도 부분을 가리켰다.

"어제 도우미들이 일제히 나가는 시간이 있다고 했지."

"네."

"도로 몇 명씩 들어오는 시간도 있어. 그 시간차를 계산해 보면 우리가 공장에 진입해서 마약을 반 이상 운반할 스음 카운터 쪽에서 일하던 애들이 교대로 대기실에 들어와 쉬는 시간을 가질 거야. 식사를 하거나."

써리원은 두어 번 눈을 깜박이고는 평이한 말투로 물었다. "어제는 알려주시지 않은 부분이네요."

조영은 그 의문을 알아듣지 못한 척 넘겼다.

"그래…… 알아둬."

그러고는 이어서 덧붙였다. 써리원이 추후에 무언가를 연상할 수 있을지조차 미지수였다. 모든 게 불명확한 가운데 빠르게 줄어드는 전자시계의 초 수만이 명징했다.

― 스탠바이 1분 전!

"내가 좀 늦게 나올 수도 있어."

말을 정리하던 것도 잠시 조영은 써리원을 똑바로 올려다보며 지시했다.

"예상 시간보다 늦으면 바로 출발해. 배를 출발시켜. 기다리지 마."

써리원은 잠깐 망설이는 듯했지만 이내 고개를 끄덕였다.

무전 너머로 송화의 카랑카랑한 목소리가 카운트다운을 시작했다. 쎄리원은 허리까지 오는 조명 기기 위에 얹힌 조영의 손을 보더니 그 위에 닿지 않게 손을 올렸다.

"파이팅해주세요."

5, 4, 3, 2.

줄어드는 숫자를 들으며 조영이 웃을 듯 말 듯 희미하게 입꼬리를 움직였다. 재촉하는 듯한 끈질긴 눈빛에 웃어줄 수밖에 없었다.

"파이팅. 데뷔 축하한다."

1.

위치로.

기술 팀과 촬영 팀, 쎄리원과 마이너 히어로들이 조용히 보초들을 잠재우며 공장 내부로 진입하는 동안 조영은 곧바로 가던 길을 틀어 대기실로 향했다. 동선 자체는 어렵지 않았다. 제이의 것으로 추정되는 캐비닛에 조영이 입고 있던 겉옷과 여벌로 챙긴 바지, 모자, 신발, 쪽지와 출입 카드를 두고 화장실에 숨는다. 쪽지에 적힌 내용은 간략했다. 이 옷을 입고 항구로 가서 정박되어 있는 소망호에 타요. 관객들이 나갈 때 같이 빠져나가면 돼요. 친구들은 걱정하지 말아요. 곧 구하러 올게요. 그리고 뒷면에 형광펜으로 적힌 SOS 표식. 순전히 도박이었다. 피해 당사자가 어떤 성격을 가지고 있는지, 성향은 어떠하며 이런 식의 부름에 응할 사람인지도 모르는 상태에서 모든 것을 운에 맡겼다.

조영은 대기실에 사람이 들어가는 소리를 듣고 심호흡하며 청소 도구 칸에서 손목에 걸린 뱅글을 터치했다. 조심스레 문을 열고 세면대 앞으로 향하자 도우미들과 똑같은 차림새를 한 조영의 모습이 거울에 비쳤다. 어젯밤 기억나는 대로 그려둔 유니폼의 데이터를 미러 스케처에 입력하자 꽤나 정교한 유니폼이 조영의 몸 위로 입혀졌다.

조영은 가면을 당겨 쓰고 보초들이 잠들어 한산해진 계단을 향해 달렸다. 나선형의 계단을 타고 맨 위층 발코니에 도달하자 공장의 뒤편과 바로 맞닿은 항구, 위장용으로 줄지어 정박한 샤이닝컴퍼니 측의 어선들과 날이 화창하지 않아 칙칙한 빛깔의 바다가 보였다.

무전에서는 연신 작업의 진행 현황이 들려왔다. 진행률이 올라갈수록 심장이 조여오는 것만 같았다. 제발. 호의로 받아들여주길. 지금 바랄 수 있는 건 그것뿐이었다. 곧이어 관객들이 무리 지어 공연장 밖으로 빠져나오기 시작했다. 조영은 빠르게 시선을 움직였다. 캐비닛에 두고 나왔던 것과 같은 착장을 찾아야 했다. 검은 버킷햇과 품이 크게 남는 점퍼. 어디, 어디야.

'찾았다.'

한쪽 다리를 절뚝이는 사람 그림자 하나가 주머니에 양손을 찔러 넣고 고개를 숙인 채로 항구를 향해 걷고 있었다. 가장 가까이에 위치한 소망호에 도착하자 주위를 두리번거리더니 품에서 카드를 꺼내 출입문에 댔다. 제이가 배 안으로 들어감과 동시에 무전에서 작전 완료를 알려왔다. 그 와중에 들려온 소식은 써리원이 글러브 한쪽을 날려버렸다는 소식이었다.

목장갑이라도 끼고 배에서 대기해. 내가 못살아, 정말. 송화의 한숨 소리를 들은 조영이 어금니를 꽉 깨물고 숨을 참았다. 됐어. 이제 얼른 돌아가면 돼.

철컥.

그 순간 머리 뒤에서 차가운 금속음이 울렸다. 조영은 손을 들지 않고 천천히 뒤돌아섰다. 아직 가면을 벗지 않았으니 서둘러 양손을 드는 것보다 버티는 것이 나았다.

"누구지?" 나긋한 목소리가 물었다.

햇빛이 프리즘을 투과한 듯한 형형색색의 빛무리가 조영의 발치에서 그림자처럼 어른거렸다. 이런 표식을 감추지도 않고 나타나는 대범하고 뻔뻔스러운 빌런은 조영이 아는 한 한 명뿐이었다.

'……고수!'

고수. 그는 일명 '프리즘 빌런'으로, 빌런들을 통틀어 가장 유명한 인물이었다. 그들에게는 대부분 수식을 붙여주지 않지만 전과가 크고 많은, 잘 알려진 미검거 빌런들에게는 민간으로부터 딸려오는 수식들이 있었다. 빛을 매개로 하는 그의 이능력은 아직 정체조차 명확하게 알려지지 않았는데, 워낙 사람들 앞에 모습을 드러내지 않고 활용하는 방식이나 나타나는 장소조차 신출귀몰한 탓이었다. 모든 히어로 단체에서는 암묵적으로 그가 뿔뿔이 흩어져 있던 빌런들의 조직화를 주도한 우두머리 격의 인물이라 믿었다. 이번 작전을 위해 작성된 시나리오에는 애초에 고수를 만났을 경우의 대처 매뉴얼 같은 것이 적혀 있지 않았다.

당연하지. 고수가 이 건물에 있을 거라고 아무도 생각 못 했으니까. 어째서 이런 떨거지 같은 빌런 소굴에 고수가 있는 거지? 나무를 숨기려면 숲에 숨기라지만 이건 근린공원에 바오바브나무를 심은 격이잖아!

조영은 뻣뻣하게 서서 복도에 아무렇게나 세워져 있던 가구들 중 화장대 서랍을 뒤지는 고수를 바라봤다. 조영의 눈에 보이는 고수는 꽃무늬 원피스를 입은 호리호리한 체형의 남성이었지만 그는 나타날 때마다 모습이 달랐으므로, 이번에도 초면의 허우대였다.

"누군지 안 알려줄 거야?"

잡동사니가 굴러다니는 서랍에서 담뱃대를 찾은 고수가 대답을 재촉하자 조영은 주머니에 양손을 넣었다가 뺐다. 주머니에 넣어뒀던 물감 튜브를 몇 번 주물럭거렸다가 펼쳐 보인 손에는 형광색 물감이 잔뜩 묻어 있었다. 고수는 축축한 조영의 손을 만져보고는, 눈썹을 호의적으로 들썩였다.

"음, 제이구나. 난 또. 우리 효녀 죽일 뻔했네."

그러는 것도 잠시뿐이었다. 고수가 담배에 불을 붙이며 조영에게로 성큼 다가왔다.

"근데 이 시간에 왜 여기 있지?"

고수가 가까이 오자 조영은 숨이 멎을 것처럼 온몸이 떨렸다. 엄청나게 강력한 빌런을 마주하는 건 굉장히 뛰어난 히어로를 만나는 것과 같았다. 공포와 경외는 한 끗 차이였다. 고수가 입술 사이로 연기를 뱉고 자신의 얼굴을 조영의 어깨 위까지 느리게 들이미는 동안 수많은 생각들이 조영의 뇌리를 스쳐 지나갔다.

'도움을 요청할 수는 없어. 전부 노출되고 말 거야. 신분증 같은 것은 다 두고 왔으니 내 신상을 바로 알 수도 없어. 제이는 이미 배에 탔고 나머지 인원들도 모두 철수했으니까……'

조영은 눈을 굴렸다. 녹슨 난간과 바람이 불 때마다 삐걱대는 나사가 눈에 들어왔다. 고수가 조영의 주머니에 손을 넣어 가운데가 움푹 들어간 물감 튜브를 꺼냈다.

"이게 뭐람."

조영은 자신의 이가 딱딱 떨려 부딪치는 소리를 들었다. 풀려 나온 잔머리가 소금기 가득한 바닷바람에 턱 아래로 들러붙었다.

조영은 이번에도 자신이 해야 할 일을 알았다. 많은 것을 빠른 속도로 가늠하는 재능은 때로는 다른 어떤 것보다 잔인했다. 소설이나 영화 속에서 미래를 보고 온 사람들이 빠짐없이 불행해지는 것처럼.

나만 없어지면 돼. 지금 여기서 뛰어내리면 돼. 그래. 차라리 빛에 찢겨 죽는 것보다 훨씬 낫지. 그럼 다 깔끔해져. 어차피 내 일도 아닌데. 나는 무능력자니까, 히어로가 아니니까, 모든 걸 다 해결할 수 없는 게 맞아. 그게 맞는데…….

왜 이렇게 서러울까?

싸구려 플라스틱 가면 아래로 볼썽사납게 눈물이 줄줄 샜다. 고수의 빛무리가 사슬처럼 몸을 옭아매려 덮쳐오는 것을 보면서도 조영은 그 눈물이 두려워서가 아님을 알았다. 얇은 난간이 빛의 압력을 견디지 못하고 튕겨나갔다. 조영은 빛으로 된 올가미가 몸에 닿기 전에 한쪽 발을 박차고 뒤로 뛰어내렸다. 몸이 쏠리는 것을 느끼며 조영은 비릿한 공기 중에 아무도 듣지 못할 유서를 속으로 썼다.

누구든 웬만하면 가질 수 있는 이능력이든, 그걸 못 가져서 발버둥쳐 얻는 후천적인 능력이든. 다시 태어나면 둘 중에 하나만 주지 말고 둘 다 줘라. 조물주씩이나 되면서 쩨쩨하고 난리야.

 누군가 강하게 어깨를 끌어안는 느낌이 들자마자 사방이 고요해졌다. 이번에야말로 지나치게 현실감이 없었다.
 죽음으로 빨려 들어가는 과정이 극단적으로 축약된 거 아닌가? 너무하네. 아무리 매일 죽는 사람이 수십만 명은 된다고 해도.
 그러다 바로 근처에서 천천히 몰아쉬는 다른 숨소리를 듣고 슬그머니 눈을 떴다. 아무래도 살아 있는 것 같았다. 시야를 차단해버린 가면이 갑갑했다. 저려서 감각이 불분명한 손으로 더듬더듬 가면을 밀어 올리자 자신을 안고 어깨 위로 고개를 푹 숙인 써리원이 보였다. 조영의 눈이 크게 뜨였다.
 두 사람은 그 자세 그대로 멈춰 있었다. 그뿐만 아니라 주변을 둘러싼 모든 것이 정지 버튼이라도 누른 것처럼 멈춰 있었다. 쫙 뻗은 고수의 손가락. 손끝에서부터 뿜어져 나온 광채와 마침 갠 구름 사이로 쏟아지는 한 줄기 햇빛. 놀란 얼굴로 입을 벌리고 써리원을 향해 돌아서서 뭐라 소리치는 회사 사람들, 부서진 발코니 난간과 나사, 물결치는 바다로부터 튀어 오른 물방울 하나까지.

조영이 주변 풍경을 다 둘러봤을 즈음에야 써리원이 살며시 고개를 들었다. 그는 '괜찮으세요?' 같은 질문을 던질 얼굴로 아무 말도 못 하고 얼어 있었다.

조영은 뒤늦게 써리원의 표정을 살폈다. 긴장감을 지불하는 방법이 있다면 써리원은 먼저 용기를 잔뜩 끌어다 쓴 후에 폭풍 같은 이자를 무력하게 맞는 편인 것 같았다. 그것이 이 놀랍고 이해할 수 없는 상황 속에서 조영에게 찰나의 여유를 실어다줬다. 여름 바다에 아주 가끔씩만 부는 상쾌하고 높은 실바람 같은 것이 코끝을 스칠 때 조영은 어떻게 된 일이냐고 물으려 했다. 그러나 써리원의 실토가 빨랐다.

"시간을 멈출 줄 알아요."

여전히 생각하고 말을 내뱉는 법이 없었다. 앞뒤 설명도 없었다. 하지만 조영은 대강 알아들었다. 짬에서 나오는 바이브. 조영이 좋아하는 말이었다.

"초속이 아니라 시간을 멈추는 거였어? 회사에서 바꾸라고 한 거야?"

"네."

진솔한 대답에 이제는 실소가 나올 지경이었다. 자초지종을 설명하자니 안긴 자세가 약간 민망했다. 안겼다기보다는 들렸다고 하는 편이 옳았다.

"잠깐 내려놓을 수 있니? 그래도 되나?"

"……내려놓으면 떨어져요."

"어휴."

결국 그 어정쩡한 상태로 대화든 뭐든 진행해봐야 했다. 솔직히 조영은 뭐 이런 우스운 능력이 다 있나 하는 생각을 잠시 했다.

"그러면 그동안 엄청 빠르게 움직였던 게 이렇게 하나하나 데려다놓은 거야?"

"네. 왔다 갔다 한 명씩."

"아이고, 멋없어라. 바꿀 이유가 있기는 했네. 근데 어떻게 숨겼대?"

조영의 물음에 쎄리원은 대답 대신 몸을 붙든 손가락을 살짝 꼼지락거렸다. 원래대로라면 코스튬에 포함된 글러브를 끼고 있어야 할 손이 맨손이었다.

조영은 알겠다는 듯 고개를 끄덕였다. 맨손이 닿는 사람하고 본인만 움직이는 구조로군.

조영이 실체를 파악하는 사이 그제야 정신을 좀 차린 쎄리원이 땅으로 천천히 낙하하기 시작했다. 센터에서 보내온 훈련 녹화 영상과 달리 한껏 조심스러운 동작들이었다. 아마도 키가 100미터는 되는 거인이 인간을 손에 쥐면 터질까 봐 무서워하는 거랑 비슷한 이치려나. 옷을 찢을 정도로 거칠게 뛰어다니던 평소 행적과 너무 다른 움직임을 이해하면서도 조영은 기분이 참 묘했다. 끝내는 한국인다운 생각도 들었다. 너무 느린 거 아닌가, 명색이 초속 히어로인데.

"지속 시간이 어떻게 돼?"

착지까지 참지 못하고 조영이 묻자 쎠리원은 5분 정도라고 답했다.

하여간 히어로들의 정보를 다른 정보로 바꿔 숨기는 건 이런 부차적이지만 큰 문제들이 많았다. 쎠리원이 타고난 이능력의 강도가 어느 정도인지를 모르니 고수의 것과 몇 분을 대적할 수 있는지 바로 계산할 수가 없었다. 드디어 땅에 발을 디딘 조영이 무릎에 묻은 흙먼지를 털어내며 한숨을 쉬었다.

"너 어쩌려고 이러니."

많은 것이 함축되어 있는 듯한 물음이었지만 쎠리원은 이런 상황에서 윽박지르지 않는 제 상사가 좋았다.

"피디님도 계산하고 뛰어나가신 거 아니잖아요."

"내가 너니?"

조영은 진심이냐는 얼굴로 눈을 깜박였다. 단전에서부터 끌어올린 듯한 질문에 쎠리원이 멋쩍게 눈을 피하며 콧잔등을 문질렀다.

"히어로다운 행동은…… 그런 식으로 하는 게 아니라고 피디님이 그러셨잖아요."

조영은 내심 샐쭉하게 눈을 떴다. 그리고 멀리서부터 청명해져오는 하늘을 올려다봤다.

하기야 태초의 히어로들은 누구도 어쭙잖은 공식에 기대어 움직이지 않았을 것이다. 사람들이 죽고 못 사는 희대의 영웅들은 그런 순간에 탄생한 것이겠지. 인간이 평생 가장 강렬했던 몇 가지 기억에 기대서 내일도 모레도 사는 것처럼, 예전 같지 않더라도 이 시대의 영웅은 그런 존재가 아닐까. 오롯한 정의감만으로 어디에든 나타나 어떤 적이라도 무찌르려 드는 이가 이제 더 이상 없더라도, 남은 사람들이 모여 어설프게 흉내 내며 서로를 도울 수 있게끔.

조영은 시뻘게진 얼굴을 손등으로 벅벅 문대고 있는 제 옆의 영웅을 힐끔 봤다. 소금기가 오른 얼굴은 문지를수록 따가워진다는 걸 누가 봐도 모르는 사람의 행색이었다.

"너 이다음에 어떻게 해야 할지 잘 모르겠지?"

써리원이 냉큼 고개를 주억였다.

조영은 어이없는 웃음을 뱉으며 턱짓으로 늘어선 어선들을 가리켰다. 가자. 생각이 있어.

바람에 실려온 모래가 자잘하게 깔린 항구 위 두 사람의 달음박질이 차츰 빨라졌다.

열심히 따라 달리던 써리원이 뒤에서 대뜸 물었다. "근데 저희 빼고 다 멈춰 있는 거 좀 뮤지컬 같지 않아요?"

조영이 눈 하나 깜짝하지 않고 받아쳤다. "너 보기보다 뒤끝이 좀 있구나?"

멈춰 있던 시간이 다시 흐르면 무턱대고 뛰어들지 않는 쪼잔한 영웅들의 시대가 돌아올 것이었다. 동시대에 누구보다 최적화되어 31년이나 산 조영은 두렵지 않았다.

***

"박스를 어떻게 하라는 거야? 아니, 이게 설명서가 이상하게 나와 있다니까."

조영은 한쪽 어깨와 귀 사이에 휴대폰을 끼우고 귀퉁이가 짓눌린 종이 박스를 연신 엎었다가 뒤집었다.

―넌 서른한 살이나 먹고 박스 하나 혼자 못 접냐?

상건 씨의 새된 야유가 귓구멍을 파고들었다.

"소리 좀 지르지 마. 그 나이 먹고 왜 그렇게 정정해?"

그 정도 연식 되면 점잖은 게 복이야. 어쩌려고 그래. 두 사람이 지지 않고 서로를 타박하던 도중 조영의 휴대폰에 또 다른 전화가 걸려왔다.

"좀 이따가 전화해. 나 바빠."

조영은 가차 없이 상건 씨의 통화를 끊어버렸다.

조영은 예정대로 샤이닝컴퍼니를 퇴사했다. 하지만 여전

히 눈코 뜰 새 없이 바빴다. 어쩌다 보니 일을 그만두려던 찰나 다시 한번 매스컴을 거하게 타버렸다. 뒤따를 구체적인 인터뷰는 무려 '이능력미소지자★의 이능력 사건 해결의 건' 같은 거창한 제목으로 실릴 예정이었다.

조영은 자신이 직접 구한 진심을 샤이닝컴퍼니에 맡길 수 없어 상건 씨가 있는 본가로 보냈는데, 그때부터 산처럼 쌓인 인터뷰며 입사 제의 전화에 얹어 여러모로 닦달하는 상건 씨의 통화까지 받아내는 신세가 되어버렸다. 상건 씨는 조영이 스무 살 때 장염에 걸렸을 때처럼 전화를 해댔다. 아침에 한 번, 점심에 한 번, 저녁에 한 번, 자기 전에 한 번. 진심은 세령도에서 구출된 후에 이능력 메디컬 센터에서 다리 수술을 받고 빠른 시일 내에 회복할 수 있었다. 렉터의 마취제 향 해독을 위한 치료도 함께 진행했다. 참고로 진심은 제이의 본명이었다.

하여간 히어로들보다 더해요. 폼에 살고 폼에 죽는 놈들이 빌런 짓 하는 거라니까.

조영은 진심이란 이름이 제이보다 1,000만 배는 어울린다

★ 며칠 전, 이능력을 소지하지 않은 사람들을 지칭하는 호칭을 '무능력자'에서 '이능력미소지자'로 수정하는 방안이 최종적으로 승인됐다. 이제 국립국어원에서 발행하는 표준국어대사전에서도 '이능력미소지자'라는 표현을 찾아볼 수 있다.

히어로 프로듀서 퇴사하겠습니다

고 생각했다.

  샤이닝컴퍼니는 10년 전보다도 더 발칵 뒤집혔고 써리원의 데뷔는 자연스레 미뤄졌다. 써리원처럼 데뷔 예정 신인들의 능력을 감추고 함구시켰던 경우가 더 있는지에 대해 아주 묵은 때를 벗겨내는 조사가 이루어지는 중이었다.

  '미뤄졌다고 하는 게 맞는지 모르겠네.'

  조영은 신발장 턱 위에 팔꿈치를 기대고 잠깐 서서 생각했다. 앞으로 해야 할 일들에 대한 생각이었다. 얼마나 쉴지, 다음 직장은 어디로 가야 할지. 기사에야 이능력미소지자로 실리겠지만, 조영은 엄연히 이능력소지자였으므로 검진 센터에도 방문하고 이능력 발현 신고도 해야 했다. 대낮처럼 밝은 곳에서도 야광 빛을 희미하게 인지할 수 있는 게 조영이 가진 능력의 전부였지만 그래도 신고는 해야만 했다.

  "아휴, 귀찮아. 그냥 없다고 치고 살면 안 되나."

  결론적으로 그게 이능력이라는 걸 알았을 때 조영이 처음으로 한 말이었다.

  입사 10년 만에 최대한 잔잔한 것으로 설정해둔 벨소리가 조영의 잡념을 깼다. 조영은 진절머리가 난다는 얼굴을 하고 화면에 뜬 이름을 확인했다가 표정을 약간 풀었다.

    서이원

그러고 보니 여전히 본명을 몰랐다. 입이 정말 무겁구나? 요즘 애들치고 그러기 쉽지 않은데. 조영은 소리 없이 감탄하며 통화 버튼을 눌렀다.

"다 컸네? 나한테 제일 먼저 연락도 하고?"

들려오는 목소리가 없자 조영은 써리원이 볼 수 없는 휴대폰 너머에서 짓궂게 웃었다. 어렵게 전화하자마자 구박이나 당한 써리원은 입맛만 다시다가 "목소리 좋아지셨네요" 같은 말이나 했다. 어떻게 지냈느냐는 식의 근황을 묻기에는 불과 한 달밖에 지나지 않았다. 또 그럴 사이라기에는 이름도 모르는걸.

간격을 맞춰 이삿짐을 정리하던 조영이 물티슈를 뽑으며 물었다. "이제 어쩔 거니?"

잠깐의 공백 사이에도 써리원이 입꼬리를 쭉 내리고 어깨를 으쓱하는 모습이 그려지는 것 같았다.

— 모르겠어요. 데뷔를 할 수는 있을지. 저 다른 데 갈 데도 없거든요. 큰일 났어요.

조영은 무책임하게 내뱉었다. 그저 그러고 싶은 기분이었다.

"왜, 너도 퇴사하지?"

— 선배······.

조영은 벽걸이 시계를 힐끔 보고 책장에 붙여놓은 박스 테이프를 뜯었다.

"이따 3시 반까지 검진 센터로 와. 너도 이능력 재검사부터 받아야겠더라."

 손잡이부터 감아두라고 했나. 몇 번을 봐도 헷갈리는 설명서를 향해 눈을 찌푸리면서도 조영은 찜찜한 감각을 지울 수 없었다. 이렇게 어려운 말로 설명해놓은 것보다 실제로 해보면 훨씬 쉬울 텐데. 이래서 설명서가 싫어.

 ─ 이제 이능력자로 분류될 텐데 히어로는 안 하시게요?

 써리원의 물음에 조영이 질색했다.

"너 같으면 하겠니."

 가당찮다는 얼굴이 신발장 거울에 고스란히 비쳤다. 이제 써리원은 거칠 것도 없다는 듯 대놓고 요청했다.

 ─ 가시는 데 있으면 저도 데려가주시면 안 돼요? 저 데뷔도 밀려서 어떻게 될지 알 수도 없는데.

 조영은 높게 쌓인 레퍼런스 파일을 마지막 남은 공간에 딱 맞게 집어넣었다. 빈틈없이 완벽하게 공간을 쓰자 쾌감이 들었다.

"너는 나 믿니?"

 조영이 박스를 딱 맞게 채우는 동안 마른침이나 삼키며 기다렸을 써리원이 "제가 선배 아니면 누굴……" 하고 말꼬리를 흐렸다. 본인이 생각하기에도 너무 과한 너스레였나 싶은 모양이었다.

조영은 잠시간 웃음을 참다가 책장을 가득 채운 참고서와 상패를 올려다봤다. 저 녀석도 말귀를 못 알아들어서 그렇지, 배우는 건 징그럽게 빨라. 샤이닝컴퍼니가 다 구리지만 사람 잘 뽑아오는 거 하나는 인정해줘야 해. 그러고는 오랫동안 닫혀 있던 창문을 시원하게 열어젖혔다.

― 믿어도 되죠?

수화기 위로 둥둥 떠오르는 듯한 써리원의 물음에 조영은 자신 있게 대답했다.

"당연하지. 나는 베테랑이잖아."

2부

누구에게나
붙잡아야 하는 것이 있다

"진심아, 바가지 얼른 언니한테 줘. 너무 빨리는 말고 조금만 빨리. 조심해서, 그렇지."

진심이 욕실 바가지를 내밀자 조영이 숨을 꾹 참고 사무실 바닥 한곳을 덮었다. 바가지 안에서 다리와 더듬이가 달리고 의외로 날 수도 있는 갈색의 생물이 푸드덕댔다. 조영이 심호흡을 했다. 코팅된 종이를 바가지 밑으로 밀어 넣고는, 차라리 눈에 뵈는 게 없는 것이 낫겠다 싶어 안경을 벗어버렸다. 내동댕이치다시피 한 안경은 진심이 안전하게 받아 챙겼다.

"저놈의 안경은 부서지지도 않네."

조영은 사무실 안전 수칙이 적힌 코팅된 종이와 바가지 사이로 살충제를 대량 살포하며 중얼거렸다. 왠지 퉁명스러웠던 말투라, 진심을 쳐다보고는 애써 웃으며 덧붙였다.

"덕분에, 진심이 덕분에 안 부서져서 언니가 좋아서."

탓한 게 아니라고 알려줘야 서운하지 않은 중학생이니까. 적어도 조영은 그 나이 때 그랬다.

"언니, 안경 잘 어울려요." 진심이 대뜸 말했다.

조영은 회사를 나온 뒤로 지인이 소개해준 공유 오피스를 사용하고 있었다. 조상건 씨가 출장을 나가 집에 혼자 있는 진심을 일터에 데려왔는데, 어느 정도 회복된 진심은 아주 영특하고 센스가 좋은 아이였으며 조영을 과할 정도로 잘 따랐다. 좋은 일은 아니었지만 고수가 진심에게 별명까지 붙여주며 데리고 다녔던 이유를 알 것 같다고 할까. 진심은 줄리엣의 창문에 허구한 날 붙어 있던 로미오처럼, 상건 씨가 출장을 나가길 기다렸다는 듯이 조영을 쫓아다니며 은밀하게 추앙했다. 바로 그것이 조영을 난처하게 만들었다. 이름 때문인지 이 아이는 진심을 고백하는 데 아주 거침이 없었다.

"근데…… 쌩얼도 예뻐요. 배우상. 원래 쌩얼이 예쁘니까, 안경이 잘 어울리는."

"그만. 진심아, 그만. 너무 고마워."

중학생의 말을 끊어대는 어른이 되고 싶진 않았지만 조영은 이 듣도 보도 못한 추앙 열전을 견디기 힘들었다. 경력에 대한 칭찬노 아니고 다짜고짜 분위기가 좋다느니 배우상이라느니. 이 아이가 무탈하게 자랐다면 픽업 아티스트가 되지 않았을까. 상건 씨와 조영은 진심이 지내던 보육원에서 퇴소했을 때 미처 가지고 나오지 못했던 물건들을 챙겨왔었는데, 그때 원장이 말해주었다.

"보육원에 있을 때는 말수도 적고 또래들과 잘 어울리지도 않는 아이였는데, 이렇게 처음 보는 언니를 잘 따르는 걸 보니 정말 좋은 분이신가 보네요. 앞으로 진심이를 잘 부탁드려요."

그런 진심은 지금 자기 용돈을 털어서 산 고급 안경닦이로 조영의 안경을 5분째 닦고 있었다. 정작 본인은 맨눈이면서 오직 조영의 안경을 닦기 위해서 샀다는 사실이 조영을 또 난처하게 만들었다.

언니 보시는 길에 먼지 한 톨 남기지 않으리.

진심의 맹렬한 손짓을 바라볼수록 조영의 귓가엔 원장의 말이 믿을 수 없는 환청이 되어 맴돌았다.

"언니, 전화 와요."

아주 나이스 타이밍이다. 조영이 간만에 밝은 목소리로 전화를 받았다.

"어, 은미야. 오랜만이다. 응, 응. 어, 그럼. 정말 잘 지내고 있지."

진심에게서 안경을 받아 쓰고는 괜히 현관의 신발을 발로 밀어 정리하며 바쁜 척을 했다.

"네가 고 대표님한테 얘기해줬다면서. 고마워. 공유 오피스 잘 쓰고 있어."

— 다행이다, 조 대리. 아니지. 영아. 접때는 내가 미안해서 있지.

조영이 샤이닝컴퍼니의 지하실에서 나와, 쏟아지는 대형 매니지먼트의 스카우트를 보류하고 임시 프리 선언을 했을 무렵이었다. 일전에 베이비 버블 촬영에서 뒤통수를 때리며 조영이 머리 싸매고 경위서를 쓰게 한 샤이닝의 안은미 팀장은 내내 그 일이 명치에 걸려 있었다. 더군다나 조영이 굉장히 긍정적인 방향으로 업계의 주목을 받는 실정 아닌가. 당연히 조영은 나서서 안 팀장에 관한 안 좋은 소문을 퍼뜨린다거나 할 열정이 전혀 없었지만, 제 발 저린 안 팀장은 프리랜서가 되어 사무실을 찾는 조영을 어떻게든 도와주려 안달이었다. 정확히는 '그 정신없던 시기에 도움 준 사람' 목록에 숟가락을 얹고자.

둘은 예전에 고도 대표가 이끄는 팀 블루밍어워드에서 함께 일하며 알게 된 사이였다. 샤이닝컴퍼니에 본적을 두고 성 실장 밑으로 완전히 이적한 조영과 달리 은미는 고 대표와도 꾸준히 협업하고 있었으므로, 먼저 블루밍어워드에서 운영하는 공유 오피스를 소개해주겠다고 한 것이다. 히어로 매니지먼트 업계에서 아주 핫한 인사들만 들어가는 좋은 곳이라면서.

— 오피스는 좀 어때? 얘기 들어보니까 완전 호텔 뺨친다던데.

"지내기 편해. 집이랑도 가깝고. 고 대표님께도 감사하다고 전해줘."

조영이 아무리 돌려도 절대 고정되지 않는 문고리를 덜그럭대며 답했다. 곧 있으면 손에서 쇠 냄새가 날 것 같았다.

누렇게 물든 벽지하며 주에 한 번 꼴로 마주치는 갈색의 생명체하며. 회사에 있을 때라면 어느 호텔이 이 따위 건물에 뺨을 맞겠느냐고, 하면서 송화에게 실컷 구시렁거렸을 참이다. 하지만 지금 여기엔 툭하면 어떻게 살아야 언니처럼 멋진 사람이 될 수 있느냐고 묻는 진심뿐이었다.

확실히 프리랜서의 길은 험난하구나.

— 고 대표님, 요새 지역구 병원을 돌아다니면서 애들 데리고 봉사하신대. 그 까탈스러운 인간이 방긋방긋 웃으면서 봉사를 한다니 웬일이야? 브랜드 평판 높이는 일이 이렇게 힘들다, 얘.

"그래, 너도 조심해. 정신 놓고 있으면 실장 다는 거 금방이니까."

— 영아, 너도 스카우트 끊기기 전에 얼른 대형 들어가야 하지 않겠어? 써리원, 걔가 암만 유망해도 그렇지 어린애 하나 데리고는 힘들어.

조영이 현관 옆에 놓인 냉장고의 벽면에 몸을 기댔다. 뜨끈한 열기가 살을 타고 전해져왔다. 솔직히 걔는 너 대형 들어가면 묶음으로 딸려가는 거지, 무슨 경력이 있다고. 안 팀장은 수화기 너머에서 미주알고주알 떠들었다. 알아주는 프로듀서인 조영이 프리랜서 기간 동안 냉큼 회사를 차릴까 봐. 족쇄도 없이 사장 자리에 앉아, 자기보다 높은 곳으로 날개를 펴고 훨훨 날아갈까 봐 얹을 말이 많았다.

조영도 그녀처럼 한 업장의 머리도 꼬리도 아닌 애매한 위치에서 근근이 버티는 마음을 알고 있었다. 그럴 때 사람이 얼마나 긴박해지는지, 지인들 간의 사소한 대화에서도 왜 그렇게 담쟁이넝쿨처럼 붙어 자랄 담벼락을 찾게 되는지, 사사건건 속없이 비굴해지는 형편도 이해했다. 안 팀장을 비웃고 싶지도 않았고 손을 잡고 싶지도 않았다. 조영은 저 시기의 인내와 섬세함이 섬돌과 같은 커리어를 만든다고 생각했다. 리더도 말단도 아닌 자리에서는 사람이 가장 소모하기 쉬운 자원처럼 보일 때가 있다.

그러나 조영은 일찌감치 깨달았다. 사람이야말로 무엇보다 까다롭고 방금 전과 지금이 다르다는 것. 무심하게 놓아버렸다가는 다시 붙잡을 수 없는 파도가 되어 멀리 떠나버리는 게 사람이다. 그러다 어느 날에는 해일이 되어 내 자신이 이루어놓은 모든 것 위로 덮쳐오는 수도 있었다. 내가 저지른 것처럼 무심하게, 일언반구도 없이. 그럼에도 어느 순간에는 필요해 미치겠는 게 사람이었다. 그래서 조영은 아주 소수의 사람과 손을 잡았다. 혹시나 그 사람이 물로 변해 손가락 사이를 빠져나가더라도, 가볍게 옷깃만 젖고 말 정도로. 대신에 신중히 오래 들여다보았다. 잡고 있는 사람이 의식할 정도로 그를 보고 또 보았다. 스스로는 알지 못하는 습관이었다.

― 있잖아, 영아. 우리 팀에서 하는 신인 프로젝트 들은 적 있어? 안 바쁘면 외주라도 하면서 기다리는 거는 어때? 네가 그동안 계속 지하에 박혀 있어서 그렇지, 너랑 일하고 싶다는 애들 완전 많아.

문밖에서 누군가 비밀번호를 눌렀다. 써리원이 거리낌 없이 문을 열고 들어와 전기 파리채를 불쑥 내밀었다.

"사 오라던 게 이거 맞아요?"

선선한 가을바람이 조영의 머리칼을 날렸다. 써리원은 물건을 받지 않고 잠시 쳐다보기만 하는 조영을 의아하게 바라봤다.

조영은 휴대폰을 귀에 붙이고 그대로 말했다. "늦었어."

전파 너머로 안 팀장이 헛기침을 하는지 민망해하는 입소리가 들려왔다.

"시간이 늦었다, 은미야. 너도 퇴근해야 하잖아."

써리원이 조영의 등 뒤를 기웃거리더니 아까운 듯 이마를 긁적였다.

"이미 초토화네요. 죽었겠죠?"

어느새 다가온 진심이 써리원의 손목에 걸려 있던 포장 음식을 뺏어갔다. 조영이 어깨를 으쓱했다. 써리원이 하는 것을 자주 보다 보니 요즘 조영도 이렇게 따라 했다.

* * *

"저게 요즘 네가 한다는 알바니?"

써리원이 고개를 끄덕였다.

'시선집중! 가면 히어로 빅 매치!'라고 큼지막하게 적힌 TV 프로그램 속에서 복면을 쓴 두 히어로가 서로 치고받고 싸우고 있었다. 한쪽은 홍학 가면을, 다른 쪽은 여우 가면을 쓰고 씨름장을 개조한 이능력 경기장 위에서 한판 대결을 한다는 콘셉트의 복고 서바이벌 대결 프로그램이다.

처음에는 방송을 타는 경우의 이미지 손실이 크지 않을까 조영도 걱정했지만, 어차피 시청률이 0.1퍼센트도 나오지 않는 채널 번호 300번대의 방송사였다. 조영은 텅텅 빈 관중석과 턱을 괴고 앉아 끔벅끔벅 조는 심판을 바라봤다. 저 사람, 방금 하품한 거 아닌가?

여우 가면을 쓴 화면 속 써리원은 상대방을 당황시키는 쾌속 발차기를 연달아 날리고 약 올리듯 도망갔다. 사무실의 써리원은 볶음짬뽕에 단무지를 얹어 먹었다. 진심에게 1인용 소파를 빼앗기고 조그마한 플라스틱 욕실 의자에 쭈그려 앉은 채였다.

"훈련할 데가 없기도 하고요. 겸사겸사."

"접수할 때 써리원이라고 하면 돈 더 줘요? 알아보는 사람 있어요?"

"몰라. 선배가 못 하게 해서 그냥 본명으로 접수했는데. 능력도 초속만 있다고 뻥 쳤어."

진심이 아아, 하고 건성으로 대답하더니 후루룩거리며 탄탄면을 빨아들였다.

알고 지낸 지 얼마 안 되었을 때부터 진심은 써리원에게 묘한 경쟁심을 내보였다. 써리원은 그런 진심과 나서서 친해지지는 않고 아직까지 서먹한 사이를 유지하고 있었다. 안 그래도 초면에 목석 같은 면이 있는 써리원에게 유난히 까칠하게 구는 중학생 나이의 청소년이라니. 앞자리가 다른 조영의 입장은, 나이도 비슷한 애들끼리 원만하게 지내면 좋겠다는 쪽이었지만, 아무렴 어린애들 사이에는 그들만의 룰이 있는 법이겠지 싶어서 싸우다가 누구 한 명이 다치거나 오피스에 화재를 내지만 않는다면 가만히 있기로 했다.

"진심이는 검정고시 준비 잘 하고 있니? 어려운 거 있으면 송화 언니한테 문자 해. 송화 언니 요즘 휴가래. 이럴 때 실컷 귀찮게 해야지."

"그럼요. 근데 저 공부 그렇게 못하지 않아서 물어볼 거 많이 없어요. 시험장 들어가서 긴장만 안 하면 되지 않을까요?"

자신만만한 대답을 듣고 조영이 미소 지었다. 진심의 그릇에 탕수육을 얹어주다 왠지 송화의 어린 시절이 이러했을 것 같다는 생각을 했다. 최연소 우수 장학생으로 국제 히어로 아카데미를 졸업, 열아홉에 업계에 뛰어든 조영만큼은 아니었지만, 송화도 이름만 대면 다 아는 명문 대학 출신이니까. 다만 학업 태도는 엉망이었다. 특유의 친화력과 주변인의 어깨를 올라가게 하는 화술로 수업은 반이 대리 출석이었고, 오직 모범생 친구들의 족보와 노트 필기로만 수업 내용을 파악했다고 한다. 공부한 기억은 없고 수험생 시절의 한을 술로 씻어 보낸 기억밖에 없다고. 그 모양 그 꼴로 살면서 시험만 보면 내내 과 수석이었다. 그러니 더 대단하지 않을 수가 있나.

"기특하네. 진심이는 잘할 거야."

"혹시 추석 덕담해주시는 건가요? 언니한테는 용돈 받는 것보다 그편이 좋기는 한데 조금 이른 것 같기도 하고……."

진심이 몸을 배배 꼬자 써리원이 면발을 우물거리며 신기한 걸 본다는 듯이 쳐다보았다.

"뭘 봐요." 진심이 새침하게 대꾸하고는 그릇에 묻은 양념을 군만두로 쓸다가, 써리원을 힐끔거리며 물었다. "그래서 저 싸움, 이겼어요?"

홍학 가면을 쓴 출연자 밑으로 충청도, 34세, 마이너 히어로라는 자막이 떴다. 그는 도깨비 호리병 같은 물결 모양의 원통과 거대한 스탬프를 허리에 차고 다녔다. 그의 스탬프에 짓눌린 상대의 몸은 순간적으로 종이만큼 얇게 펴졌는데, 홍학은 그때 상대를 종이접기 하듯 재빨리 접어 원통 속으로 집어넣으며 승기를 잡곤 했다. 하지만 이번 경기에서 그는 써리원을 상대로 굉장히 고전하고 있었다. 써리원은 링 위를 벗어나지 않으면서도 초스피드로 거의 눈에 보이지 않을 만큼 빠르게 움직이며 홍학을 교란했다. 홍학은 링 가운데서 쩔쩔매다가 써리원의 발차기를 맞고 휘청거렸다.

"응. 이겨."

"동작이 많이 섬세해졌네. 예전 같으면 옷 다 찢고 내려올 때 담요 차림이었을 텐데. 하긴 코스튬을 안 입으니까 속도 연습이 편하기도 하겠다. 코스튬은 가속 위주잖아."

"타임 슬립* 썼으면 더 빨리 이겼을걸요. 들어서 링 밖에 내려놓으면 되는데."

써리원이 조영의 핀잔인지 덕담인지 모를 말을 은근슬쩍 넘겼다.

"와, 오빠 진짜 개과천선했네요."

"그럴 때 쓰는 말 아닐걸?"

진심이 찌르고 써리원이 받았다.

이 프로그램에 출전한 히어로 대부분이 지방에서 활동하는 마이너 히어로거나, 소속사가 없어 경력이 필요한 신진 히어로였다. 당연한 말이지만, 모든 메이저 히어로가 화려하게 데뷔하는 것이 아니다. 요즘은 조금이라도 나은 매니지먼트에 가기 위해 개인 포트폴리오에 많은 공을 들이는 추세였다. 34세. 은퇴가 이른 히어로로서는 중견의 나이로, 허접한 프로그램에 경력을 쌓으러 나와 그마저도 스무 살에게 지고 있는 홍학이 조영은 약간 안쓰러웠다.

"근데 저러다 지면요? 가면 벗어야 하는 거 아니에요? 얼굴 공개되면 조영 언니가 싫어할걸요. 승자 인터뷰 같은 건 안 해요?"

★ Time Sleep. 써리원의 발사 능력을 제외한 나머지 이능력의 이름으로, 시간을 멈춘다, 즉 잠들게 한다는 의미의 'Sleep'을 쓴다.

"이기면 가면 안 벗어. 그리고 인터뷰도 없어. 계속 싸워."
"벌써 3연승이지? 잘못하면 유명해지겠다."

고개를 숙이고 먹던 써리원이 고개를 들어 조영을 한 번 보고는 다시 면을 집었다.

"그럴 일 없게 할게요. 적당히 지면 돼요."

지면 가면 벗는다면서요. 괜찮아. 앞머리 내리고 실눈 뜨면 돼. 나인지 모를걸. 진심과 함께 빈 그릇을 치우려던 써리원이 식사를 했다고 하기엔 너무 깔끔한 조영의 앞 접시를 내려다보았다. 면 요리는 손도 대지 않고 탕수육만 몇 입 깨작대는 걸 보니, 안 팀장과의 통화 말고도 밥맛 떨어지게 하는 일이 있는 모양이었다. 써리원은 머릿속에서 후보 몇 가지를 추렸다. 개중에서 유력한 하나를 골랐다.

"저희 지원 사업 다 떨어졌어요?"
"어……."

조영이 무릎에 팔꿈치를 대고 쭈그려 앉아 고개를 숙인 채 마른세수를 했다.

"도대체 뭐가 문제인지 모르겠다. 솔직히 이름값이 있으니까 금방 될 줄 알았어. 일을 아무리 오래 해도 어려운 게 천태만상이네."

세령도 사건 이후로 스카우트 제의는 넉넉히 들어왔지만 사기업에 소속되면 결국 조영도 뱉는 게 있어야 했다. 때문에 국가에서 지원하는 매니지먼트 창립 프로그램 위주로 지원서를 넣었다. 그러나 현재, 텅 빈 메일함이 말해주듯 어느 곳에서도 연락이 오지 않은 상태였다.

"남의 돈 버는 게 어렵다, 어렵다 했더니 나랏돈 받는 건 더 어렵네. 이래서 국회의원 되면 돈을 그렇게 많이 주나?"

사기업이 조영에게 산하 레이블 하나를 통째로 맡기고 권한을 일임한다 해도, 본사에서 입김을 불어넣지 않으리란 건 새빨간 거짓말이다. 처음에만 사탕발림을 하다가 시간이 지날수록 본사에서 해결 못 한 덜 떨어지는, 그러나 반드시 데뷔를 시켜야 하는 신인을 내려 보낼 것이고 샤이닝컴퍼니에서의 악몽이 반복될 것이었다. 덩치만 큰 중소기업이 돈이 많은 이유는 사람 굴리는 데 쓰는 돈을 최대한 아껴서, 한 명의 직원이 피 말라 죽을 때까지 업무를 가중시켜 잔고를 채우기 때문이니까. 그것이 중소기업의 정수니까.

조영은 몸을 부르르 떨었다. 샤이닝컴퍼니에 있을 때 수많은 타 부서에서 조영의 지하 3층 사무실로 땡처리하듯 내려 보낸 데뷔 프로모션들을 생각하니 아까 죽인 바퀴벌레가 등을 타고 오르는 것 같았다.

진심과 함께 상을 치운 써리원이 치약을 짜며 물었다. "그래서 계속하시는 거 아니에요?"

양 손바닥에 얼굴을 파묻고 앓는 소리를 내던 조영이 검지와 중지를 벌려 써리원을 쳐다봤다.

 그의 말이 맞았다. 어려우니까. 어려워서 좋다. 도무지 쉬워지지 않아서, 지루할 기미가 안 보여서 좋았다. 지난 업무의 방식을 바로 다음 업무에 적용하지 못할 만큼 다양한 상황이 발생했고 자신이 원래 잘하던 것과는 상관없이 항상 새 기지를 발휘하여 대처할 수 있어야 했다. 프로젝트 제안서 한 장이 수리되기까지 설득해야 할 인물은 첩첩산중으로 쌓이곤 했고 무엇보다 엔터테인먼트 업계가 으레 그렇듯, 결과물이 대중에게 던져졌을 때의 확신이 없었다. 이게 무조건 된다는 확신. 여론이 우리 편을 들어줄 거란 확신.

 히어로를 세상으로 내보내다 보면 매번 숨이 탁 막히는 도전 과제가 생겼다. 하지만 끝장을 보고 마침내 해내고야 말 때면, 산 정상에서 머리부터 발끝까지 청아한 공기를 들이마시는 기분도 들었다. 그게 참 재미있었다. 짐작할 수 없고 안전하지 않은 게 스릴이지. 매일 같은 업무를 반복하며 정년까지 보내야 한다고 하면 조영은 아마 미쳐버렸을 것이다. 일벌레, 워커홀릭 소리를 들으며 걸어 다니는 줄자, 칼, 보살★이라는 소리를 듣곤 했지만 조영은 스스로 생각하기를 누구

★ 각각 잰 듯이 정확하다, 벤 듯이 정확하다, 인간의 힘으로는 견뎌낼 수 없는 압박을 견뎌낸다는 뜻을 담고 있다.

보다 재미가 중요한 쾌락주의자였다. 마음 한편에 재미를 추구하는 철부지 같은 생각을 품고 살아올 수 있었던 건, 회사와 히어로와 여론이 늘 손을 들어주지 않아도 조영 자기 자신은 확신이 있었기 때문이었다. 이게 된다는 확신. 사람들이 내 결과물을 좋아하게 만들 수 있다는 자신. 이 일은 밖에서 보기에 잡다해 보였지만 사실 단순했다. 조영이 노력하는 건 어디에나 쓸 수 있는 그 확신을 견고하게 다지는 것뿐이었다.

그래. 실은 할 만하니까 샤이닝컴퍼니에서 10년을 썩은 거다. 송화, 앤비, 로이와 텐더, 좋은 사람들도 많았고. 그중에 성 실장의 방긋 웃는 얼굴이 스쳐 지나가자 황급히 조영은 머리를 쓸어 넘기고 정신을 차렸다. 어머, 싫어라. 특별히 악감정이 있는 건 아니지만 어쨌든 싫었다.

"창피한 얘기, 크게 말해줘서 고맙다."

"뭘요."

써리원은 진심과 치약 뚜껑을 놓고 신경전을 벌이고 있었다. 왠지 모르겠지만 누가 치약 뚜껑을 끼울 것인지에 대해 승부가 붙은 모양이었다. 둘의 수준이 비슷한데 왜 저렇게 사이가 안 좋을까. 비슷해서 안 좋은 건가? 조영은 데스크톱 앞에 앉아 하반기 지원 사업 목록을 커서로 긁어대다가 갑자기 머리를 쥐어뜯었다. 불현듯 안 팀장과의 통화가 떠올라서였다. 지원 사업은 다 떨어진 주제에 안은미한테는 뭐라도 있는 것처럼 여유를 부렸다니…… 내 자존심은 글자가 다 날아가버린 10년 묵은 영수증처럼 희미해진 줄 알았는데! 그딴 게 아직도 남아 있다니. 다른 무엇보다 부끄러운 건, 아무리 스스로 국가 지원 프로그램에 취약하다는 걸 알았다고 하지만 부족한 부분이 있음에도 뭔지 전혀 깨닫지 못한 채 그래도 지원 사업에 붙을 줄 알았다는 거다. 도대체 그게 무엇이었을까. 내가 놓친 게 무엇이란 말인가.

고뇌하던 조영의 눈에 팀 블루밍어워드의 팸플릿이 들어왔다. 사무실 여기저기에 족히 50부는 널려 먼지와 함께 뒹굴고 있었다. 파란색 표지를 넘기자 직원들과 나란히 서 있는 고 대표가 보였다. 김장용 앞치마에 고무장갑을 낀 차림으로 양로원 앞에 서서, 김칫독을 앞에 두고 활짝 웃고 있었다.

조영이 무언가를 깨달은 듯 손뼉을 짝 쳤다. 써리원에게 치약 뚜껑을 빼앗겨 입을 삐죽대던 진심이 조영을 돌아보았다. 잽싸게 전기 파리채를 집어 들고 주위를 두리번거렸다.

"모기? 모기 있어요? 제가 잡을게요."

"아니야, 그게…… 우리 봉사 점수가 부족한가 보다."

국가 지원 이능력 사업은 지방 봉사에 점수를 주니까. 내가 왜 이 생각을 못 했을까? 조영이 중얼거리며 봉사 사이트를 뒤지는 사이 화장실에서 나온 써리원이 조영이 일하고 있는 책상 모서리를 잡고 모니터를 들여다봤다. 손이 축축하게 젖어 있었다.

"이 닦는 김에 화장실 청소도 같이 하느라고요. 근데 우리 봉사 가요?"

다 시골이네. 써리원이 목록에 있는 주소들을 훑는 동안 조영은 탁상 달력을 넘겼다. 달력에는 진심의 손끝에서 나온 야광 물질로 조영만 알아볼 수 있게 표시해둔 일정들이 적혀 있었다. 앙증맞지만 부담스러운 '언니 짱'이라는 글씨도.

엄지로 입술을 매만지던 조영이 고심 끝에 물었다. "너희 추석 때 바쁘니?"

***

♤헌사리의 자랑, 타오르는 불꽃 서리원! 세령도를 구하고 돌아오다~! 화르륵~!♣

무지개색 폰트와 글자 뒤에 섬세하게 들어간 불꽃 그러데이션으로 만들어진 현수막을 보자마자 진심은 웃다가 울다가, 이제는 마을 현판을 잡고 복통을 호소했다. 조영도 상황이 크게 다르지 않았다. 차마 체면이 있어서 웃지 않으려고 했건만 화질이 깨지고 어벙하게 나온 기사 사진을 현수막 양옆에 대문짝만하게 박아놓은 정성까지 본 순간 참을 수 없게 되었다.

써리원, 아니, '서리원'은 고개를 푹 숙이고 중얼거렸다. "여기서 봉사는 아닌 것 같다고 했잖아요······."

"이렇게 사랑 많, 하······ 많이 받으면서 왜 추석에 집에도 안 가고 그래."

조영은 진심이 건넨 휴지로 눈물을 닦았고 진심은 써리원과 대단한 현수막을 한 앵글에 담아 사진을 찍느라 여념이 없었다.

"오빠, 집에 갈 때 이장님께 부탁해서 이거 가져가요. 고개도 좀 들어봐요. 김치, 치즈, 스마일."

세 사람이 도착한 곳은 강원도 양양군 서쪽 현사리의 영두 마을, 써리원의 고향이었다. 마을에 들어서자마자 드넓은 농가 사이로 상쾌한 허브 향기가 퍼졌다. 좀 더 들어가니 특이한 육각 모양의 벌집 같은 비닐하우스가 보였고, 그 옆의 컨테이너 위에는 수더분한 인상의 젊은 남자가 쪼그려 앉아 불량 모종을 골라내고 있었다.

그는 써리원과 눈이 마주치더니 반갑게 손을 흔들다가 컨테이너에서 떨어질 뻔했다. 남자가 정신없이 컨테이너 지붕을 밟으며 허둥지둥하자 안에 있던 여자가 문을 확 열고 나와 남자에게 잔소리를 해댔다. 둘은 실랑이를 하다 말고 이쪽을 향해 팔을 흔들며 뭐라 뭐라 입을 벙긋댔는데, 멀어서 잘 들리지 않았다.

"누구셔? 아는 분들인가 보네."

"경태 형이라고, 저보단 세 살 많은데 보육원에서부터 친했어요. 여자분은 형수님. 둘이 열 살 때부터 사귀다가 고등학교 졸업하자마자 결혼했어요."

"어머, 세상에. 그게 되는구나." 조영이 작게 감탄했다.

돌부리를 걷어차며 걷던 진심이 반갑게 고개를 돌렸다. 고추잠자리가 둘 사이를 쌩, 하고 지나갔다.

"맞다. 오빠도 보육원에서 지냈다고 했지. 오빤 몇 살 때 입양 갔어요?"

"일곱 살 때쯤인가. 입양되고 첫해에 아버지가 케이크에 초 일곱 개 붙여줬으니까 맞을걸."

"좋았겠다. 난 중학생 때까지 입양 못 가고 방출됐는데. 원래 부잣집 사람들이 많이 오는 보육원에서 입양되기가 더 어렵대요."

애들 눈이 어떻네, 키가 어떻네, 하고 그나마 예쁘게 생긴 양자 고르느라고. 나도 너무 까맣고 반점이 피부병 같다고 안 데려갔어요. 진심이 자신의 팔을 쓰다듬었다. 진심은 진한

쌍꺼풀과 도톰한 입술을 가진 코코아색 피부의 혼혈아였다. 부모가 누구인지는 몰랐지만, 아마도 흑인 혼혈이 아닐까 싶었다. 백반증을 앓고 있어 양팔 전체와 목 아래에 크고 작은 흰 점들이 있었고, 양자를 구하러 온 재벌가에선 매번 이를 핑계 삼아 입양을 거절했다.

써리원은 연한 분홍색을 띠는 팔꿈치의 점을 물끄러미 바라보았다.

"달마티안 같은데."

"맞아요, 달마티안. 내 별명이었어요. 그렇지만 나 정도면 점이 예쁘게 나 있는 편이거든요? 뭐 그렇게 싫어하나 몰라. 난 거울 볼 때마다 레어템 같고 좋았단 말이에요. 인간 닮은 달마티안은 없는데 달마티안 닮은 인간은 있는 거 뭔가 멋지지 않아요? 어쩌면 말도 통할지 몰라요. 이게 말이 통하는 표식인 거지. 아직 한 마리도 못 만나서 실험은 못 해봤지만."

그러자 곰곰이 생각하던 써리원이 말했다. "내 별명은 개구리 황태자였는데."

"개구리…… 황태자?"

"동화 중에 개구리 왕자 있잖아. 저주받아서 개구리가 됐는데 공주한테 뽀뽀를 받아야 인간으로 돌아가는 왕자. 어렸을 때 애들이랑 내기해서 이장님 딸한테, 해성 누나라고 있었거든? 그 누나한테 뽀뽀 받는 거 했는데 내가 졌어. 근데

도저히 못 받겠는 거야. 그 누나가 마을에서 유일하게 미술 공부해서 예고에 간 누나라, 명절에 마을 벽화 그리기를 혼자 하고 있더라고. 옆에서 엄청 얼쩡댔지. 아무 말도 못하고 있으니까 경태 형이 답답해서 누나 사다리에 돌을 던진 거야. 근데 누나가 엄청 놀라서 들고 있던 물감을 내 머리 위에다 쏟아버렸어. 숲이랑 새 같은 걸 그리고 있어서 물감이 초록색이었거든. 집에 가서 다섯 번이나 씻었는데도 코를 푸니까 콧물까지 초록색이더라고. 그래서 개구리 황태자야. 왕자에서 업그레이드시킨 버전이지. 자매품으로 개구린 황태자도 있어."

"아, 진짜. 완전 어이없어. 그런 거 그렇게 진지하게 말하지 말라고요."

둘이 두런두런 얘기하는 것을 들으며 조영은 내심 안심했다. 추석을 앞두고 봉사 센터의 예약 일정이 마땅치 않아서 무조건 가장 빠른 일정의 봉사를 신청했는데, 무작위로 배정된 곳이 바로 쎄리원의 고향인 헌사리 영두마을이었다. 마침 명절이고 하니 잘되었다, 괜찮으면 집에 들러 선물도 드리고 인사도 하면 어떻겠느냐 생각한 조영과 달리 쎄리원은 달갑지 않은 눈치였다. 원래도 가족에 대해 많은 이야기를 하는 편은 아니었다. 조영은 쎄리원을 입양한 아버지가 5년 전에 돌아가셨다는 사실과 상경하기 전까지 누나와 둘이서 살았다는 정도만 알고 있었다.

  싫은 소리를 잘 안 하는 써리원이었기에 떨떠름한 모습이 조영의 마음에 걸렸다. 그래도 막상 오니 기분이 풀린 모양이었다.

  주홍빛 석양이 조영의 네모난 안경알을 따스하게 물들였다. 육각형의 비닐하우스 군단 사이로 때까치들이 포르르 날아올랐다. 호수를 따라 가로등이 하나둘 켜졌다. 은행은 떨어졌지만 밟은 사람이 없어 길가에 노란 구슬이 굴러다니는 시골의 정경. 꽃무늬 조끼에 고무장갑을 낀, 어린이 내복을 카디건처럼 두른 허수아비가 밭에서 빙글빙글 돌았.

  컨테이너 안에서 확성기를 찾아온 경태가 까랑까랑한 목소리로 소리쳤다.

  "한서원! 아니, 써리원! 좀만 기다려! 이것만 심고 데리러 갈게!"

  비닐하우스의 천장에는 여닫을 수 있는 사각형의 구멍이 뚫려 있었다. 사다리를 타고 컨테이너 위로 올라간 경태가 포대 자루에 들어 있는 것을 비닐하우스 구멍으로 쏟아부었다. 재배용 블랙베리들이 우수수 쏟아졌다. 이윽고 얼음물에 손을 담갔다 빼고는, 힘찬 기합과 함께 양손을 구멍 아래로 뻗었다. 순식간에 5미터가량 늘어난 경태의 손가락들이 흙

속으로 들어갔다. 거품기 모양으로 둥글게 굽힌 손으로부터 무언가 울룩불룩한 것들이 손가락을 배관처럼 타고 땅으로, 씨앗으로 이동했다. 이능력이 불러온 거센 열풍에 빨랫줄처럼 흔들리는 손가락들이 장관이었다.

"이 마을은 뭐 하는 마을이야? 왜 이렇게 인재가 많아?"

"그러니까요. 언니, 경태 아저씨 사기캐 같아."

써리원은 오빠고 경태 씨는 아저씨야? 조영이 묻자 진심이 당연하다는 듯 끄덕였다. 경태 아저씨는 결혼했잖아요.

토양이 경태의 손에서 뿜어 나온 영양분을 촉촉하게 흡수했다. 씨앗에서 금세 싹이 나고 잎이 뻗어 나오며, 줄기가 무럭무럭 솟아오르기 시작했다. 엄지손톱만 했던 블랙베리가 어엿한 가시덩굴을 이루기까지 불과 5분이 걸리지 않았다. 덩굴 높이가 진심의 종아리 언저리쯤 되었을 때 경태가 손을 털고 일어났다. 얼음물 속에 손을 다시 집어넣고는 무협 소설에 나오는 철사장 수련을 하는 사람처럼 소리를 지르며 양손을 번갈아 내려쳤다. 경태의 손에서 김이 모락모락 피어올라 꼭 컨테이너에서 밥을 짓는 듯이 보였다.

"저 아저씨는 사기캐 아니야. 진짜는 따로 있어."

"여기까지 오느라 고생하셨어요. 아직 날이 좀 덥죠. 서원 씨도 그간 잘 지내셨나요?"

경태의 아내가 소리 소문도 없이 다가와 로즈메리 차를 내밀었다. 사근사근한 서울말에 풀 스치는 소리도 안 나는 걸음걸이에, 아무리 봐도 이런 시골 촌구석보다 부잣집의 석조 저택이 어울리는 여자였다.

진심이 쎄리원에게 소곤거렸다. "저 언니, 선녀 같아요."

"아까 경태 형은 결혼했으니까 아저씨라며."

"그거랑 그거랑은 다르죠. 무슨 당연한 소릴……."

조영이 얼른 쟁반을 받아 들고는 진심과 쎄리원에게 차를 나눠 건넸다. 경태가 비닐하우스를 정리하는 동안 잠시 벤치에 앉아 마실 건데도, 종이컵이 아닌 도자기 찻잔에 컵받침까지 받쳐 내오다니.

"고맙습니다, 사모님. 요즘 이능력 스마트 팜으로 강원에서 제일 유명하다고 들었어요. 경태 씨가 영향력 있는 젊은 농부 10인에 드셨다고, 좀 전에 쎄리원이 말해주더라고요."

"아이, 별것 아니에요. 이제 겨우 지역신문에나 나는 정도예요. 그리고 편히 부르세요. 제 이름은 하은이에요. 경태랑 동갑이구요."

"어머. 혹시…… '하느님의 은혜'?"

"맞아요. 모태 신앙의 저주를 받은 여자의 숙명 같은 이름이지요."

차를 마시던 조영이 멋쩍게 웃으며 헛기침했다. 진심의 말마따나 선녀같이 웃으면서 이런 말을 아무렇지 않게 하다니.

하은이 입은 시폰 재질의 상의가 그 순간 산들바람에 살랑거렸다. 조영이 순간 멈칫했다. 하은의 연분홍 블라우스에는 어깨부터 팔꿈치까지 얇게 갈라진 틈이 있었는데, 그 틈 사이로 짙은 색의 문신 같은 것이 언뜻 보였다. 바람이 하은의 팔을 몇 번 더 스치고 지나가자 더욱 분명히 알 수 있었다. 가벼운 타투 수준이 아니라 조직 폭력배들의 문신처럼 크고 화려한 것이었다.

조영이 당황해하는 걸 느꼈는지 하은이 말했다. "제 이능력이에요. 공문서에는 '파워 업 타투'라고 적혀 있는데 촌스러운 이름이지요. 제가 몸에 누군가의 얼굴을 그리면, 그 사람의 능력을 열 배까지 강하게 만들 수 있답니다."

"헐. 그래서 경태 아저씨가 저렇게 뽀빠이같이 능력을 쓴 거예요? 처음 보고 진짜 놀랐는데. 제가 매니지먼트 다녔으면 깜박 속아서 경태 아저씨 캐스팅했을 거예요."

하은은 진심이 잘 볼 수 있도록 친절하게 블라우스 틈을 벌려주었다. 베리와 허브 배경 사이로 이를 드러내고 웃는 경태의 얼굴이 세밀하게 그려진 도안이었다.

"저희 농장에서 여름에는 허브를 키우고, 봄가을에는 블랙베리를 키워서요. 지금 드시고 있는 것도 저희가 재배한 로즈메리로 만든 건데 향긋하지 않나요?"

"완전요. 근데 언니, 저 진짜 궁금한 거 있는데 하나만 물어

봐도 돼요?"

하은이 뭐냐는 듯 눈을 동그랗게 뜨고 고개를 기울였다.

"언니, 모태 신앙이라 그랬잖아요…… 근데 보이는 데 그렇게 문신 크게 했다고 안 혼났어요?"

"응. 그래서 쫓겨나서 경태랑 결혼했어."

하은은 오후의 햇살처럼 방실방실 웃었고 진심은 화끈하다면서 써리원의 팔뚝을 찰싹찰싹 때리며 좋아했다. 조영은 혼자만 엄청난 걸 들어버린 심정이 되어서, 마시고 있던 찻잔에 표정을 가릴 수 있도록 받침이 있는 것을 감사히 여기게 됐다.

갈치 백반 한 상을 다 해치우고 샤인 머스캣 한 광주리를 먹고, 뻥튀기에 바닐라 아이스크림까지 먹고 나서야 셋은 하은의 사육으로부터 벗어날 수 있었다. 부쩍 날벌레가 줄어들어 쾌적해진 평상에 스물세 살 청년 농부와 스무 살 신진 히어로의 회포가 이루어졌다. 조영과 진심도 남은 뻥튀기를 쪼개 먹으며 귀를 기울였다.

"현수막 맘에 드냐? 내가 너 온다길래 시내 PC방 가서 파워포인트로 하나하나 만졌다."

"괜찮던데. 하민이 돌 언제야? 그때 똑같이 해주게."

"야, 돌은 무슨 돌이야. 애가 벌써 다섯 살인데."

경태가 거실에 걸린 기념 액자를 가리켰다. 가족사진 속에 경태를 똑 닮은 아들이 제법 늠름한 자세로 목말을 타고 있었고, 한복을 차려입은 경태와 하은이 아들의 무릎에 손을 올리고 있었다. 액자 위에는 '박경태♡여하은♡박하민'이라고 새겨진 나무 팻말이 반질반질 빛을 냈다.

손가락으로 수를 세어보던 진심이 물었다. "근데 아저씨랑 언니랑 고등학교 졸업하고 결혼했다면서요?"

"저것도 경태 씨가 만든 거예요?"

조영이 황급히 화제를 돌리자 경태가 곤란한 듯 웃으며 볼을 긁적였다.

"아뇨. 하민이 태어났을 때 이장님 댁에서 선물해주신 거예요. 쪼끔, 진짜 쪼끔 촌티 나긴 한데 이장님이 문 열려 있을 때마다 확인하고 가시니 별수 없죠."

"촌티는, 귀엽기만 한데."

그새 신출귀몰하게 부엌을 다녀온 하은이 손질한 오렌지 한 대접을 새롭게 내려놓았다. 조영이 뜨악한 표정을 지었다.

"또 언제 들어갔어. 하은 씨 부엌에 못 들어가게 해, 경태 씨. 진심으로요."

"근데 하민이는? 그러고 보니 본 적이 없네."

경태가 오렌지를 한 조각 주워 먹고는 애써 태연하게 말했다. "하민이 아파서 병원에 있어. 좀 오래 치료받아야 하는 거라 입원시켰다."

"참, 세 분 하느리요양병원으로 봉사 간다고 하시지 않았나요? 거기 우리 하민이 있는 데예요. 저희 내일 하민이 보러 가는 날인데 같이 가실래요? 바래다드릴게요."

"그래도 괜찮나요?"

"외진 곳이라 버스 타고 가려면 한참이에요. 정거장도 멀어서 병원까지 30분은 걸어야 하고요. 기왕 가는 길인데 저희 차 타고 같이 가세요."

조영은 미안한 기색을 보였지만 속으로는 한없이 감사를 외쳤다. 잘 알지도 못하는 산길을 헤쳐가려니 안 그래도 막막하던 찰나였다.

박하네* 집은 마을 중심부에 위치한 이장의 집과 엎어지면 코 닿을 거리라, 갈치조림 냄새가 솔솔 퍼지던 초저녁부터 온 동네 사람들이 써리원을 보러 왔다. 막상 써리원은 특별히 알린 것 같지 않은데도 눈 깜짝할 새에 퍼지는 게 시골 소식이기 마련이다. 보러 올 때마다 소쿠리 한가득 말린 고추며 건어물, 버섯 따위를 들고 와서 써리원에게 쥐여주는 할머님들이며, 파마를 하던 헌책방 아저씨와 이 마을 원조

★   박경태와 여하은 부부를 부르는 주민들의 애칭으로, 시골 마을에 귀하디귀한 젊은 부부를 위해 특별히 지어주었다고 한다.

스타인 버섯 농가의 세쌍둥이 자매까지. 세간을 떠들썩하게 만든 레드 심벌 히어로 후보를 구경하러 와서는 감탄과 격려의 엄지를 척 들어 보였다. 이장 부부는 자기 집의 강아지까지 데려와 인사를 시켰다. 귀의 털을 새파란색으로 염색하고 호피 무늬 옷을 입은 몰티즈가 이장의 손에 눌려 꾸벅 하고 고개인사를 했다.

"영두마을의 자랑이야, 자랑. 우리 저기, 박하네도 못잖게 출중하지만, 서원이는 개천에서 용이 난 거지. 타종 치던 버블인지 배불뚝인지 그놈보다 우리 서리원이 최고라니까."

"한씨 영감이 하늘에서 보면 얼마나 기특하겠어. 원래도 지 아들 이뻐가지고 죽고 못 살던 양반이."

조영은 이장 부부가 다녀갈 무렵 써리원의 안색을 살폈다. 이렇게 많은 사람이 써리원을 반겨주었지만 남아 있는 유일한 가족인 누나는 코빼기도 비치지 않았다. 하루 종일 휴대폰도 조용했다. 써리원이 애써 먼저 전화를 걸지 않은 것도 있었으나 온 마을 사람들이 다 그의 소식을 아는데도 연락 하나 없다니. 마찬가지로 써리원을 곁눈질하던 경태가 일부러 목소리를 크게 냈다.

"야, 밤도 늦었는데 자고 가라! 인사나 이런 건 저, 천천히 하고 어차피 병원도 같이 갈 거고. 내일부터 바쁘잖아."

"그래, 서원아. 우리 욕실 리모델링해서 동네에서 온수가 제일 잘 나와. 조영 선생님……? 선생님도 계시고 피곤할 텐데."

"그냥 언니라고 해요. 양심에 찔리기는 하지만 진심이도 언니라고 부르는 판에 어쩌겠어."

평상에 염료와 시트를 펼쳐놓은 하은이 반갑게 답했다.
"그럴까요?"

하은은 한쪽 어깨를 걷어 올리고 약간 흐릿해진 경태의 얼굴 타투를 덧칠했다. 도안을 즉석에서 그리는데도 펜 터치가 섬세했다. 경태가 마당 한쪽에서 스탠드 조명을 갖고 와 타투 펜 위를 비췄다. 진심이 아직 칠하지 않은 자리를 손으로 만져보았다. 오랜 시간 동안 여러 번 덧대어 칠해서 진짜 타투를 한 것처럼 살이 약간 볼록했다.

"언니, 그림 진짜 잘 그리신다."
"그래? 고마워. 어렸을 때 꿈이 만화가였거든."
"언니, 이거 헤나예요? 그럼 지워져요?"
"응. 사람 일은 모르는 거니까."
"늘 계약 연장하는 심정으로 살아가고 있어. 내가 이렇게 산다."

경태가 진심을 앉혀놓고 어렸을 때 시내 교회를 다닐 때 하은에게 반해서 매일 왕복 세 시간씩 버스를 타고 보러 가던 일이며 그것을 7년 동안 하는 게 얼마나 대단한 순정인지에 대해 일장 연설하는 동안 조영은 집 안으로 들어갔다.

뜨뜻한 샤워기에 몸을 맡긴 채 눈을 지그시 감고 온수를 맞고 있으니 살 것 같았다. 달리는 게 습관이라 멈추는 게 어려워서 그런지 서울에 있을 땐 스카우트니 지원 사업이니, 써리원을 어디서 다시 데뷔시켜야 앞길이 창창할지 생각이 많았는데 탁 트인 곳에 오니 이상하리만큼 머리가 개운했다.

도시의 일렁이는 불빛은 여전히 조영을 가슴 떨리게 했다. 쳐다보고 있으면 저도 모르게 한강 위를 둥둥 떠다니는 거대한 풍등 같은 꿈들을 붙잡으려 허우적댔고, 여전히 그것이 꽤나 즐거웠지만. 이곳은 도시에 비하면 아무것도 없어 보이는 작은 마을이라 그런지 아이러니하게도 모든 게 가장 넓게 느껴졌다. 하늘도 땅도 사람들의 마음도, 조영 자신의 마음도. 가까이 갔을 때 아름다움이 보인다는 시가 있지만 그 아름다움도 여유가 있을 때 느끼는 것이다. 그런데 그 여유는 정작 멀리 떨어져야 생길 때가 많았다.

조영은 식사를 할 때 하은이 했던 이야기를 떠올렸다. 서포터로서 뛰어난 능력을 가진 하은이 한때 진짜 빌런 조직의 스카우트를 받은 적도 있다는 우스갯소리 같은 이야기였다.

"요즘 사회는 유용한 이능력을 가진 사람이 히어로가 되는 일을 당연하게 여겨요. 아니면 그 능력에 기반한 직업을 찾아서 되도록이면 공동체에 이익이 될 수 있는 방향으로 활용하는 걸 미덕이라 하지요. 공동체가 좋은 쪽이든 나쁜 쪽이든. 아르바이트 연령대도 확 낮아져서 다들 10대 때부터 이 능력을 가지고 일하잖아요. 서원이도, 진심이도 그렇고요. 그런데 저는 이기적이라 그런지 옛날부터 히어로나 히어로의 사이드킥이 되고 싶지는 않았어요. 말로는 공공을 위해, 단체가 너의 능력을 필요로 한다고 하면서 정작 정말 필요한 사람을 위해 쓰이는지는 잘 모르겠더라고요. 언니도 아시겠지만, 지금은 히어로가 너무 많잖아요."

하은의 눈이 옥돌처럼 반짝였다. 하은은 평소에도 늘 그런 눈빛을 가지고 살았다.

좋은 쪽으로든 나쁜 쪽으로든 소모되지 않은 사람의 눈이구나. 소모되지 않으려고 부단히 노력하며 과감히 과거를 떨쳐 보낸 사람이다. 조영은 생각했다. 하은은 참 영리한 것 같다고. 배울 점이 많은 여자라고.

"저는 진짜 저를 필요로 하는, 제가 절실한 사람을 위해서만 능력을 쓰고 싶어요. 어차피 히어로로 살기에는 힘든 능력이에요. 우습지만 나쁜 짓이 더 쉬워요. 제 능력은 혼자서는 아무것도 할 수가 없거든요."

경태는 식사 내내 숟가락 두 개로 갈치를 발라 하은의 밥 위에 얹어주는 사람이었고 그 성실함은 매일같이 버스를 타고 병원으로 아픈 하은을 보러 갔던 학창 시절과 변함이 없었다. 겨우 손바닥만 한 모종 다섯 개를 꽃피우고 힘들어 주저않는 정도의 생장 능력을 가진 소년이었지만 타고난 이능력이 초라하다고 해서 위축되지 않는 당당함이 있었다. 며칠 밤을 양팔에 쿨 시트를 붙이고 자면서 오직 경태만 만들 수 있는 하은의 졸업 화환을 만들어 선물했다. 절대로 한겨울에 그렇게나 활짝 필 수 없는 꽃들이었다. 이미 하민을 가졌을 때였다. 2년제 고등학교를 다닌 경태와 하은의 졸업식 날에는, 유독 앳된 얼굴의 두 사람만 덩그러니 있었다. 졸업식에 하은의 가족은 단 한 명도 오지 않았지만 하은은 부족함을 느낄 수 없었다. 온통 다채롭고 풍성하고 향기로운 겨울이 교문 앞에서 하은을 기다리고 있었다.

넓은 곳에 있으니 무엇이든지 작아 보였다. 있으나 마나 한 이능력, 아킬레스건과 상처들. 수치심과 외로움. 나라는 인간의 본질적인 초라함. 남과 나의 거리가 멀어질수록 손톱만 한 요소들을 하나하나 따지고 비교하지 않게 되고 숨통을 트이게 했다. 당장 해결하지 않으면 턱까지 차오를 듯했던 문제들의 난이도는 방지 턱만큼 낮아졌다. 집중해야 할 것이 눈앞으로 확연히 다가왔다.

  조영은 가로등의 그림자 밖으로 삐져나온, 아래로 내리깔린 짙은 속눈썹을 생각했다. 후드 집업의 주머니 속으로 밀어 넣은 묵직한 돌덩이 같은 주먹도. 무엇이 써리원을 가두고 있는 걸까. 왜 이 넓은 곳에서도 자기 혼자만 평상만 한 방 안에 갇혀서, 하늘도 밤도 바람도 누리지 못하고 있을까.

긴 머리카락을 흠뻑 적신 조영이 샴푸 펌프를 두어 번 짜냈다. 그런데 손을 아무리 비벼도 비눗기가 느껴지지 않았다. 샴푸 통을 들어보니 가벼워서 손이 번쩍 들렸다. 조영이 엉거주춤 머리를 적신 물을 도로 짜내고서는 수건을 찾았다.

아, 이런. 이렇게 오래 물소리를 내놓고 샴푸 떨어졌는데 더 없느냐 말하기엔 멋쩍었지만 고민 끝에 "하은 씨……" 하고 나직하게 부르며 욕실 안에서 문을 두드리자 하은이 귀신같이 알아듣고 다가왔다.

"언니, 뭐 없어요? 수건? 휴지?"

"하은 씨, 정말 미안한데…… 샴푸가 없어요."

조영이 샤워기 옆에 모로 꺾은 고개를 기대고 한참을 기다렸지만, 밖에서 하은이 온 찬장을 뒤집어엎는 소리만 날 뿐 문틈으로 샴푸가 들어오지는 않았다.

하은이 곤란한 목소리로 속삭였다. "언니 어떡하죠, 똑 떨어졌는데, 지금은 마트도 다 문 닫았을 텐데."

* * *

"여기가 하은 씨 가게예요?"

머리에 수건을 둘러맨 조영이 감탄하며 둘러보았다.

하은은 골목 어귀에 작은 빈티지 숍을 가지고 있었는데 조영의 눈에는 물건의 질이 좋고 예쁜 만물상처럼 보였다. 악기부터 책, 손때 묻은 전자 기기와 사람들의 미련을 향기 나는 세제로 싹 씻어 보낸 옷가지들이 보기 좋게 진열되어 있었다. 물건들 옆에 하은이 직접 그린 듯한 만화 형식의 메모지들이 눈에 띄었다. 조영이 가운데에 눈꽃 모양 보석이 박힌 손목시계의 태그를 읽어보았다. 속눈썹에 하트가 달린 깜찍한 토끼가 그려져 있었다.

팁: 헌사리 12-1번지에 사셨던 김복녀 할머니의 시계입니다. 장롱 속에 고이 간직해놓고 좋은 날에만, 혹은 좋은 일이 있었으면 하는 날에만 아껴 차셨대요. 시집가실 때 눈이 펑펑 왔는데 이 시계를 찰 때면 그날의 기억이 생생히 떠올랐다고 하시네요. 겨울에 태어난 아름다운 당신에게, 혹은 더위를 많이 타는 당신에게 추천합니다.

"귀엽죠. 저는 이런 걸 좋아하거든요. 만화도 좋아했지만 항상 내 가게를 갖고 싶었어요. 누구는 오글거린다고들 하지만 사람은 추억을 먹으면서 사는 거니까요."

그게 남의 추억인들 어때요. 힘들 때 되새길 게 뭐라도 있으면 좋은 거지요. 셔터 자물쇠를 거두며 하은이 뿌듯해했다.

이렇게 편집 숍처럼 꾸며놓은 게 반, 평범한 중고 물품으로 정리해놓은 게 반이었다. 하은이 창고에 가까운 구석으로 들어가 욕실 용품을 뒤지는 동안 조영은 써리원을 돌아보았다.

"그런데 너는 왜 왔니?"

손으로 어색하게 머리에 얹힌 수건을 가린 채였다. 스스로가 노란 피부에 파란 머리를 높게 부풀린 미국 애니메이션 캐릭터같이 느껴져 여간 창피한 게 아니었다. 끄트머리에서는 여전히 물이 뚝뚝 떨어졌다.

"그냥…… 산책 좀 하려고요."

거짓말은, 자기 싫어하는 게 훤히 보이는데. 자기 싫다는 건 내일이 오는 게 싫다는 뜻이었다. 둘 중 하나다. 오늘이 가는 게 아쉽거나, 내일 해야 하는 일이 버겁거나. 오늘의 써리원은 분명히 후자이겠지.

중고 물건들을 구경하다 보니 등 뒤에서 슬리퍼 끄는 소리가 들리다가 멈췄다. 그러고는 꽤 오랫동안 움직이지 않았다. 무언가 잘못된 광경을 본 듯이 써리원이 한 선반 근처에서 우두커니 서 있었다. 조영이 써리원에게 다가갔다.

명치까지 오는 선반과 옷걸이에 한 사람의 판매품으로 보이는 물건들이 빼곡히 차 있었다. 옷부터 신발, 가방, 통조림 햄 세트와 TV며 전자레인지와 헤어드라이기, 심지어는 밥솥까지 아주 다양한 물건이 한자리에 모여 있었다. 거의 사용한 흔적도 없이 새 제품에 가까워 보였다. 써리원은 행거에 걸린 도톰한 코트의 깃을 만졌다. 오리털이 풍성하게 부풀어 있는 패딩을, 손때를 묻히지 않고 처박아두어 퇴색한 가방의 체인을, 보호 필름이 그대로 남아 있는 전자레인지를 만지작거렸다.

"제가 누나한테 사드린 건데."

다 파셨네요. 하나도 안 빼놓고 다. 그 말이 조영의 가슴을 철렁하게 만들었다.

어린아이 색색거리는 숨소리도 다 들릴 만큼 고요한 밤이었다. 써리원은 말없이 앞에서 걸었다. 한 골목 앞에 녹슨 적색 대문과 지붕 한쪽이 내려앉은 집이 보였다. 써리원의 집이었다. 한때는 아버지와 누나와 셋이 살던 집. 아버지가 돌아가시고 나서 잠시 누나와 서로가 없는 사람처럼 지내던 집. 이제는 대부분의 시간을 아무도 살지 않고 빈 채로 떠나보내는 집. 하지만 써리원의, 한서원의 모든 기억이 보존되어 있는 이상한 집이었다.

한때는 셋이서 영원히 살 수도 있을 거라고 생각했다. 영원히 산다는 것은, 당연히 불가능한 일이지만. 어쩌면 미진이 원했기 때문에 서원도 자신이 그것을 원한다고 생각했다. 미진은 한씨 노인의 하나뿐인 딸이었고, 나이 마흔이 넘어 동생이 하나 생겼다. 아주 어린 동생이었다. 일곱 살 먹은, 얼굴이 하얀 남자아이를 보육원에서 데려와 생일 초를 붙여주고 노래를 불러주고 우리가 가족이 될 거라고 했다. 처음에 미진은 서원에게 '너무 나대진 마'라고 하고 싶었는데 서원이 그렇지 않아도 말수가 적기에, 그냥 하지 않았다. '넌 나를 뭐라고 생각하길래 내가 시키는 대로 해?'라고도 묻고 싶었는데 안 그래도 나이 차가 많이 나는데 누나라고 불러도 되는지 고민하기에 그냥 편한 대로 하라고 했다. 이능력이 발현되기 전까지 미진은 서원이 왠지 평범한 무능력자로 남을 것 같다는 확신에 빠져 있었다.

  미진은 마을의 유일한 무능력자였다. 이 작은 마을 안에서도 이능력을 갖고 있는 게 갖지 않은 것보다 훨씬 자연스러운 일이었다. 옛날에는 그녀를 측은하게, 딱해서 견딜 수 없다는 눈을 하고 보는 사람들이 많았다. 그런 시선을 받을 때면 미진은 자신이 정말 아무것도 할 수 없는 사람처럼 느껴졌다. 분명히 모든 게 정상적으로 기능하는 인간인데 사지가 묶여서 옴짝달싹 못 하는 사람처럼. 아니, 그냥 사지가 없는, 몸통도 없는, 머리도 없는, 그냥 없는 사람처럼 느껴지기도 했다. 그런데 아이가 귀한 이 시골 마을에, 그것도 미진의 집에 아직 이능력은 없고 말은 통하는 나이의 어린아이가 생겨버려서 미진은 왠지 그의 존재에 기대고 싶어졌다. 기대하게 되었다. 혹시나 이대로 쭉 서원에게 이능력이 생기지 않아서 둘이 될 수도 있을까. 이능력이 없는 게 나 혼자는 아니니까 기운 내보자, 그런 말을 하며 살아가고 싶었고 이능력이 없는 게 너 혼자는 아니니까 기운 내, 라는 말을 자기도 남에게 하고 싶었다. 하나가 아니라 둘이면 불쌍한 사람이 되지 않을 수 있을까? '어떻게 저런 비극적인 일이'가 아니라 '저런 애들이 있을 수 있는 거구나'가 되지는 않을까?

명절이 되면 온 동네 사람들이 자기 집 자식에게도, 남의 집 자식에게도 나이가 몇이든 시집 장가 가라는 말을 주고받았지만 미진에게만은 조용했다. 미진이 결혼해 아이를 낳으면 무능력이 유전될까 봐 그랬을 것이다. 알게 모르게 미진과 닿기를 꺼리는 사람도 조금이지만 있었다.

도시였다면 지방의 폐쇄적인 성향 때문에 잘못된 속설이 상식인 것처럼 퍼지는 일은 좀 덜 했을 것이고 무능력자도 이보다는 더 많았겠지. 내가 이러이러했다면. 내가 만약 그랬다면. 미진은 자신이 만약 이능력자였다면 고민하지 않아도 되었을 것을 너무 많이 고민하느라 젊은 시절을 다 보내버렸다. 손대지 않고도 불을 붙이는 게 아니라 서원과 함께 가스버너를 돌려 라면을 끓여 먹는 게 그렇게 좋았다. 허송세월 보내는 미진을 탓하지 않는 아버지조차도 화염을 쓰는 이능력자였으니까. 직접 손을 움직여 책장을 넘기고 집 앞에 쌓이는 낙엽과 눈을 쓸고. 자신을 누나라고 부르는 서원과 그렇게 오래 살면 좋겠다고 생각했다.

그때부터 "우리 셋이서 영원히 살자"라는 말을 많이 했다. 아버지에게도 서원에게도. 혹시 오늘 한 말을 자신만 기억하고 둘은 잊을까 봐 다음 날 또 하고 또 했다. 한씨 노인은 별 대꾸를 하지 않았지만 서원은 늘 알겠다고 했다. 그래서 더, 서원이 제 편처럼 느껴졌다. 서원은 미진이 무얼 하라면 그걸 하는 편이었으니 이제는 거꾸로 서원이 셋이서 영원히 살자고 하는 말에 '응' 하고 대답하면 그게 이루어질 것 같았다. 앞으로도 쭉 무능력자일 서원이 어른이 되기 전에 자리를 잡아야겠다 싶어 미진은 일자리를 구했다. 은행에서 미화 일을 하며 무한히 쪄가던 살도 빼고 이능력자이긴 하지만 인간이기에, 점점 몸이 쇠할 아버지를 위해 보험도 들고 영양제도 사 모았다. 사람들에게 어색하게 인사도 건넸다. 그러면 어색한 맞인사가 돌아왔다. 어색할 뿐이지 어려운 게 아니었던 일들을 차곡차곡 해나가며 버거울 때 잠든 서원의 곁에 가서 속삭였다. 우리 셋이서 영원히 살자. 어색하게 덧붙이기도 했다. 행복하게. 그러면 서원이 잠결에도 "……응" 하고 대답을 했다. 서원의 곱슬머리와 자신의 생머리를 번갈아 만지며 '행복하게'라고 입 모양으로 반복해 말해보았다.

서원의 이능력이 발현된 건 아홉 살 무렵이었다. 어딘가를 재빠르게 다녀오고는 일부러 느리게 걷는 척을 하기에 미진은 알게 되었다. 열한 살에 하나가 더 발현되었다. 그건 미진도 정체를 알 수 없는 이능력이었다. 단지 서원의 행동만 빠른 게 아니라, 서원만이 가질 수 있는 시간의 흐름이 생긴 듯했다. 서원은 웃다가도 갑자기 과묵해졌고 '응'이라는 대답보다 '음······' 하고 말을 끌다가 '아니야, 아무것도' 하고 맺는 경우가 많았다. 때로는 시간을 멈추는 두 번째 이능력을 사용한 게 아니라 서원에게도 사춘기가 있는 것뿐이었지만 미진은 그 모든 게 자신을 등진 것처럼 느껴졌다.

나는 우리가 둘일 줄 알았는데. 너 혼자 둘이었구나. 나에게 올 하나까지 네가 다 가져가버린 거야. 이제야 알았어. 왜 마흔이 넘은 나에게 동생이 생겼을까. 아버지는 어느 날 갑자기 너를 왜 데려온 걸까. 그건 내가 여전히, 앞으로도, 언제나 혼자라는 사실을 깨닫게 하려고 그랬던 거야. 원래 인간은 희망을 보게 되면 더 깊은 절망에 빠지고 헤어날 수 없게 되니까 신이 나에게 주제 파악을 하라고 너를 데려온 거야.

그때 생긴 균열은 한씨 노인이 죽으면서 더 커졌다. 한씨 노인이 죽는 순간에 미진은 집에 없었고 서원 혼자서만 임종을 지켰기 때문이었다. 일하던 은행에서 발 뒤축이 다 까지도록 달려온 미진이 조심스레 안방 문을 열었다. 눈을 감은 채 누운 한씨 노인 곁에는 서원이 앉아 있었다. 서원은 미진을 바라봤는데 한씨 노인은 서원 쪽으로 고개를 돌린 상태였다. 아마도 죽기 전에 서원에게 뭐라 말을 남기고 죽었을 것이다. 미진에게 무슨 말을 남겼는지는 모를 일이었다. 서원이 전해주는 말을 믿을 수 없었으니까. 서원은, 미진이 가장 혐오하는 얼굴로 한씨 노인을 독점한 채 미진을 올려보았다. 시간을 멈추고 혼자만의 시간을 보낸 얼굴이자 '이제 우리 어떡해'라는 얼굴.

"그걸 왜 나한테 궁금해해." 미진이 말했다. "네가 다 뺏어 가놓고 왜 나한테 물어. 네가 아버지를 죽였지. 아픈 아버지의 방에 들어가서 뭘 그렇게 한참 하는지 했더니 네가 이능력을 써서 아버지의 시간을 빠르게 돌린 거 아니야? 네가 아니었으면 아버지가 좀 늦게 죽을 수도 있었던 걸 괜히 설쳐서 아버지를 빨리 죽인 거야. 내가 나대지 말라고 했잖아. 네가 나랑 같았던 시간을 생각하면 적어도 내 마음을 읽었어야지. 내가 하라는 대로 다 하는 척하면서 결국에는 내 말을 무시한 거잖아."

서원은 차라리 미진이 자신을 때렸으면 좋겠다고 생각했다. 손에 든 가방으로 자신을 내려치는 게 미진이 하는 말보다는 덜 아플 것 같았다. 미진은 서원에게 손끝 하나 대지 않고, 그동안 하지 않고 넘겼던 모든 말을 서원에게 쏟아부은 후에 집을 나갔다.

고작 열다섯 살이었던 서원은 미진마저 떠난 텅 빈 집에서 혼자 견딜 자신이 없어서 한씨 노인의 장례를 홀로 치른 후에 집을 나갔다. '미진이 이렇게 혼자인 기분이었을까' 하고 대답해주지 않는 미진을 생각하면서, 묵묵했지만 덕을 많이 쌓은 한씨 노인의 부조함에 쌓이는 돈들을 받아 챙겼다. 그중에 반을 부엌의 찬장에 넣어두고 편지를 쓸까 하다가 쓰지 않았다. 괜한 추억거리처럼 보여서 미진이 더 싫어할까 봐 둘이 라면을 꺼내 먹던 찬장이 아니라 거실 서랍장에 넣을까 했는데, 진짜 아주 조금의 위로가 필요해서 미진이 먹던 진라면과 자신이 먹던 신라면 사이에 두툼한 봉투를 끼워 넣었다.

"하느요양병원 뒤에 교회가 하나 있거든요. 목사한테 무슨 얘기를 들었는지, 거기에 번 돈을 다 갖다줬대요. 제가 보낸 돈도 다 헌금으로 낸다고 해서 물건을 사 보내기 시작했는데 그 물건도 다 팔아서 교회에 줬나 봐요. 병원에선 미화 일을 해요. 나이가 많아서 안 받아주는데 그냥 꾸역꾸역 들어앉는대요. 거기서 벌어서 교회에 갖다줘야 하니까. 낮에는 일하고 밤새 예배당에서 기도하고. 미쳤다고 소문은 다 났는데 워낙 돈을 많이 내니까 아예 숙소 방을 하나 내주고 살라고 했나 봐요. 몇 번 찾아는 가봤어요. 근데 교회 문턱을 못 넘겠더라고요."

 마루 기둥에 기대어 앉은 쎠리원이 엄지로 담뱃갑 뚜껑을 만졌다. 겉이 비닐로 싸여 있고 꼬불꼬불한 한자로 제품명이 쓰인 오래된 담배였다. 장례를 집에서 치러서 거실에 한씨 노인의 제사상이 그대로 있었다. 제기와 위패가 놓인 반상 위에 먼지가 뽀얗게 앉아 밤에도 눈에 띌 정도였다. 영정사진조차 없는 장례를 치르고 쎠리원은 그대로 상경했다. 고시원에서 지내며 깨어 있는 모든 시간을 아르바이트를 하며 보냈다. 가끔 무더운 여름에 막일이 끊기면 도서관에 가서 엎드려 종일 잤다.

 "잘 모르겠어요. 어떻게 해야 할지…… 아무것도 못 하겠는 것 같기도 하고…… 그런데 아무것도 안 하고 있으면 안 되니까. 그러다 샤이닝컴퍼니에서 캐스팅이 온 거예요. 다른 건 모르겠는데 돈 많이 주냐고 하니까 그렇다고 해서 히어로 하겠다고 했어요. 그때 누나가 결국 병원에서 쫓겨났다고 들었거든요."

 거실 바닥에는 미진이 집에 와서 몸을 옹송그리고 누워 있던 자국 그대로 먼지가 걷혀 있었다. 다 치워진 제사상에는 아버지가 피우던 담배 한 갑과 라이터만이 남아 있었다. 미진과 쎠리원이 집에 온 시기는 서로 완전히 달라서 한 번도 마주친 적이 없었는데, 어느 날 쎠리원이 집에 왔을 때 자신이 가로로 놓아둔 담배가 세로로 놓인 것을 발견했다. 써리원은 그 담배를 다시 가로로 놓았다. 그 후에 미진이 다녀갔는지 또 세로로 놓여 있었다. 그것만이 이 둘이 주고받은 유일한 연락이었다.

"죄송해요, 선배. 선배는 히어로 만드는 일에 정말 진심이잖아요. 저는 그냥 이래서…… 별 뜻 없거든요. 구하라면 구하고 지키라면 지키고."

"그게 히어로의 기본인데 뭐가 더 있어야 해. 그것도 없는 히어로가 얼마나 많은지 아니."

"자꾸 말이 안 되는 것 같아서요."

긴 침묵 끝에 써리원이 고개를 들어 조영을 바라보았다.

"……제가 선배가 그리는 히어로가 맞아요?"

조영은 안경을 벗고 한쪽 눈두덩을 문지르다가, 다시 안경을 썼다. 흐릿했다가 또렷해진 시야에 써리원의 상이 맺혔다. 대보름의 달이 마당에 놓인 절구에 고이고, 바닥을 구르는 연양갱의 은박 포장에 고이고, 써리원의 무릎에 고였다. 조영은 써리원이 여전히 청년이 아니라 소년에 가까운 이유를 알 것 같았다.

"맞아."

조영은 일부러 평소에 하듯이 이런저런 근거를 붙이지 않았다. 써리원을 가만히 보고만 있었다. 그러면 왜 '맞는지' 알고 싶은 써리원이 설명을 찾아내려고, 서툴게나마 자신을 알아가려 하지 않을까.

"반박하고 싶어요. 아니라고 하고 싶은데……."

그러는 법을 잘 모르겠어요. 써리원의 소년 시절은 미진의 말에 모두 '그래'라고 대답하던 때였다. 미진이 시샘하기 때문에 능력을 원하는 대로 쓴 적도 거의 없었다. 죽어가는 한씨 노인을 본 그날만 참지 못했다. 눈이 빨갛게 물들고 입에서 피 맛이 날 때까지 시간을 멈추면서 아버지의 죽음을 1초라도 멈춰보려고 했다. 써리원은 그를 보낼 수가 없었다. 미진이 아직 은행에서 돌아오지 않았기 때문이었다.

"제가 뭔가를 하면 잘못되니까 선택을 미루고 싶어져요."

써리원은 손안에서 담뱃갑을 꽉 쥐지도 않고, 놓지도 않고 헐겁게 빙빙 돌렸다.

조영은 미진에 대한 이야기를 들으며 자신이 써리원에게 어떤 표본이 될 수 있는지 생각했다. 조영도 일생을 무능력자로 지냈다. 조영도 아버지 밑에서 홀로 자랐다. 조영의 집에도 조영이 서른 살을 넘겼을 때쯤 딸도 조카도 아닌 아이가 나타났다. 다를 수가 있다는 걸 보여주게 되려나. 사람은 이다지도 변수가 많아서 한 번의 선택으로 활로를 돌릴 수도 있다는 걸. 가까이에, 한서원의 삶에 깊숙이 파고들어 있는 사람이 아니라 조금 떨어져 있는 사람이 보여준다면 어떨까.

"네가 하고 싶은 걸 해. 그게 아니면 해야 한다고 생각하는 걸 하고. 잘못되지 않게 내가 머리를 보탤게."

조영은 써리원의 손안에서 담배를 한 개비 꺼냈다. 조영의 손가락이 파고들자 손아귀가 약간 느슨해지는 것이 느껴졌다. 담배에 라이터로 불을 붙여 향로 위에 얹었다. 맑은 공기가 담배 연기를 하늘로 높이 날려 보냈다.

"그 결과가 어떻게 되든 일어났을 때. 그때 다시 물어봐. 그리고 말이 안 되긴 뭘 말이 안 돼. 내가 만들 히어로가 어떤 생각을 가졌는지, 뭘 혼자 참고 있는지 모르는 게 더 말이 안 되지……."

"오늘따라 왜 그렇게 말이 애매해요. 그런 건 선배 같지 않은데."

얼씨구. 아직 젖은 머리끝을 매만지던 조영이 추임새를 넣었다. 그 말인즉 조영이 평소답지 않게 부드럽다는 뜻이었다. 평소의 조영이라면 '그럼 너는 왜 히어로 만드는 사람을 기어코 따라오니? 어디 딴 데 좋은 데 가지'라고 했을 것이라는 걸 써리원도 아는 눈치였다.

조영은 새로 히어로를 만들 때 노련함을 간직한 채 언제나 처음인 것처럼 임했다. 내 스타일이라는 틀 안에 뛰어들어준 상대를 위해 자신의 말투와 사소한 습관들을 상대의, 지금 이 순간의 주파수로 맞췄다. '어쩌겠어~ 난 원래 이런 사람인걸, 네가 내 의도를 이해해야지' 하고 책임을 넘기지 않는 것. 조영 본인의 머리를 써서 상대의 머리를 쉬게 하는 것. 그것이 히어로의 행동 역량을 최대로 끌어내기 위해 조영이 갖추는 전략이자 예의였다. 그리고 이건 써리원이 아직 알지 못하는 듯했다. 그래서 오늘의 콘셉트가 정해진 김에 네가 뭘 아느냐는 말도 애매하게 하기로 했다. 조영의 엷은 미소에 장난기가 묻어 나왔다.

"난 너에 대해서 아마추어야. 너도 그러니?"

* * *

영두산 초입 길을 타고 올라가자 뻐꾸기 소리가 들렸다. 하늬요양병원에 대해 가장 의외였던 점은, 주변에 산밖에 없는 외진 곳에 있는 시설임에도 입원한 환자가 꽤 많다는 사실이었다. 게다가 시골의 요양병원이라는 타이틀에 맞지 않게 환자들의 나이와 국적 또한 다양했다.

"와, 후원자가 이렇게 많아?"

조영이 로비에 걸린 후원 명패를 올려다보았다. 뉴스에서 한 번쯤은 본 적 있는 기업인들의 이름과 각종 종교단체, 정치인과 연예인, 히어로들의 이름도 심심찮게 보였다. 맨 윗줄에는 블루밍어워드의 고 대표도 있었다. 조영은 팸플릿에 실렸던 사진의 배경을 회상해보았다.

흰 건물 외벽 전체를 덮은 대리석 무늬와 파란 하늬병원 마크가 떠올랐다. 하늘색 유니폼을 입은 간호사 한 명이 다가와 자부심 넘치는 얼굴로 명패를 깨끗하게 닦았다.

"그분이 저희 하늬재단에 가장 많은 기여를 하신 분이에요. 후원자분들 덕분에 병원도 교회도 쾌적하고 원활하게 운영되고 있답니다. 환자분들께 제공해드릴 의약품도 수술 기구도 넉넉히 마련했고요. 서울에서는 조만간 젊은이들을 위한 캠프도 여신다고 하더라고요."

"어머, 그래요? 별걸 다…… 아니, 세상 참 좁다."

카운터로 다가가 이름을 말하자, 깻잎머리를 한 간호사가 볼펜을 딸깍이며 세 사람의 담당 구역을 알려주었다.

"오늘 조영 님은 저희랑 카운터에서 접수랑 수납 업무를 같이 할 예정이고요, 한서원 님은 병원 뒤편에 있는 하늬교회 정원에서 이불 빨래를 도와주시면 돼요. 그리고 임진심 님은 저기 보이는 한별 간호사랑 같이 3층이랑 4층 비품 정리, 간식 제공을 맡아주시면 되고요."

"다 흩어져서 근무하나요?"

써리원을 슬쩍 바라본 조영이 묻자 간호사가 곤란한 얼굴로 답했다.

"네, 저희 병원 봉사 시스템이 다 함께 근무하는 걸 지양하고 있어서요. 국가 봉사 센터로 지정된 이후부터는 시간만 채우시고 모여서 노닥거리는 분들이 좀 계셨거든요. 양해 부탁드릴게요."

간호사가 이름표를 하나씩 내밀었다.

이름표를 받아 목에 건 진심이 중얼거렸다. "근데 생각보다 이능력으로 하는 건 없네요. 이능력 봉사라고 하더니."

"큰 봉사 센터가 좀 그래. 원래는 이렇게 하면 안 되고, 지방 여기저기 돌아다니면서 히어로들이 많이 없는 곳에 필요한 사람을 찾아다녀야 하는데 요샌 그런 센터가 많이 없어졌어. 이것도 아마 나름 우리 능력을 고려해서 배치한 걸 거야. 별로 쓸모는 없겠지만."

진심은 양손에 휴지와 가제 수건이 든 부직포 가방을 들고 한별 간호사를 따라갔다.

한별은 퍼그처럼 축 처진 볼살에 말투까지 신경질적이었는데, 진심은 그녀와 가급적이면 말을 섞고 싶지 않았다. 이미 3층의 한 외국인 병실에서 불만을 제기한 환자와 한 번 실랑이가 있었던 것이다. 영어를 쓰는 환자가 손짓 발짓을 해가며 어딘가 불편함을 호소했는데, 끝까지 한국어로 소리 지르며 그의 부탁을 들어주지 않았다. 아니, 일하러 온 외국인도 아니고 환자한테 한국어로 말을 하라니. 이렇게 큰 병원의 간호사라면, 특히 다양한 국적의 환자들이 입원하는 시설에서 근무한다면 자기가 영어를 쓰려는 노력 정도는 해야 하는 거 아니야? 진심은 대다수의 어른이 조영과 같은 직업 정신을 가지고 있지 않다는 현실을 목격할 때마다 세상에 환멸이 났다. 얼핏 해석하기에 링거 바늘이 너무 아프다는 정도의 쉬운 부탁이었는데도 말이다.

으, 이런 어글리 코리안의 표본을 만드는 사람과 여섯 시간을 일해야 한다니. 조영 언니 줘. 언니 보고 싶어.

"204호 은자 할머니 호출이요. 한별 간호사님 와보셔야 할 것 같아요."

한별의 무전기에서 호출이 들려왔다. 한별이 귀찮다는 듯 혀를 차더니 들고 있던 간식용 무빙 카트의 손잡이와 카드 키를 진심에게 넘겼다.

"얘, 이거 4층 왼쪽 라인 병실에만 돌리면 돼."

"저 혼자요?"

"그럼 어떡해? 호출이 와서 지금 가봐야 돼. 오른쪽 말고 왼쪽이다."

눈 깜짝할 새 홀로 남겨진 진심은 어이가 없어 허, 처, 하는 소리를 냈다. 그 와중에 이능력을 써서 계단을 날아서 내려가네. 도망치는 데 선수다, 선수. 진심이 구시렁대며 엘리베이터를 탔다.

독실만 있다는 4층은 유난히 조용했다. 입구에 카드 키를 찍고 들어가는 보안 문이 한 겹 더 있었고, 오른쪽은 아예 철창으로 막혀 있었다. 치료실이나 준비실이 같이 있는 다른 층들과 달리 일직선의 복도에 오직 20여 개의 병실만 있었다. 간식 카트 안에서 주스가 담긴 유리병들이 달그락거렸고 바퀴 굴러가는 소리 빼고는 어떤 소음도 나지 않아서, 왠지 걸음도 조심해서 디뎌야 할 것 같은 곳이었다. 진심이 제일 먼저 411호 병실 문을 두드렸지만 안에서 대답이 들리지 않았다. 필릭스 맥그리거라는 열 살 남아의 병실이었다. 진심이 귀를 바짝 갖다 대자 몸을 뒤척이는 정도의 소리만 들려왔다. 자고 있으면 어떡하지?

고민하던 진심은 다시 두어 번 문을 두드리고 조심스레 말했다. "안녕하세요? 잠깐 들어갈게요."

진심이 카드 키를 찍고 문을 열자, 놀라운 광경이 펼쳐져 있었다. 열려 있는 창문에서는 강풍이 몰아닥쳤고, 침대에 누워 있어야 할 환자는 이불과 옷을 밧줄처럼 길게 엮어 창문 커튼과 연결한 뒤 마지막 매듭을 묶고 있었다. 아이는 진심과 눈이 마주치자 후다닥 창틀 위로 올라갔다.

"이봐요, 저기요!"

남자아이는 아랑곳하지 않고 이불 끄트머리를 창밖으로 던졌다. 밖에서 흔들리던 가문비나무의 꼭대기에 이불이 휘감기자, 달려오는 진심보다 그게 더 낭패라는 표정을 지었다. 진심이 카트를 팽개치고 남자아이의 옷 끝을 붙잡았다.

"뭐해요, 빨리 내려와요! 위험하다고요!"

바람도 이렇게 부는데!

그때 병실 안으로 들어온 까치가 진심의 이마를 강타하는 바람에 아이코 하고 고개를 흔들었다. 그사이 아이가 다시 탈출을 시도했다. 열 살 남자아이라서 그런지 힘이 상당했다. 진심은 아예 아이의 허리를 양팔로 껴안고 창틀에서 끌어내렸다. 그러자 남자아이가 씩씩대며 진심을 노려보더니, 냅다 까치발을 하고는 진심의 입을 때렸다. 손으로 입을 감싼 진심의 눈이 휘둥그레졌다.

"어디서 배워먹은 버르장…… 야, 너 미쳤냐!"

그러고 보니 아까 이름이 필릭스, 하여튼 무슨 영어였는데. 한국말을 못 알아듣나 싶어 진심이 손짓 발짓을 해가며 울분을 토했다.

"유 헐트라고! 필릭스, 디스 포! 포 플로어! 유 다이! 여기서 뛰어내리면, 씨, 유 다이한다고. 언더스탠드? 왜, 와이 나한테 지…… 하, 참 나."

"나 한국말 할 줄 알거든? 조용히 해!"

침대에서는 까치가 뛰었다 날았다 하고, 진심은 난생처음 보는 남자아이에게 입까지 얻어맞았다. 필릭스는 아까부터 너무 놀라서 호흡곤란이 올 지경인 진심을 내버려두고 쪼르르 달려가 병실 문부터 닫았다. 그러고는 심기가 불편한 표정으로 환자복 위에 카디건을 걸쳤다.

"뭔데, 왜 왔어?"

진심은 머리를 벅벅 긁으며 우선 창문을 하나씩 닫았다. 잔가지와 나뭇잎이 잔뜩 떨어져 병실 안이 엉망이었다. 봉사의 뜻이 원래 이렇게 험난한 일을 무보수로 시키는 건지 생각해보았다. 그러고는 허리에 손을 얹고 필릭스를 노려봤다.

"이게 보자보자 하니까. 한국말을 똥구멍으로 배웠냐? 존댓말 안 해?"

"뭔 구멍? 난 그런 거 몰라. 그리고 그거 함부로 만지지 마! What the……."

"야, 네가 떨어뜨린 베개야. 바닥에 굴러다니는 걸 주워준 거라고. 내 손이 바닥보다 깨끗하다고!"

진심이 침대 위에 베개를 내던지자 까치가 푸드덕, 하고 필릭스의 발치로 날아갔다. 싫은 기색을 하던 필릭스가 연신 기침했다.

"이거 치워. 나 Allergy 있어."

"내가 들여보냈냐? 내가 네 종이야? 대체 네가 뭔데?"

기침이 점점 격해지더니 필릭스의 얼굴이 빨갛게 변했다. 필릭스는 머리카락이 하나도 없는 스킨헤드였는데, 머리통까지 빨개지는 걸 보니 알레르기가 있긴 한 모양이었다.

진심이 조심조심 걸어가 창틀에 놓여 있던 담요로 까치를 포획했다. 바로 날려 보낼까 하다가 눈을 가늘게 뜨고 허리를 숙여 필릭스를 보았다.

"야, 너 그렇게 살지 마라. 종합적으로 그렇게 살지 마. 네가 아픈 애니까 한 번만 봐준다."

"Please…… I'm dying……."

"그래. 유 다이라고. 창문에서, 어? 그렇게 뛰어내리는 거 영화에서나 되는 거지. 지금 안 그래도 몸이 약해 빠졌구먼."

필릭스가 할 말이 있는지 잠깐 기다리라는 듯 손바닥이 보이게 한 손을 폈다. 그러곤 숨을 가다듬더니 말했다.

"You, so 꼰대."

이 자식이! 진심이 담요로 만 까치를 들이대자 필릭스가 다시 기침하며 죽는소리를 했다.

필릭스의 손끝에 매달린 기계가 규칙적으로 삑, 삑 소리를 냈다. 손끝에 두 개의 측정 장치를 달았는데 심전도를 측정하는 기계 말고도 하나가 더 있었다. 방금 그런 난동을 피운 것치고는 어차피 탈출에 실패한 거 커튼도 도로 정리하고 자가 검진이나 성실히 하자는 태도였다. 반항에 대한 포기가 빠른 녀석이군. 진심이 나머지 하나의 기계를 들여다보니 삼각기둥 모양에 물이 차오르는 듯한 아이콘이 보였다. '67%'라는 숫자가 깜박였다.

"야, 이건 뭐야?"

"뭐랬더라? ego-suitability. 그거 체크."

"한국말로 해, 좋은 말로 할 때."

뭐라고 하는지 모르겠거든? 잘났다, 잘났어. 진심이 영어 사전을 열어 검색해보니 각각 '자아'와 '적합성'이라는 뜻이었다. 아무리 봐도 뭐 하는 물건인지 모르겠군.

"넌 어디가 아파서 입원했는데? 원래 어디 살아? 미국 사람이야?"

"Los Angeles. Lupus 알아? 내 몸에 있는 피. 뭐, 하여튼. Body Control 못 하고 염증? 계속 생겨. 햇빛 못 보고 숨 잘 못 쉬고, 어지러워. So many Allergy. 귀찮아. 짜증 나. 짜증 나는 병."

그러고 보니 필릭스의 콧잔등에 나비 모양의 발진이 올라와 있었다. 머리카락을 다 밀어버린 두피에도 여기저기 화상 자국처럼 붉게 번진 피부 흉터가 있었고, 진심은 눈썹 뼈와 관자놀이를 따라 박힌 큐빅 같은 게 무엇인지 궁금했다.

"그 보석 같은 건 뭐야?"

"이거는 엄마랑 나랑 똑같이 생긴 거. 우리 엄마 lizard, 도마뱀 이능력 있어. 나도, 우리 가족들 다 이렇게 있어. 근데

나 아파서 이능력 잘 못해. 그래서 한국까지 병원 왔어."

이능력이 잘 안 나와서 왔다고? 여긴 그냥 요양병원인데. 그 정도인가? 병원을 돌아다니다 보니 확실히 시설이 좋고 기계가 많다는 느낌은 들었지만 진심의 생각에는 서울에 있는 이능력 전문 병원이 더 낫지 않을까, 싶었다. 거기다 모르긴 몰라도 이능력 부문은 미국의 의술이 좀 더 뛰어나지 않나? 진심은 미국이라 병원비가 비싸서 그런 거라고 나름의 합의점을 찾았다.

"그럼 병원에서 아무 데도 안 가고 이 병실 안에만 있는 거야? 와, 심심하긴 하겠다. 그래도 그렇지, 창문에서 뛰어내리려고 하냐. 이 건물 진짜 높아."

"몰라. 엄마 나 보러 길게 오지 않고 head director, 그다음에 pastor, 저 뒤에 교회. 둘하고만 얘기하고 나 싫어해. 나가는 거는 하민이라는 애랑 맨날 한 방 들어가서 서로 이렇게 얼굴 보고 음, something like 냉장고 같은 기계, 그거에 gelatin 속에 들어가서 주사 맞고 약 먹을 때만 나가. 자고 일어나면 머리 아파. 반 달? 정도 못 일어나."

"하민? 박하민?"

진심이 멈칫했다. 박하민이라면 경태 아저씨랑 하은 언니 아들이잖아. 여기 입원해 있다고 했던. 말을 들어보면 같이 치료를 받는다는 것 같았는데 그거야말로 이상했다. 서로 모르는 사이의 아이들이 같이 치료를 받는다니, 아저씨와 언니는 이 사실을 알까?

"응. 근데 하민이? 좀 이상해. I think 몸 자라고 근데 안에 spirit. 안 자란 것 같아. 말 거의 안 하고 소리 지르고 침 흘려. Like tarzan, monkey."

잘은 모르지만 어제 경태 아저씨가 말했던, 하민이 아프다는 것이 지적장애를 뜻하는 듯했다. 필릭스는 따뜻하게 끓인 유자차를 마시며 태연하게 말했지만 진심은 머릿속이 복잡했다. 얘가 대체 무슨 말을 하는 거지?

그때였다. 사람 여러 명이 걸어오는 발소리가 들렸다. 하나같이 무거운 신발을 신고 있는지 아니면 거구인 건지, 쿵쿵대는 소리가 복도를 흔드는 듯했다.

그때 필릭스의 얼굴이 창백해지더니 진심의 어깨를 잡고 침대 아래로 밀어 넣었다.

"숨어, 숨어야 해. 밑에, 밑으로 들어가. 얼른. 그리고 절대 말하지 마. 쉿."

아니, 잠깐만. 왜 이래?

다짜고짜 침대 아래로 숨겨진 진심이 바닥에 납작하게 누워 황당한 얼굴로 철제 침대 프레임을 올려다보았다. 병실 안으로 다섯 명의 사람이 들어왔다. 흰 가운을 입은 의사로 보이는 사람 한 명과, 긴 검은 코트를 입은 사람 세 명, 그리고 청바지에 워커를 신은 사람 한 명.

선두에 선 청바지가 방구석에 놓인 카트를 보더니 필릭스에게 물었다. "뭐야?"

사람의 목에서 우둘투둘한 철판 위를 긁는 듯한 소리가 났다. 진심은 숨을 참았다. 아는 목소리였고, 살면서 다시는 듣고 싶지 않은 목소리였다. 그가 들어옴과 동시에 바닥까지 썩은 과일 냄새가 진동했다. 필릭스가 간호사가 두고 간 거라며 얼버무리는 동안 진심의 가슴팍이 가쁘게 들썩였다. 산소가 부족해서 머리가 어지러웠다.

진심은 주머니에 손을 넣어 휴대폰을 꺼내고, 무음 카메라로 사람들을 비춰 보았다. 두어 명은 가려져 보이지 않았지만 앞에 선 세 사람은 알아볼 수 있었다. 선두의 청바지는 공장에서 마취제 향으로 진심과 아이들을 중독시켰던 렉터. 의사 가운을 입은 사람은 마약 제조 과정을 감시하던 닥터 스머지였고, 검은 코트에 선글라스를 낀 사람은 항구에서 운반을 담당하던 빌런 포그였다. 겨우 사진을 찍은 진심이 다시 양손으로 입을 틀어막았다. 두려움에 눈물이 줄줄 흘러 귀를 적셨다.

"아직도 싱크로율이 70퍼센트밖에 안 돼? 더 빨리 진행시킬 수는 없나?"

"그렇게 되면 자아에 혼동이 발생해서 불량품이 될 겁니다. 부모 곁에서 한두 달 지내고 나면 티가 날 거고요."

"제기랄, 무슨 상관이야. 원장이 병실이 부족하다고 성화라고. 지 새끼 병신이라고 탁란시켜달라는 부모는 넘쳐나는데 싱크로율이 느려 터진 걸 나보고 어쩌라는 거야. 몸뚱이에 들어 있는 걸 바꾸는 게 어디 쉽냐고. 보스는 어디 있어?"

"보스는 항상 최선을 다하고 계시죠. 아마 지금은 교회에 계실 겁니다. 거기 있는 프리즘 관리도 빡세서요."

"알겠어. 우선은 연락하지 마. 모레쯤에 411이랑 417을 다시 프리즘에 넣고 지켜보자고. 어차피 내일 완성품 출고하니까 보스도 뭐라 안 할 거야."

빌런들이 방에서 나가고 잠시 시간이 지난 뒤에, 필릭스가 쪼그려 앉아 침대 아래를 들여다보았다.

"Are you Okay?"

진심이 눈물로 범벅이 된 얼굴로 고개를 저었다.

* * *

"병원에 렉터가 있어요. 렉터만 있는 게 아니라 공장에 있던 고수 부하들이 쫙 깔렸어요. 그리고 하민이가 위험해요. 아니, 아니. 하민이만 위험한 게 아니라 그냥 다, 언니랑 써리원 오빠도 위험할지 몰라요. 그때 고수랑 걔네들 못 잡았잖아요. 기사 때문에 써리원 오빠 얼굴을 알지도 몰라요. 현수막, 현수막도 있고 여기 오빠 고향이고 왜…… 왜 여기 있는 거죠? 교회도 다 쟤네 건가 봐요. 탁란이 어쩌고 뭐라고 했는데 기억이 잘 안 나요. 어떡해, 녹음할걸.”

"진심아, 일단 진정해봐.”

로비까지 덜덜 떨며 내려와, 조영을 무작정 준비실로 데리고 들어간 진심이 보고 들은 것을 두서없이 쏟아냈다. 조영은 진심을 의자에 앉히고 차가워진 손을 주물러주었다. 놀랐던 진심의 손에서 야광 물감이 잔뜩 새어 나와 옷도, 휴대폰도 물감투성이였다.

"필릭스라는 애의 몸이랑 하민이의 몸을 서로 바꾸려는 것 같다고?”

조영은 물으면서도 그게 어떻게 되는지 이해하지 못했다. 고수의 능력이 그것과 관련이 있나? 자신이 고수의 빛에 붙잡힐 뻔했을 때는 써리원이 시간을 멈춰놓기도 했고 그대로 고수가 도망쳐버렸으니 자세히 본 바가 없었다.

"네, 프리즘 속에 넣어서 자아의 싱크로율을 맞춘다고 했어요. 서로 다른 몸에 들어가도 이질감이 없게 하려고요. 필릭스가 4층 왼쪽 병실에는 다 부잣집의 아픈 애들밖에 없대요. 오른쪽 병실에는 그 애들하고 몸을 바꾸기 위해 준비된 애들이 있고요. 몸에 병이 있는 부잣집 애들의 부모가 보스라는 사람한테 돈을 주고, 정신에 병이 있지만 건강한 몸을 가진 애들의 몸하고 서로 바꾼대요. 최대한 비슷한 나이대의 애하고 바꾼 다음에 성형 수술을 시키기도 하는데 부모가 생김새를 별로 상관하지 않고 키우는 경우도 있대요. 그러면, 직접 본 건 아닌데 마약에 중독시켜서 옛날 몸에 있던 기억이 정신병 때문에 착각한 거라고 속인대요."

손수건으로 진심의 얼굴을 닦아주던 조영의 미간이 확 일그러졌다. 괴이한 이야기를 듣고 있으니 입가가 뻣뻣하게 굳었다. 경태와 하은은 이 사실을 모르고 하민을 병원에 맡긴 게 분명했다.

"그걸 탁란이라고 부르는구나. 끔찍하다, 그럼 바뀐 애들은 어디로 가는 거지?"

"그건 잘 모르겠어요."

쪼그려 앉아 있던 조영이 자리에서 일어났다. 고개를 숙이고 쏟아져 내리는 머리칼을 쓸어 올리고는, 진심에게 단단히 말해두었다.

"알았어. 진심이 너, 이 길로 화장실에 들어가서 문 잠그고 꼼짝하지 말고 있어. 내가 문자 할 때까지 나오면 안 돼. 우선 써리원한테 가볼게."

***

잔디 위를 낮게 날던 비눗방울이 뾰족한 잔디의 끄트머리에 찔려 터졌다. 하민이 울상을 짓자 써리원은 하민의 손을 잡고 비눗물이 담긴 대야로 다시 이끌었다. 써리원이 구부린 옷걸이를 대야에 담갔다가 하늘 높이 들어 올리자, 하민의 키보다 큰 비눗방울이 머리 위를 둥둥 떠다녔다. 하민이 신나서 박수를 치며 방방 뛰었다. 날씨가 맑았으면 더 반짝여서 좋아했을 텐데. 써리원이 되레 아쉬워했다. 멀리서 하은이 몸 앞뒤로 가방을 메고 하민을 보러 뛰어왔다. 한 손에는 경태의 새참이 될 보따리를 잔뜩 든 채였다.

"내가 좀 늦었지, 미안해. 오늘 하민이 봐줘서 고마워. 경태는 거래처에 가봐야 한대지, 갑자기 수도는 고장이 났다 하지 정신이 없었어. 봉사에는 지장 없었던 거야?"

"전혀. 하민이가 빨래를 좋아하던데? 이불 널어놓은 거에 코 박고 냄새를 하나하나 다 맡아. 봉사 열심히 하고 있나 원장님보다 감시를 잘해."

"애도 참. 하여튼 너무너무 고마워. 오랜만에 엄마 아빠가 보러 온다고 했는데 아무리 기다려도 안 오면 하민이가 서운해할 것 같아서."

"어린 나이에 병실에 있는 게 얼마나 서러운지는 누나가 더 잘 알지. 누나도 얼마나 마음 안 좋겠어. 어렸을 때 맨날 아파서 경태 형이 학교 끝나면 늘 병원으로 왔었잖아."

"맞아. 하민이 아픈 거, 나 때문인가 가끔 그런 생각이 들 때도 있고…… 나도 참 정신이 없으니까 별소리를 다 한다."

그런 거 아니야. 써리원이 고개를 저었다.

비눗방울에 정신이 팔린 하민을 데려오자, 하민이 하은의 품에 폭 안겼다. 하은의 옷에 대고 이불에 했던 것처럼 코를 비볐다. 얘가 이런 걸 좋아해. 세제 냄새 같은 거. 그래서 우리 집에선 섬유유연제도 안 써. 하은이 멋쩍게 말하고는 가방에서 쿠키를 꺼냈다.

"나 하민이 병실에 데려다주고 먼저 가볼게. 이따 조영 언니랑 같이 먹어."

청소를 마치고 벤치에 앉은 써리원이 플라스틱 쿠키 통을 만지작댔다. 우중충한 하늘과 교회의 십자가를 보니 절로 한숨이 나왔다. 봉사를 핑계로 여기저기 오가며 교회 주변과 병원을 한 바퀴씩 다 둘러보았지만 그 어디에도 미진은 보이지 않았다. 제사상 위의 담뱃갑을 미진이 마지막으로 돌려놓은 지도 오랜 시간이 흘렀다. 미진은 정말 어디로 갔을까.

아직 터지지 않은 좁쌀만 한 비눗방울이 눈앞을 왔다 갔다 하다가, 이내 맥없이 터졌다. 근처에서 잔디를 사박사박 밟는 소리가 들렸다. 조영이었다. 다른 요양 병원에 비해 다양한 나이대의 환자들이 많은 병원이라 해도 여전히 환자의 대부분은 노인이라서, 아까 얼핏 로비에 들렀을 때도 한 문장을 다섯 번씩 말해주고 있는 걸 봤었는데. 부스스한 머리에 목덜미를 주무르며 오는 게 피곤한 기색이 가득했다. 조영이 옆자리에 앉아 벤치에 몸을 기대자 써리원이 쿠키를 내밀었다.

"고생하셨어요. 진심이는요?"

"화장실. 이건 뭐야?"

"하은이 누나가 쿠키 주고 갔어요. 잠깐 급한 일 있대서 하민이 봐줬거든요."

"봉사 농땡이 쳤네?"

"덕분이죠."

써리원이 웃자 조영도 따라 웃었다. 쿠키를 반으로 쪼개 한 입 정도 먹고는 물었다.

"미진이 누나는, 만났니?"

"아니요. 코빼기도 안 보이더라고요. 하긴 마을 사람들이 저 오는 거 다 아는데, 이제 와서 보니까 미리 알고 피했을 수도 있겠다 싶네요."

"교회 안에는 들어가봤어?"

"안에는 아직…… 못 들어가봤어요."

"들어가볼래? 못 들어가라고 막아놓은 데도 아닌데. 지금이 아니면 오래 못 들어갈 거야. 더 오래 못 만날 거고."

써리원은 조영을 돌아봤다가, 교회의 작은 문을 바라봤다. 나무로 만든 새 팻말이 바람에 달그락거렸다. 고작 조그마한 문일 뿐인데. 써리원에겐 철로 만든 문보다 더 무거웠다. 말마따나 지금이 아니면 못 들어갈지도 몰랐다. 지금, 하필이면 저 문을 열었을 때 미진이 앉아 있을 수도 있었다. 정말로 미진을 피하는 건 자신일지도 모른다는 생각이 써리원의 몸을 일으켰다.

주일이 아닌 평일의 저녁, 사람들이 슬슬 저녁을 준비하러 갈 시간의 교회에는 아무도 없었다. 적어도, 아무도 없는 것처럼 보였다.

써리원은 몸을 축 늘어뜨리고 털레털레 걸었다. 그러면 그렇지.

써리원은 조영의 뒤를 따라 걸으며 양옆의 기둥에 새겨진 조각들을 구경했다. 새와 별 모양 입체 조각이 균형감 있게 붙어 있는 지구를 사람이 떠받드는 형상의 조각이었고, 그것이 기둥을 받치는 아랫부분의 역할을 했다. 스테인드글라스로 성경의 그림이 화려하게 장식되어 있는 그런 교회는 아니었으며 내부는 생각보다 조촐했다.

교회 단상의 중앙에는 예수상도 하나 없이 원목으로 만든 십자가만 덜렁 걸려 있었다. 단상 위로 무언가 빛을 엄청나게 반사하는 제단 같은 것이 놓여 있었다. 실내에서도 눈이 부셔 쎄리원은 손차양을 만들고 다가갔다. 멀리서 봤을 때는 양초가 줄지어 있는 줄 알았는데, 가까이서 보니 전부 높이가 손바닥만 한 삼각기둥 모양의 조형물이었다. 그런 것이 족히 200개는 있었다. 상패나 위패인가, 해서 글자가 쓰여 있는지 보려고 눈을 찡그렸지만 아무 글자도 새겨지지 않은 그저 투명한 삼각기둥이었다.

"아깝다. 안에 있을 줄 알았는데. 매일 와서 기도하신다며."

"아뇨, 뭐…… 기대도 안 했어요. 있었다 하더라도 저 보면 도망가버렸을 거예요. 소리를 지르면서 그때 다 못 했던 말을 하거나."

"많이 보고 싶지?"

"……."

"만나게 해줄까?"

조영이 몸을 돌려 쎄리원을 돌아보았다. 삼각기둥을 투과한 빛이 조영의 얼굴 위로 쏟아졌다. 잠시 조영의 잘 보이지 않는 눈을 마주하고 있던 쎄리원은 은색 카펫이 깔린 길을 큰 보폭으로 걸어, 단숨에 조영의 코앞까지 다가갔다. 나무 단상으로 조영을 밀어붙이자, 단상 위에 올려져 있던 간이 마이크가 퉁 하고 튕겼다. 조영의 몸이 단상 위로 기울어졌다. 써리원은 숨결을 느낄 만큼 가까운 거리에서 조영의 눈을 바라봤다. 새카만 동공과 홍채에 자신의 모습이 그대로 비쳤다.

"너, 선배가 아니야."

비 오는 날의 밤처럼 까만 눈. 아이를 빠뜨려 재앙을 막는 우물 같은 눈. 그 눈이 점점 휘어졌다. 조영의 모습을 한 무언가가 실금 같은 미소를 지었다. 써리원이 그의 어깨를 짓눌렀다.

"누구야, 너."

쨍 하고 깨지는 소리가 들렸다. 몸이 차가웠고 눈앞이 하앴으므로 폭설에 잠긴 듯한 착각도 들었다. 써리원이 모서리에 구겨져 있던 몸을 일으켰다.

사방은 구름이 낀 듯 뿌옇고 시야가 좀처럼 돌아오지 않았다. 앞으로 걸어가려 했지만, 두어 걸음 걷자마자 무언가에 부딪혔다. 손을 뻗어 만져보니 투명한 벽이었다. 양쪽 발의 촉감이 달라 내려다보니 어째선지 한쪽 신발이 벗겨진 채였다. 삼면의 벽은 천장을 알 수 없을 만큼 높게 솟아 있었다. 시간이 지나자 눈높이까지 퍼져 있던 안개가 무릎 아래로 가라앉았다. 주위를 둘러보던 써리원이 우두커니 멈춰 한곳을 바라보았다. 하은의 빈티지 숍에서처럼 한참 동안 숨 막히는 얼굴로 그곳을 보았다.

또 다른 삼각기둥 속에 미진이 있었다. 써리원의 기둥으로부터 조금 떨어진 위치였다. 미진은 기둥의 벽 어디에도 기대지 않고 중앙에 앉아 무언가를 중얼거리고 있었다. 써리원을 완전히 등지지 않고 있었기 때문에 그 입 모양을 읽을 수 있었다.

영, 원, 히,
……이, 서,
행…… 하, 게.

써리원은 '누나'라고 부르려고 했지만 목이 메여 말이 나오지 않았다. 주먹으로 벽을 느리게 치다가 부술 듯이 내려치며 소리를 질렀다. 그 소리가 하나도 닿지 않는 듯 미진은 미동도 하지 않았고, 벽은 너무나도 멀쩡했다.

미진의 옷은 다 헤져 있었고 무릎까지 기른 머리카락이 마구 뭉쳐 몸을 휘감고 있었다. 양말도 신지 않은 맨발에는 까만 굳은살이 덕지덕지 박여 있었다. 이 유리벽이 없었더라도 써리원의 목소리는 미진에게 가닿지 않았을지도 몰랐다. 그만큼 미진이 자신의 몸에 쳐놓은 벽이 견고해 보였다. 그럼에도 무조건 미진에게 닿아야 한다는 생각이, 그 어느 때보다 강하게 들었다.

　주먹이 얼얼해질 때까지 벽을 내려치던 써리원이 다시 주변을 돌아봤다. 수많은 삼각기둥이 있었고, 수많은 사람이 그 안에 있었다. 좀 전에 제단에서 봤던 그 수만큼, 이 기둥을 나무로 친다면 숲이 펼쳐져 있다고 해도 좋을 만큼 사람을 가둔 프리즘이 끝없이 서 있었다. 대부분이 어린아이들이었지만 미진이나 써리원처럼 성인들도 보였고 가끔 노인도 있었다. 그들은 대부분 어딘가 장애가 있는 듯했지만 간혹 건강한 사람들도 있었다. 다리를 저는 아이와 턱을 씰룩이며 같은 행동을 반복하는 아이, 유리벽에 크레용으로 알 수 없는 그림을 그려대는 아이가 써리원의 눈에 들어왔다.

　써리원은 삼각기둥의 천장이 있어야 할 위쪽을 보았다. 자신의 머리카락을 한 올 뽑아 높이 들어보았다. 미세하지만 위에서 공기의 흐름이 느껴졌다.

＊＊＊

"오늘 저랑 같이 왔던 한서원 씨 보셨나요? 봉사가 끝났는데 안 보여서요."

　조영이 목걸이 이름표를 벗어 간호사에게 건넸다. 안내 데스크를 지키고 있던 깻잎머리의 간호사가 체크리스트를 확인하더니 휴게실 쪽을 가리켰다.

"아, 봉사 확인증 받으러 가신 것 같아요. 아까 로비에서 봤는데, 상담실에 가보시겠어요? 상담실 담당자분께서 시간 확인하고 인쇄해주실 거예요."

하느요양병원에는 치매 환자나 어린이 그림 치료를 위한 상담실이 따로 마련되어 있었다. 그 옆에는 면회실이 있었고, 가족들끼리의 오붓한 시간을 원하는 이들이 예약제로 이용하는 모양이었다. 사용하는 사람이 있는 듯 팻말이 '사용 중'으로 돌려져 있었다. 조영은 상담실 문 앞에 서서도 계속 그쪽을 흘끔거렸다. 마음이 찜찜했다. 고수가 작업을 치고 있고, 탁란이라는 오로지 영리와 어른들의 욕심을 위한 비인도적 행위가 진행되는 이 병원에서, 마음만 먹으면 얼마든지 은밀하게 활용할 수 있는 면회실이라니. 만에 하나 조영의 불길한 예상이 맞아떨어진다면 저 방에서 벌어지는 면회라는 것은, 상담이라는 것은…….

문을 열고 들어간 상담실 안은 따뜻하고 편안한 분위기였다. 월넛 컬러의 블루투스 스피커에서 피아노 버전의 포크송이 흘러나왔다. 조영은 자신이 들어온 문을 돌아봤다.

'방음이 잘 되네. 음량이 작지 않은데. 상담실이 으레 그렇기는 하지만.'

잔꽃 무늬 러그에 상쾌한 청포도 향기, 높이가 낮은 서랍

위로는 아이들이 그린 그림들이 진열되어 있었다. 테이블에는 누가 다녀간 듯 종이컵에 담긴 현미녹차가 김을 내고 있었고, 화장실에서 누군가 손을 씻는 소리가 들렸다.

'써리원인가?'

조영이 화장실 문 쪽으로 고개를 기울였다. 그러나 화장실에서 나온 건 전혀 다른 사람이었다.

"안녕?"

머리카락을 높이 틀어 올리고 연꽃과 깃털로 장식한 여자가 파티션에 걸쳐진 수건에 물기를 닦았다. 조영은 여자의 얇은 홑꺼풀 위에 한 붓으로 그려진, 파란 글리터의 선을 멍하니 보았다.

"고도 실장…… 대표님?"

"넌 아직도 내가 대표가 된 게 익숙지 않나 보구나?"

"아니요, 그런데 여기 병원에는…… 어쩌다가."

조영이 당혹스러움을 감추며 더듬거리지 않으려고 노력하는 동안 고도가 새 녹차를 타서 테이블 위로 내밀었다.

"우리 아들도 여기 입원해 있거든. 앉아."

그러나 고도는 어딜 보나 객이 아닌, 이 방의 주인 같은 태도였다. 자주 와서 그런 걸까. 조영은 그런 괴리를 느끼며 의자에 불편하게 걸터앉았다. 차는 손댈 생각도 없었다.

"뭘 그렇게 경직되어 있니? 우리가 못 볼 사이도 아닌데.

너는 꼭 그러더라, 동생들한테는 다 퍼 주면서 언니들한텐 참 못해."

"동생 언니가 아니라 선후배니까요. 동료거나."

"회사 떠나 있으니까 어때? 너 데려가고 싶어 하는 애들 많더라. 가끔은 프로듀싱한 히어로보다 조 대리가 인기가 많은 게 아닌가 싶기도 하고."

"다 한때예요. 제일 상황이 좋을 때와 안 좋을 때 받는 러브콜은 충분히 숙고하라고 대표님 밑에서 배워서요."

"내가 그런 말도 했나? 되게 좋은 말이네."

우리 팀 신규 애들한테도 다시 가르쳐야겠다. 고도는 농담처럼 덧붙이더니 손가락에 낀 옥반지를 매만졌다. 조영은 미지근하게 식어가는 차를 바라보았다.

누구에게나 아무것도 아니던 시절이 있다. 상사에게 들어 마땅한 조언과 아무렇게나 내뱉는 질책을 구분하지 못하고 죄송하다는 말을 반복하거나, 혹은 입에 자물쇠라도 걸린 사람처럼 그조차도 못하던 때가 있었다. 조영의 가장 초라하던 시기에 기회를 잡은 듯이, 싹을 꺾어두겠다는 각오로 가르치려 들던 사람과 한 업계의 대표로 다시 마주치는 건 불편한 일이었다. 조영이 이만큼 높은 곳에 올라온 건 그 시절의 고도가 틀렸다는 얘기니까. 어쩌면 조영의 존재 자체가, 고도의 운영 철학에 대한 반증이니까. 조영은 이유도 듣지 못하고 수십 번을 고치면서 결국 폐기되었던 코스튬과 자신이 고집하던 기능성 보조 아이템에 대한 괄시를 떠올렸다. 디자인과 미학을 중시하던 고도와 신소재공학을 통한 이능력 서포트의 본질에 집중하던 조영은 지금도 그때도 하나의 업계에서, 정반대의 방향을 추구했다. 다만 그때의 고도는 상사였고 조영은 부하 직원이었으며 이제는 아닐 뿐이다.

조영은 "이 병원……" 하고 말을 끌었다.

고도는 왜 자신의 아이가 이 병원에 있다는 말을 꺼냈을까? 굳이 얘기하지 않아도 괜찮은데. 어린아이가 이곳에 있다는 건 높은 확률로 고도 역시 탁란에 가담하고 있다는 뜻이다. 가담, 조영은 그 표현에 대해서도 회의적이었다. 탁란을 숨기는 시스템에 가장 많은 공헌을 했다는 것은 이를 주도했다는 게 아닌가.

"대표님 덕을 많이 봤다고 들었어요."

"무슨. 내가 이 병원 덕을 많이 보고 있지."

"아드님 건강은 괜찮아졌나요?"

"응, 이제 곧 퇴원해."

조영은 고도의 아들과 몸이 바뀌었을 누군가의 아이를 상상했다. 나아질 것이란 희망을 품고 아이를 병원에 맡겼을, 경태와 하은과 같은 부모들을. 그저 아이의 불편함을 걱정했을 뿐 아이가 어떤 모습이라도 사랑할 자신이 있는 그들과,

태생이 잘못되었으니 억만금을 주고서라도 고쳐야 자신의 미래에 지장이 없을 거라 여기는 부모들의 운명이 서로 바뀌어야 한다니 속이 쓰렸다. 조영은 생각에 매몰되지 않으려 주변을 둘러보았다.

산만해지는 시선을 구경하던 고도가 뒤쪽 선반을 가리켰다.
"저거 찾아?"

조영이 뒤를 돌자 여러 사물이 오브제로 전시되어 있는 선반이 보였다. 각종 상패와 방향제, 조화 화병의 중심에 떡하니 원목 받침대가 있었다. 그 위에 놓인 것은 써리원의 한쪽 운동화였다. 빈티지 스니커즈. 빨간색 하이 톱. 조영이 일반형 코스튬에 포함시켰던 것을 써리원은 회사를 나온 후에도 계속 신고 다녔다.

"저걸 어떻게 갖고 있어요? 써리원, 지금 어디 있죠?" 조영이 삼켜왔던 말을 내뱉었다. "당신…… 고수랑 무슨 사이예요? 마약 공장도 당신 짓이에요?"

"써리원인가 애가 칠칠맞더라. 한 짝을 떨구고 가더라고, 난 무슨 신데렐라인 줄? 그래도 세령도에선 물 좀 먹었지. 인정해, 그땐 꽤 잘했어. 손실이 이만저만이 아니었으니까."

"말 돌리지 말고 묻는 거에나 대답해."

"우린 비슷한 점도 꽤 많았는데, 난 너만 보면 항상 답답하더라고. 왜 저렇게 싫은 거, 못난 거, 남들은 서로 미루는 걸 혼자 다 끌어안고 있을까. 막 스스로 불쌍해지지 않으면 견딜 수 없는 애 같아. 샤이닝에선 잔반 처리 취급까지 당하고 말이야."

너도 알다시피, 내 능력은 별것 없잖아. 고도가 휘 하고는 가볍게 휘파람을 불자, 뻐꾸기 한 마리가 날아 들어와 고도의 손등 위에 앉았다.

"새 몇 마리 부르는 걸 어디다 써먹니? 근데 내 동생 도희는 좋은 능력을 타고났더라고. 여자애가 얼굴도 예뻐. 병원에 있는 애들처럼 여기가 좀 맹해서 그렇지."

고도가 자신의 머리를 검지로 톡톡 건드렸다.

"그래서 도희랑 몸을 바꿨지. 뺏었다고 해야 할까? 걔 능력이 이거거든. 서로 몸을 바꿔주는 거. 잘못하면 죽을 수도 있겠다, 하고 했는데 내가 운이 좀 좋아? 두 몸을 마음대로 옮겨 다니면서 살 수 있게 된 거야. 물론 내 마음대로지만. 여자 몸으로 번갈아가면서 살아가는 것도 나쁘지 않겠던데. 한쪽을 안 쓸 때는 처박아두면 되니까. 남자들만 가득하던 매니지먼트 업계에 여성 대표가 나타났다고 주목도 해주고. 그런 말 들을 때마다 얼마나 웃기던지. 도희의 몸으로 살면서 의심을 피하고 고수의 몸으로 살면서 큰일을 도모하고, 이게 진짜 일석이조 아니겠어?"

고도의 손에 올라간 뻐꾸기가 뻐꾹 하고 울었다. 의자 아래로 검푸른 깃털이 떨어졌다. 알려진 정보에 따르면 고수는 남자다. 워낙 모습을 바꾸어댔지만 기본형이 그랬다. 그러니까, 원래 '고수'여야 하는 자는 지금 여동생 '고도희'의 몸에 들어앉아 '고도'라는 인물로 살고 있었고, '고도희'는 '고수'의 몸이 되어 어딘가에서 허수아비 노릇을 하고 있는 거였다.

조영의 머릿속에 한 가지, 사실에 가까운 추측이 스쳤다. 그때 세령도에서 조영을 죽이려 했던 고수도 지금 눈앞의, 그동안 블루밍어워드의 대표 고도라고 믿고 있던 자가 아닐까.

"뭐 때문에 이런 짓을 해. 탁란이 완벽하지 않을 수 있다는 거 당신도 알고 있지? 당신 아들이 그렇게 돼도 상관없어?"

"벌써 거기까지 알아내다니 역시 조 대리야. 별로 위대한 뜻은 없는데? 내가 하고 싶은 건 여전히 예술이고 그건 변하지 않아. 현대 사회에서 히어로가 좋은 도구이기에 뛰어든 것뿐이지. 그밖에는 좀 더 돈을 쉽게 벌고 싶다는 거? 예술은 원래 돈이 안 되니까 현명한 부업을 선택했다, 이 정도? 가진 거에서 활용하는 게 손실이 안 나잖아. 그리고 조 대리, 순진해. 너무 순진해."

고도가 창밖으로 뻐꾸기를 날리고는 여유롭게 웃었다.

"내가 아들이 어디 있어. 남자였다가 여자였다가 하도 바뀌대서 그런 능력은 잃은 지 오래야. 진짜 이해가 안 돼서 그러는데, 조 대리도 나랑 같은 생각으로 히어로 만드는 거 아니었어? 우린 아름다움을 팔아서 돈 버는 사람들이잖니. 예쁜 거 만들려면 못난 건 처박아둘 줄도 알아야지. 난 사람들도 동의한다고 생각해. 그러니까 잘못 태어난 지 애들 탁란해준다는 말에 부모들이 이렇게 몰려드는 거 아닐까? 쓰레기 매립지가 왜 있니? 다 우리 사는 데를, 우리 스스로를 깨끗하고 보기 좋게 만들려고 하는 거야. 그러니까 조 대리, 나서서 쓰레기 매립지가 되려고 하진 마. 쟤는 내가 잘 버려줄게."

고도의 손끝에 쎄리원의 스니커즈가 있었다. 조영은 더 들을 필요가 없다고 생각해 자리에서 일어났다. 이럴 바엔 구조까지 필요한 시간을 확보하는 편이 나았다.

"내일이면 어차피 다 끝나. 누가 봉사를 연휴 시작할 때 오니? 히어로도 없어, 경찰도 없어, 병원은 최소 인원으로만 굴러가고. 너도 참 감 없다."

"쓰레기 매립지에 살아도 네 썩은 내 나는 둥지보단 나아."

"혼자 뭘 어쩌게. 그냥 샤이닝에서처럼 모른 척하고 넘기는 거 어때? 세령도 건으로 인터뷰한 거 봤어. 근데 조 대리는 능력도 없는 거나 마찬가지 아닌가? 그래도 축하해. 서른 넘어서 발현한 거."

고도가 비아냥거리자, 문고리를 지그시 누른 조영이 그를 돌아보고는 말했다. "상관없어. 능력이 있든 없든. 내 일은 옳은 일 하는 사람들이 배곯지 않고 다치게 하지 않는 거야."

그건 변하지 않아. 세상에 히어로가 단 한 명 남아도 그 히어로를 지키고 손해 보지 않게 할 거야. 내가 누군가를 구할 수 없더라도, 사람을 구하는 게 멍청한 일이 아니라는 걸 증명할 거야.

조영은 빠르게 로비를 나서며 어딘가에 전화를 걸었다.

* * *

영두마을에서 조금 떨어진 비적마을 입구에는 헌사리에서 가장 이름난 설렁탕 가게가 있었다.

진심은 초조한 표정으로 고개를 내밀어 주차장에 들어오는 차가 없는지 확인했다. 이미 열 손톱을 다 물어뜯고는 더 뜯을 곳이 없어 손마디를 잘근거렸다. 조영은 아까부터 미동도 없이 편의점 테이블에 앉아, 휴대폰을 쥔 양손을 이마에 붙이고 있었다. 얼마 지나지 않아 저 멀리서 핫핑크색 미니 승합차가 덜덜거리며 굴러왔다. 나름 전속력으로 달리고 있었으나 비적마을의 험한 오르막이 고물차를 힘겹게 했다.

진심이 머리 위로 양손을 흔들며 외쳤다.

"여기요, 여기!"

자갈밭을 휘청거리며 주차를 마친 승합차에서 반짝거리는 은갈치 같은 바람막이를 입은 송화가 뛰어내렸다. 힘차게 운전석 문을 닫고는 조영을 향해 쩌렁쩌렁하게 외쳤다.

"선배님! 제가 왔습니다!"

조영이 비척거리며 플라스틱 의자에서 일어섰다. 가까이 다가갈수록 송화의 표정이 심각해지더니, 두 손으로 조영의 어깨를 조심스레 붙잡았다.

"아니, 선배님 안색이, 얼마 전까지만 해도 이런 세월의 흐름이 있지는 않았는데."

"와줘서 고맙다, 송화야. 나, 정말 미칠 것 같아. 촬영 연속 세 개 펑크당하고 2주 밤샐 때보다도 미칠 것 같아. 대체 무슨 자신감으로 고도한테 그딴 소리를 하고 나온 거지?"

"아이, 별말씀을. 저희가 선배님의 자, 신, 감, 이죠!"

저희? 조영이 의아한 얼굴로 고개를 들자 승합차에서 세 사람이 더 내렸다. 입을 틀어막고 멀미를 삼키는 히어로 앤비, 쌍코피가 났는지 양쪽 콧구멍을 휴지로 틀어막은 송화의 동기 로이. 그리고 다 먹은 뻥튀기 봉지를 앞좌석 그물망 주머니에 쑤셔 넣으며 등장하는 믿을 수 없는 얼굴. 성 실장이 가루가 묻은 손을 털고 방긋 웃으며 손을 흔들었다. 조영의 입이 저절로 벌어졌다.

"영이, 하이."

송화에게만 전화했는데 세 명이 더 딸려오다니. 그중에 성 실장이 끼어 있다니? 게다가 내일은 추석 연휴 첫날인데? 맥이 풀린 조영의 입에서 뜻하지 않은 말이 줄줄 흘러나왔다.

"실장님이 왜, 왜 오신, 부르지도 않았는데……."

조영의 말에 송화가 너스레를 떨었다. "아이고, 무슨 소리예요. 일손은 많으면 많을수록 좋은 거죠. 그게 또, 예? 명절의 그, 운치, 정. 이런 거 아니겠어요. 진심이 잘 있었니? 더 귀여워진 것 같다?"

"물론 와야지. 영아, 영아, 조영아. 너를 조 대리가 아니라 영이라고 부르니까 참 기분이 좋다. 나는 옛날부터 그렇게 부르고 싶었거든. 뭐든 시켜. 우리가 너의 손발이 되어 너를 천수관음보살로 만들어주마."

성 실장의 대답에 조영이 지끈거리는 관자놀이를 누르며 앤비에게 물었다. "이 사람들 왜 이래?"

양팔을 펼치고 산소를 들이마시던 앤비가 힐끔 눈치를 보더니 소곤거렸다. "너 가고 안 팀장이랑 일해서 그래. 송화는 안 팀장이 하도 인력 딸린다고 건의 넣어서 아예 그쪽 팀으로 팔려갔잖아."

"진짜? 텐더네로 못 가고? 어쩐지…… 애가 목이 갔네."

"선배님이랑 일하는 거 너무 좋아요. 물론, 정말 좋지 못한 상황이지만. 제가 무슨 말 하는지 아시죠. 수당 없이도 한두 번은 더 할 수 있을 것만 같아." 송화가 걸걸한 목소리로 울분을 토했다.

진심은 처음 맛보는 송화와 성 실장의 청각 테러를 맞고는 굉장히 당황한 낯이었다.

"속이 터져 죽어. 같은 걸 열 번씩 물어보고 확인한대. 결정도 이랬다가 저랬다가 계속 바꾸고. 이쪽에서 이게 별로다, 하면 바꿀까? 저쪽에서 저렇게 하자, 하면 그럴까? 안은미 어떻게 일하는지 알잖아."

부연 설명이 이어지자 조영도 어쩐지 안 좋은 기억들이 떠올랐다.

"신중한 게 아니고 미련한 거야. 대표자가 뚜렷하게 줏대가 있어야지."

"제 말이요! 저 대학생 때도 이렇게 꼴통 팀플은 한 적이 없다니까요?"

"아니, 그런데 실장님은 진짜 어떻게 오신 거예요?"

앤비가 묻자 성 실장이 아찔한 표정으로 눈웃음을 쳤다.

"으응. 연휴에 불려가서 전 부치기 싫어서. 나를 부르는 정의의 목소리가 있다고 했지."

조영이 고개를 살살 흔들며 성 실장의 눈길을 피했다. 콧구멍에 넣은 휴지를 싹 뽑아내고 주차장의 재떨이에 버린 후 자유를 찾은, 이들 중 유일하게 이성적인 로이가 상황을 진정시켰다.

"자, 저기 우리, 기쁜 일로 모인 게 아니라서."

어느덧 밤이었다. 이들은 박하네 집 거실에 반상 하나를 놓고 둘러앉았고, 아들의 생사가 걸린 하은도 함께였다. 하은은 처음 자초지종을 들었을 때 울 것 같은 얼굴이었지만 욕실에 들어가 세수를 하고 나오더니 놀라울 만큼 침착해져 있었다. 아직 하민을 보러 병원에 간 경태가 돌아오지 않아서, 조영은 먼저 그간의 일을 설명한 후에 간단히 정리했다.

"우선 우리에게 인질이 둘 있어요. 써리원과, 하은 씨의 아들인 박하민 군입니다. 하민 군은 하늬요양병원 4층 417호에 있고, 써리원의 행방은 알 수 없지만 아마도 교회 쪽으로 추정됩니다."

"음, 상황이 최악이군."

"이 자식이! 회사에 있는 코스튬 바리바리 싸들고 왔는데 잡혀?"

성 실장과 송화가 추임새를 넣으며 바나나를 씹었다.

"끝이 아니에요. 사실상 4층 좌열에 있는 필릭스 맥그리거를 포함해 탁란을 의뢰한 집의 자식들을 빼고는 환자들 전부가 피해를 입을 가능성이 있습니다. 최우선의 목표는 써리원과 하민 군을 구출하는 거지만 고도가 '내일이면 끝나'라고 했던 게 마음에 걸려요. 적어도 내일 새벽, 늦어도 아침에는 고도가 움직일 겁니다. 정확히 뭘 하는지 알기 어렵지만요."

"완성품이요. 필릭스가 자는 척하면서 들은 적이 있다고 했어요. 건강한 몸에 부잣집 애들의 자아를 이식하고 나면, 하, 표현이 정말…… '버리는 몸' 하나가 생기잖아요. 그걸 '프리즘에 가둬서 한번에 처분한다'라고 했어요. 이 대목이 이해가 안 가는데."

진심이 필릭스와의 메신저 대화를 보여주자, 곰곰이 생각하던 성 실장이 태블릿으로 파일을 뒤졌다.

"내가 라운드원에서 일하는 후배한테 들은 적이 있는데, 거기서 옛날에 휴대용 감옥을 만들었거든? 구형이긴 한데. 이거 봐."

태블릿 PC에 투명한 삼각기둥 모양의 조형물 사진이 띄워져 있었다. 희미하지만 '제품명: 프리즘'이라는 글자도 보였다.

"이거 이름이 프리즘이거든. 어쩌면 대중에게 흔히 알려진 '프리즘 빌런'이라는 이름은 트릭일지도 몰라. 영이, 네가 들은 거, 사람 몸을 바꾸는 게 진짜 고수의 능력인 거고. 흠, 말하다 보니 앤비랑도 비슷해 보이는데? 너, 혹시 고수냐?"

"전 위치밖에 못 바꿔요. 무슨 그런 섬뜩한 말씀을…… 안 그래도 샤이닝컴퍼니 조사받을 때 히어로를 은퇴해서 사람들이 저까지 수상하게 생각한다고요."

"너 히어로 은퇴했니? 왜? 언제?" 조영이 물었다.

앤비가 씁쓸한 얼굴로 아랫배를 만지며 말했다. "신장에

무리가 생기기도 했고, 알잖아. 나 다카하시랑 헤어질 뻔한 거. 서른 넘어서 장거리는 못 해먹겠단다. 내년 즈음에 결혼하려고. 아무튼 이건 중요한 게 아니고."

"그래, 청첩장 나오면 그때 또 얘기하자고. 그럼 어딘가에 이 프리즘이라는 게 있겠는데? 그동안 고객들이 엄청 다녀갔다면서. 막 100개, 200개 이렇게 쌓여 있는 거 아니야? 써리원도 거기 들어 있나?"

"저 이거 본 적 있어요! 그, 그, 필릭스가 자아 적합성 테스트하는 기계에 이렇게 생긴 삼각기둥이 빙글빙글 돌고 있었어요. 그리고 필릭스가 부모님이랑 상담받으러 갈 때 면회실에 이게 잔뜩 쌓여 있는 걸 봤대요."

"필릭스라는 애랑 되게 친해졌나 보다."

"아, 하나도 안 친하거든요? 걔, 진심 싸가지 대박이에요."

"어딘가에 프리즘에 갇힌 피해자들이 있고 그걸 처분한다는 뜻 같네요. '버리는 몸'들이 밖에 나와 돌아다니면 안 될 테니까. 실장님, 파훼법 아시겠습니까?"

"야, 이게 왜 개발이 망했겠냐? 내구도가 엉망이야. 안에서는 못 부수는데 밖에서 깨뜨리면 바로 끝. 인질이 그대로 튀어나온단다."

"부수면 안 되는데 처분은 해야 한다, 그럼 아예 태우거나 하겠네."

"바로 그거야. 오, 쉣."

성 실장의 미간이 확 일그러졌다. 조영도 선득한 표정을 지었다.

"영이, 나랑 같은 생각 했니?"

"불 지르려나 봐요. 그런데 어디를? 병원은 너무 사람이 많지 않아? 그리고 의뢰인 애들도 있는데."

송화가 손가락을 딱, 하고 튕겼다. "교회다. 선배님, 교회예요. 쓰잘머리 없이 그런 엄숙하고 침범하면 안 될 것 같은 건물을 지어놨잖아요. 아니, 내가 도면 봤는데 써리원이 말했던 숙소 같은 거 없던데."

조영의 가슴이 철렁 내려앉았다. 혹시 미진 씨도 그곳에 갇혀 있는 게 아닐까?

성 실장이 이마를 긁으며 곤란한 기색을 내비쳤다.

"우리, 화염 대처할 수 있는 애들이 하나도 없네. 물 뿌리는 애들 좀 데리고 올걸."

"괜찮아요, 실장님. 송화가 아이템 싹 쓸어왔잖아요. 거의 회사를 가져왔던데요."

"그럼 우선 역할을 나누죠. 교회 팀하고 병원 팀. 제가 걱정되는 건, 사람들이 많은 곳에 마약이나 마취제 향을 사용할 것 같다는 거예요. 그러니까 해독 능력이 있는 실장님, 여러 사람에게 문자를 보낼 수 있는 송화, 필릭스랑 접촉할 수 있는 진심이가 병원으로 갑시다. 그리고 프리즘을 옮길 수 있는, 우리 유일한 히어로 출신이라 신체 훈련이 되어 있는 앤비. 유소년 해머던지기 선수 출신에다 산악부 열심히 하는 로이, 하은 씨와 제가 교회로 가도록 하죠. 하은 씨, 도안은 완성됐나요?"

하은은 한참 전부터 허벅지에 새길 써리원의 얼굴 도안을 그리고 있었다. 프리즘 안에 있는 써리원의 발사 능력을 강화해서 활용하면 스스로 프리즘을 깰 수 있을지도 몰랐다. 마지막 펜 터치를 마치고 잉크를 말리기 위해 선풍기 앞에 서 있던 하은이 허벅지에 그린 써리원을 보여주자 송화는 간신히 웃음을 참았고, 성 실장은 참지 못했다.

"사진이 저게 최선이냐? 아유, 하은 씨. 미안해요. 하은 씨한테 뭐라고 한 게 아니라. 하은 씨는 진짜 최선을 다하셨고 그냥 삼식이가 사진 찍을 때 나태했던 거야."

"대고 그릴 만한 게 경태 씨가 인쇄한 현수막 기사 사진밖에 없어서요. 좀 그렇긴 해도 최대한 닮은 게 좋거든요."

"하은 씨, 정말 고마워요. 몸에 다른 사람 얼굴 그리는 게 쉬운 일은 아닐 텐데."

"아니에요. 남의 이능력이라 부담스러워 보이는 거지, 저한테는 손발 씻는 거랑 큰 차이 없어요. 송화 씨, 하민이 잘 부탁드려요. 제가 가서 하민이 얼굴 보면 눈물부터 날 것 같아서…… 애가 처음 보는 사람은 잘 안 따를 수도 있는데 뭐 하면 보쌈하듯이 들어서 나오셔도 돼요. 우리 하민이, 몸은 튼튼하거든요."

"걱정 마세요. 저 교생 실습 때 특수반 담당이었거든요."

잘 해보겠습니다, 걱정 마십쇼! 믿음직한 송화의 목소리에 하은이 그제야 옅은 미소를 지었다.

앤비가 의외라는 눈으로 송화를 쳐다보며 조영에게 물었다. "쟤 교생도 했어? 교육과도 아니잖아?"

"송화네 과는 학점이 높으면 교직 이수도 시켜줬거든. 아 참, 내 정신 좀 봐. 하은 씨, 혹시 마을 사람들끼리 공유하는 전화번호부 같은 게 있을까요?"

하은이 서랍에서 전화번호부를 꺼내왔고, 조영이 송화에게 건넸다. 손가락 한마디 두께 분량에 어르신의 글씨로 큼직큼직하게 쓰인 노트였다.

"얼마나 걸려?"

조영이 묻자 송화가 종이를 휘리릭 넘겨보더니 답했다.

"이 정도면 한 시간?"

그러고는 반상에 노트를 펴고, 양반다리에 팔짱을 끼고 앉아 잔뜩 찌푸린 미간으로 전화번호들을 노려보았다.

진심이 근처를 기웃거리더니 물었다. "뭐가 한 시간이라는 거예요?"

"송화가 전화번호부를 통째로 외우는 데 걸리는 시간. 송화는 모든 종류의 문자를 보낼 수 있으니까, 어지간하면 위급 상황에 재난문자인 척하고 단체문자 보내려고. 위법이지만 고도네는 범죄 행위 중이니까 상관없을 거야."

"한 시간 만에 저걸 다 외운다고요?"

"송화가 저래 봬도 천재거든. 열심히 안 해서 그렇지. 아이큐가 190이 넘을걸?"

"멘사는 귀찮아서 가입 안 했대. 나랑 인턴 때 상사가 뭐 잘하냐고 물으니까 잘하는 걸 잘한다고 답하더라. 재수 없어."

로이의 추가 증언에 승합차에서 성 실장을 목격한 조영처럼, 진심의 입이 떡 벌어졌다. 성 실장과 조영이 마을 지도를 보며 거리를 가늠하고는 로이에게 물었다.

"티가 날 테니까 차로 움직이는 건 안 돼. 로이, 축지법으로 몇 명까지 동반 가능하지?"

"보자. 하나, 둘, 셋, 넷…… 스읍. 일곱 명은 빡센데. 두 번 나눠서 다녀올게요."

"그러면 두 시간 후에는 출발해야겠다."

성 실장이 시계를 보고 말하자 조영이 고개를 끄덕였다.

"네. 무조건 우리가 먼저 쳐야 해요. 날 밝기 전에 바로 출발하죠."

＊＊＊

써리원이 무릎을 잡고 거친 숨을 몰아쉬었다. 발등 위로 구슬땀이 떨어졌다. 삼각기둥의 주변은 시간의 흐름에 따라 조금씩 어두워졌다. 위에서 들어오는 일조량이 줄어드는 걸 보면 확실히 기둥을 타고 올라 밖으로 나갈 수 있을 것 같았는데, 초속 발사로 수백 번을 뛰어올라도 정점에 닿기까지 도약력이 부족했다. 벽을 타고 나선형으로 뛰어오르다 보니 체력 소모가 심했다. 이마에서 흐른 땀으로 눈이 따끔거렸다. 한쪽 눈을 찡그린 써리원이 주변의 삼각기둥 속 사람들을, 그리고 미진을 번갈아 보았다.

이곳에서 타임 슬립은 무용지물에 가까웠다. 미진과 연락이 끊겼던 시점을 생각해보면 적어도 2년은 이곳에 갇혀 있었겠지만 외관상의 변화가 크게 두드러지지 않았고, 특히 하루하루 자라나는 게 남다른 아이들의 변화가 크지 않았다. 이 기둥들은 아마도 시간이 흐르지 않고 안의 내용물이 그대로 보존되는 특성을 가지고 있는 듯했다. 이제 겨우 반나절이 지난 것 같은데 이렇게 답답하다니. 2년, 혹은 그보다 더 오랜 시간을 갇혀 있었을 미진은 그럼…….

써리원은 벽에 기대어 만약 이곳을 무사히 나가게 된다면 어떻게 해야 할지 잠시 생각했다. 미진이 스스로를 가둔 외로움의 새장을 부술 수 있을 것 같지 않았다. 어쩌면 문을 열어도 미진이 나올 수 없을 만큼 미진을 옥죄는 새장이 있을지도 몰랐고 스무 살까지의 지난 시간이 그랬듯이, 아무것도 하지 못할지 몰랐다. 체력이 떨어지니 비관적인 상상이 그 틈새를 파고들었다.

그 무렵 써리원은 손끝이 간지러워지는 것을 느꼈다. 손끝, 발끝과 같은 몸의 말단부가 간지러웠고 환부가 따가웠고, 열이 오르는 듯했다. 바지에 손끝을 문지르던 써리원의 몸 안에서 무언가 끓어오르는 것처럼 부글거렸다. 써리원은 자신의 몸이 마치 커다란 주전자가 된 듯했다. 금방이라도 속에서 무언가 넘쳐 쏟아질 것만 같았다. 부들거리는 몸을 웅크리고 양손으로 어깨를 감싼 써리원의 몸 주변으로, 열풍이 터져 나왔다. 뜨거운 바람이 삼각기둥 안을 가득 채워 안쪽에 부옇게 수증기가 맺혔다.

써리원이 힘겹게 고개를 들었다. 가만히 있어도 숨을 헉헉거리게 됐다. 조금 전의 헐떡임과는 달랐다. 완전히 반대였다. 감당하기 힘들 정도의 발사 에너지가 전신의 신경을 타고 돌았다. 신체가 어서 이 힘을 밖으로 분출하라고 아우성치고 있었다. 써리원은, 이 힘이 어디서 왔는지는 알 수 없었지만, 지금이 아니면 미진을 구할 기회가 오지 않는다는 것만은 직감했다.

써리원은 더 이상 위가 아닌 미진의 기둥을 바라보았고 주머니를 뒤졌다. 반듯하게 접힌 손수건이 잡혔다. 찬바람을 맞으면 금세 목이 나가는 미진에게, 만나게 된다면 스카프 대용으로 주려고 넣어둔 것이었다. 써리원은 손수건을 길게 접어 손에 단단히 감았다.

* * *

불이 다 꺼진 병실에서 적합성 기계가 밤새도록 돌아갔다. 팔짱을 낀 고도는 깊이 잠든 마지막 탁란 대상자를 내려다보았다. 물이 거의 찬 삼각기둥의 아이콘이 푸른빛을 냈고, '89%'라는 숫자가 깜박였다.

"얼마나 남았어?"

"이 정도 속도라면 두 시간 후면 끝납니다. 고도 님, 이 아이까지만 하고 프리즘은 처분하실 거죠? 이제 도희 님께서도 교회에 보관하기가 어렵다고 하시네요."

닥터 스머지가 차트를 넘기며 묻자 고도가 작게 코웃음을 쳤다.

"지가 뭔데 어렵다 말다야. 됐어. 적당히 마치고 의뢰인 애들 렉터 마취제 향에 절여서 차에 싣고, 나머지는 포그 시켜서 다 태워버려. 동틀 때쯤엔 작업 마쳐야 돼."

"예, 고도 님. 교회만 태우면 될까요?"

고도가 무슨 소리를 하느냐는 얼굴로 닥터 스머지를 돌아보았다. 아주 쉬운 문제의 답을 틀렸다는 듯, 조금은 황당한 표정이었다.

"아니? 병원을 태워야지. 프리즘은 차에 실어서 가지고 갈 거야. 인질은 오래 둘수록 귀해지거든. 와인처럼."

"하지만 고도 님, 운반은 조심히 하셔야 합니다. 프리즘이 그리 단단한 물건은 아니라서요. 버리는 몸이 바깥에 나와 돌아다니게 되면 바꿨던 자아가 원래 몸으로 돌아갈 수도 있고요."

"그래서 나보고 조심하라는 거니?"

닥터 스머지가 황송한 표정으로 고개를 휘휘 저으며 말했다. "아뇨, 당연히 아닙죠. 제가 애들한테 잘 일러두겠습니다."

닥터 스머지가 사라지자, 고도는 낮에 보았던 조영의 얼굴을 떠올렸다. 자기와 일했던 20대 초반부터 지금까지 늘 한결같이, 세상의 힘들고 귀찮은 일은 다 자기 혼자 하고 있는 듯한 피로에 찌든 얼굴을. 맥이 풀리면 담백하게 죄송하다고 끝마쳐버리던, 고도가 진작부터 승낙할 생각이 없었던 프레젠테이션도. 다 같이 히어로의 상품화를 추진하는 입장에 혼자만 의문을 품고 있는 듯한 오만한 신입의 눈빛. 누구한테 더 잘 보일 필요를 못 느끼는, 그 꽉 막힌 답답한 눈빛. 그것을 진작 세령도의 지저분한 바다에 처박아놓고 왔어야 한다고 생각했다.

***

축지법을 연달아 사용한 로이가 1.5리터 생수병 하나를 숨도 쉬지 않고 비웠다. 입가를 닦으며 한 손으로 페트병을 와그작 구기자 수풀 사이를 뛰놀던 방아깨비가 펄쩍 뛰어 달아났다.

"와, 진짜 폐 터질 것 같다. 이런 짓 하고 싶지 않아서 히어로 안 한 건데."

"이놈아, 요새 젊은이들은 이게 문제야. 생판 남 도와주는 일은 안 하려 들고 그나마 히어로 하겠다는 놈들은 서울로 빽빽하게 몰려서 그 안에서 박 터지고. 이런 시골에 사건 생기면 올 히어로도 없고 말이야. 엉?"

"그러는 실장님은, 왜 다들 자발적으로 히어로 하는 세대 때 혼자 안 하셨는데요? 능력도 두 개나 있으시잖아요. 아나콘다 독도 3초면 해독하신다면서요?"

"나는 말이야. 그때 애들치고 굉장히 깨어 있는 편이었지, 후훗."

도착 시간이 조영의 생각보다 아슬아슬했다. 하늘의 색이 점차 옅어지는 걸 보니 머지않아 동이 틀 모양이었다.

"우리, 시간이 별로 없어요. 다들 장비랑 방독면 잘 챙겼죠? 건물 안에 들어갔는데 이상한 낌새가 보이면 바로 착용해요. 진심이는 하민이 구출 완료하면 창문에 표시해주고. 언니가 바로 볼 테니까."

진심이 결의에 찬 눈빛으로 고개를 끄덕였다. 조영이 방독면을 목에 걸고 조임 끈을 당겼다.

"자, 위치로. 잘해봅시다."

신호가 떨어지자 송화와 성 실장, 진심은 병원의 샛길로 파고들었다. 장비를 써서 쪽문의 쇠사슬을 풀었지만, 대피가 필요한 경우에는 병실 문을 하나하나 열 수 없어 마스터 카드 키를 훔쳐야 할 것 같았다. 진심은 쥐새끼 한 마리 돌아다니지 않는 듯한 병원의 고요함이 서늘하게 느껴졌다.

카운터 쪽을 둘러보던 송화가 혀를 찼다. "야, 이거 아주 작정을 했구먼. 아무리 내일부터 추석이라지만 병원에 당직이 하나도 없어. 불법 마약 단속은 고사하고 화재를 막는 게 더 시급해요. 다들 방독면 쓸 준비 합시다."

"설마설마했더니 이놈들이 진짜 병원을 태워? 상도덕이 없네, 나처럼 양심만 없을 것이지."

무심코 벽을 만진 진심의 손에 번들거리는 액체가 묻어 있었다. 진심이 코를 가까이 댔다가 인상을 썼다.

"언니, 기름이에요. 그런데 왜 환자들이 이렇게 조용할까요? 오래 입원한 환자들이면, 간호사들이 혈압 체크하는 시간 정도는 알 텐데."

송화가 장갑에 자석이 달린 끈끈이를 붙이더니 병실 문 앞의 차단용 시트를 죽 하고 떼어냈다. 예외 없이 모든 환자가 깊게 잠들어 있었다.

"공기 중에 퍼진 게 아닌 걸 보니까 렉터의 향은 아닌 것 같고, 환자들 먹는 약에 수면제를 탄 것 같다. 그러면 큰 소리를 내서 깨우면 돼. 문제는 카드 키랑 4층인데……."

한참 데스크 서랍을 따서 카드 키를 꺼내온 성 실장이 라벨을 확인하다 탄식했다.

"내 이럴 줄 알았어. 1층부터 3층까지는 있는데 4층이 없잖냐. 우열은 의뢰인 애들이라고 했으니까 미리 따로 빼놓거나 했을 거야. 문제는 좌열이지."

"한별 간호사! 그 사람이 담당자예요. 사물함을 뒤져보면 어때요?"

진심이 간호사 탈의실을 가리키자, 성 실장이 기특해 죽겠다며 진심의 볼을 손바닥으로 눌러 댔다.

"애기가 벌써 뒤짐의 미학을 알다니, 너 맘에 든다. 크면 내 팀 올래?"

"실장님, 그건 너무 잔인한 소리 같고요. 사물함 따시죠."
"너, 나를 아주 캔 따개 취급 하는구나?"

한별의 사물함 속 파우치에서 4층 카드 키가 나왔다. 진심이 "아자!" 하고 주먹을 쥐었다. 쾌재는 찰나였고, 금세 마음이 무거워졌다.

고도가 좌열의 아이들을 모두 데려갔다면 필릭스도 데려갔겠지. 인질을 먼저 구해야 하지만, 그러면 필릭스, 그 뺀질이는.

"자, 자, 이거 하나씩 받고 어서들 문 열고 다니자고. 우리가 모든 사람을 들쳐업고 나오긴 무리야. 어지럽더라도 본인들이 걸어 나오게 해야 해."

"제가 하민이부터 데리고 나올게요. 실장님이 3, 4층, 진심이가 1, 2층 문 열어주고 다 열린 거 확인되면 화재경보기랑 재난문자 돌리시죠. 하, 나 이거 진짜 경찰에 잡혀가는 거 아닌가 몰라."

송화와 성 실장이 하민이 있는 417호의 잠금을 해제했다. 송화가 곤히 잠든 하민을 안아들고 나오자, 성 실장이 4층 좌열의 잠금을 전부 해제하며 창밖을 수시로 확인했다. 무사히 건물 밖으로 나온 송화가 보였다.

성 실장이 무전에 대고 소곤거렸다. "하민 구출 확인. 진심, 창문에 표시 부탁해."

성 실장의 무전을 수신한 진심이 교회 쪽 창문에 대고 손으로 크게 원을 그렸다. 야광 물감이 조영에게 잘 보이지 않을까 봐 까치발을 들어가며 여러 번 덧칠까지 했다.

송화는 아이를 안고 건물을 빠져나가며 조금 이기적이지만, 아이가 아직 덩치가 크지 않아서 다행이라고 생각했다. 4층을 내려오는 데만 해도 숨이 턱 끝까지 찼다.
이놈의 저질 체력. 내년에는 진짜 운동을 해야지.
그때였다. 인터폰에서, 그리고 병원 건물에서 진심의 비명 소리가 울렸다. 송화가 재빨리 고개를 돌리자 병원 1층에서 진심이 도망치는 것이 보였고, 그 뒤를 따라 거구의 누군가가 진심을 쫓고 있었다.
"이 생쥐 같은 계집애, 거기 서!"
"싫어, 싫어!"
진심이 죽을힘을 다해 계단을 오르며 화재경보기를 눌렀다. 봉화 같은 머리통에서 연기와 불을 뿜는 고도의 수하, 포그 때문에 이미 사방에 연기가 자욱했다. 물감을 묻힐 때 등 뒤에서 자신을 서슬 퍼렇게 바라보던, 창문에 비친 포그의 부리부리한 눈을 본 순간 진심은 그 자리에 주저앉을 뻔했다. 포그는 하필 항구에서 진심이 도망치는 바람에 고수에게 한바탕 깨진 적이 있었고, 여전히 진심에게 앙심을 품고 있는 듯했다. 진심의 등 뒤에서 미트볼만 한 불꽃들이 날아와 진심의 옷과 머리카락을 태웠다. 4층에서는 성 실장이 한창 환자들을 내보내며 진심을 찾아 두리번거렸다. 포그의 모습에 놀라 비명을 지르는 환자들과 수면제에 취해 비틀대는 환자들로 복도가 점점 혼잡해졌다. 사람들의 발소리가 산사태처럼 병원 전체를 울렸다.

"일어나세요! 다들 빨리 나가요! 화재입니다, 화재!"

[긴급재난문자]
[소방재난본부청] 대형화재 발생
영두산 인근 하늬요양병원(헌사리 461-3) 화재 발생, 인근 주민은 피해 없도록 대피 바랍니다.]

병원 내 거의 모든 주민들의 휴대폰에서 재난문자 알림이 울렸다. 더 많은 환자들이 복도로, 로비로 쏟아져 나오기 시작했다. 낭패를 본 듯한 포그가 괴성을 지르더니 진심이 도망친 코너를 향해 거대한 화염을 내뿜었다.

진심은 등이 타들어가는 뜨거움을 느끼며 이 길이 막다른 길이라면 정말 죽은 목숨이라고 생각했지만, 다행히 예상과 달랐다.

"진심아! 발이 왜 이렇게 빠르니! 너 따라가다 놓칠 뻔했다, 내 나이가 벌써 쉰이란다!"

포그가 급정거하더니 성 실장을 향해 콧김을 내뿜었다. 진심은 성 실장의 뒤에서 허리춤을 붙들고서 덜덜 떨었다.

"언니, 저 자식 진짜 끈질기단 말이에요. 한번 물면 주변이 다 타든 상관 명령 불복종이든 신경 안 쓰고 눈앞에 보이는 것만 잡아요."

"언니? 진심이 너, 방금 나보고 언니랬니? 내 나이가 벌써 쉰인데?"

"언니, 조심하세요!"

포그가 날린 불덩이에 자료실 문이 활활 타올랐다. 성 실장이 쯧 하고 혀를 차고는 불티가 튄 눈썹을 쓸었다. 경찰에 넘기면 또 증거불충분이라고 풀어주겠구먼.

"그렇다면 역시 현행범으로 넘기는 수밖에!"

성 실장이 주변을 둘러보더니, 게시판에 벨크로로 붙은 아크릴판을 떼어냈다. 포그가 불덩이를 날리는 반대 방향으로 그를 유인하다가, 그가 벽에 붙었을 때 의자를 박차고 뛰어올랐다.

성 실장의 아크릴판이 포그의 콧등 위를 벽 쪽으로 쭉 밀어 긁었다. 철판 아이스크림처럼 콧등 위부터 정수리까지 벽에 납작하게 눌려 붙어버린 포그가 당황한 비명을 내질렀다. 성 실장의 두 번째 이능력, 납땜 끈끈이주걱이었다. 성 실장도 사춘기 소녀 시절에는 이름이 이게 뭐냐며 사흘 밤낮 식음을 전폐하기도 했지만 이제는 누구나 징그러워하는 샤이닝컴퍼니의 너구리 대감이었으니 쪽팔린 네이밍쯤이야. 시간이 지나면 어떤 문제들은 정말 아무것도 아닌 게 되기도 한다는 걸 알게 된다. 그러니까 지금 삐거덕대는 관절의 아우성쯤은 잠시 무시하고 스무 살처럼 뛰어다녀도 된다는 소리다. 아이스하키 선수로 활동하던 성 실장은 부상 이후로 사무직을 선택하며 평생 몸을 움직이는 현장에 나갈 일은 없을 거라고 생각했다. 그런데 쉰이라는 나이에 이렇게 날뛸 기회도 오고, 언니 소리도 들으니 좋지 아니한가?

눈이 보이지 않는 포그가 손을 더듬어 다시 한번 대형 화염을 날렸다. 성 실장은 아직 조준이 엉망인 화염쯤은 가뿐히 뛰어넘을 수 있었다. 샤이닝컴퍼니가 아무리 털기 춤을 춰도 받아먹을 거 다 받아먹는 끈덕진 중년의 모습을 보여주마. 씩 웃은 성 실장이 포그의 팔을 향해 아크릴을 휘둘렀다.

"야, 필릭스! 너, 왜 거기 있어!"

진심이 황당한 눈으로 건물 외벽에 붙은 에어컨 실외기를 올려다보았다.

필릭스는 실외기가 있는 얇은 난간에 매달려 눈물 콧물 범벅이 된 채로 뭐라고 쉴 새 없이 말했는데 불행히도 모두 영어였다.

매캐한 연기에 눈을 뜨기 힘든 진심이 찡그린 얼굴로 필릭스를 향해 삿대질했다.

"아니, 저긴 어떻게 올라간 거야. 내려온 건가? 스파이더맨이 꿈이냐? 왜 자꾸 벽을 타. 뭐? 빽? 너 방금 욕했지!"

"어제 약에 못 보던 게 하나 더 있길래 수상해서 베개 밑에 숨기고 먹은 척했대. 갑자기 밤에 간호사고 의사고 다 병원을 나가길래 자세히 보려고 뒤창으로 나갔는데 닥터 스머지가 필릭스 없어졌다고 난리가 났다네. 그래서 더 무서워서 못 돌아가고 난간 틈새에서 숨어 있다가 잠들었는데, 일어나니까 불바다래. 뻐킹, 왜 일찍 안 구하러 왔냐는데."

하민을 안아든 송화가 필릭스의 횡설수설을 해석하자 진심이 한쪽 윗입술을 까뒤집으며 어처구니없는 소리를 냈다.

"허, 참나. 쟤는 뭔데, 저렇게 사고란 사고는 지가 다 쳐놓고 당당하지?"

송화는 필릭스의 외침을 듣다가 자기도 모르게 헛웃음을 터뜨렸다.

"자기네 집 엄청 부자라는데? 자기 엄마 성격 테러블이긴 한데 돈은 엄청 많이 줄 거래. 소녀, 억만장자가 되고 싶은 거 다 알고 있대."

"웃기고 있네. 손가락으로 톡 밀면 바로 팔다리 다 부러질 것처럼 연약한 놈이."

간절한 부름에도 원하는 반응이 돌아오지 않자, 필릭스가 드디어 한국말로 소리쳤다.

"네가 당연히 구하러 올 줄 알았단 말이야!"

송화가 뜨악, 하고 진심을 바라봤다. 도대체 무슨 연락을 주고받았느냐는 눈짓이었다. 진심은 당최 모르겠다는 듯 고개를 젓고 한숨을 쉬었다.

"원래 애들은 저렇게 금방 마음을 줘요?"

"내 말이, 진심아. 쟤가 유독 널 좋아하나 보다."

보다 못한 진심이 가방에서 휴대용 에어백을 꺼냈다. 식빵 두 개만큼 두껍게 접혀 있던 것을 펴고, 펴고, 또 펴자 초등학생 아이 하나가 떨어져도 안전할 크기가 되었다. 진심이 순간 팽창 펌프로 공기를 불어넣었다. 화단의 나무에 짓눌린 부분을 빼고는 에어백이 빵빵하게 부풀어 올랐다.

"야, 뛰어내려!"

"왜 뛰어, 어떻게 내려! Oh, my gosh…… I'm dying."

"내가 계속 말했지. 거기서 뛰어내리면 유 다이라고. 다 네 자업자득이야. 아이 씨, 이렇게 어려운 말 못 알아듣나?"

"괜찮아, 필릭스! 누나들 믿고 뛰어내려!"

송화가 위쪽을 향해 소리치자 코를 한 번 크게 훌쩍인 필릭스가 심호흡을 했다. 필릭스의 가슴팍이 부풀었다 줄어드는 게 진심의 눈에 들어왔다.

"몸을 너무 웅크리면 다쳐, 활짝 펴고 뛰어내려!"

필릭스가 무슨 끔찍한 소리를 들은 듯이 울상을 지었다. 하지만 다른 방법이 없음을 스스로도 알았기에 떨리는 두 팔을 새처럼 활짝 폈다. 필릭스는 그래도 떨어지는 순간이 좀 멋지지 않을까 기대했는데 끄아악, 소리와 함께 수직으로 뚝 떨어지는 모양 빠지는 낙하였다. 진심이 얼굴부터 떨어져 에어백 위에서 꿈지럭대는 필릭스에게 다가갔다.

"그러니까 진작에 내 말을 귀담아들을 것이지. 그래도 어른들 말, 무조건 안 믿은 거 잘했어."

그러나 필릭스의 얼굴을 본 순간 진심은 경악했다. 얼굴에서 코가 떨어져 나와 화단 위를 뒹굴고 있었다. 민머리에 코까지 없는 모습을 보니 유명한 마법학교 소설의 악당을 머릿속에서 지울 수가 없었다.

야, 너 괜찮아? 진심이 놀란 것과 별개로 필릭스는 허우적대며 화단을 뒤지더니, 떨어져 나온 코에서 먼지를 닦고 자신의 얼굴에 눌러 붙였다. 절개선이라고 해야 할지. 코가 떨어진 자국이 느리지만 섬세하게 아물었고, 조금 뒤에는 그저 코가 좀 부은 사람처럼 보였다. 송화가 호오, 하고 흥미로운 얼굴로 필릭스를 쳐다봤다.

"너…… 너 괜찮냐니까?"

필릭스가 선선히 고개를 끄덕였다. "응. 우리 가족 lizard라고 했잖아. 원래 잘 붙고 잘 떨어져."

진심은 이제야 겁쟁이 필릭스의 말도 안 되는 낙하 본능의 진실을 깨달았다. 말도 안 돼. 할 만하니까 하는 거였다니. 진심은 괘씸한 마음에 필릭스에게 꿀밤을 먹였다.

필릭스가 "왜 때려!" 하고 새된 고함을 질렀다.

***

교회 쪽은 이미 아수라장이었다.

프리즘을 함에 옮겨 담을 때마다 앤비에게 빼앗기던 렉터가 그르렁거리며 짐승에 가까운 소리를 냈다. 뺏길 때마다 앤비의 손에 들린 뻥튀기를 한 장씩 쥐게 되는 게 여간 약 오르는 일이 아니었다. 로이가 일찍이 닥터 스머지를 때려눕히고 남성인 고수의 몸으로 옮겨간 고도를 상대하고 있었지만, 혼자 힘으로는 역부족이었다. 설상가상으로 뒷마당에서 트럭 시동 소리가 들렸다. 원래의 몸으로 돌아간 도희가 탁란 의뢰인의 아이들을 이동시키려 하고 있었다.

"하은 씨! 창문 열어요!"

앤비가 소리치자 하은이 재빨리 달려가 커튼을 걷었다. 열 수 있는 창문이 아니라 낭패인가, 싶던 그 순간, 하은이 원목

의자를 거꾸로 집어 들고는 창문을 깨부쉈다. 유리 조각이 하은의 머리 위로 비처럼 떨어졌다.

앤비가 트럭을 향해 이능력을 가동시켰다. 묵직한 소리와 함께 도희는 차 밖으로 튕겨져 나갔고, 사이드 브레이크가 걸리지 않은 트럭이 교회의 장의자를 밀고 들어왔다.

쳇. 무능하기는. 고수는 마당에서 쓰러져 있는 도희를 한심하게 바라보고는 로이를 향해 양손으로 검을 휘둘렀다. 손잡이에 고리가 달려 있고 칼날에서는 독이 배어 나오는 닥터 스머지의 발명품이었다. 이미 여러 번 칼날에 베인 로이가 밭은 숨을 내쉬었다. 점차 눈앞이 흐릿해지고 두 명, 네 명으로 분열한 고수가 자신을 향해 낄낄대는 것이 보였다.

"몸이 나쁘면 도구를 쓰고 머리를 써야지. 짐승이야?"

"몸이, 좋으니까. 머리를, 안 쓰는 거다. 새대가리 새끼야."

한쪽 무릎을 굽히고 잠시 멀리 물러났던 로이가 윽, 하고 자리에 주저앉았다. 종아리에 닥터 스머지의 주삿바늘이 꽂혀 있었다.

"로이 씨, 어떡해!"

하은이 피가 흐르는 얼굴을 닦지도 않고 소리쳤다.

조영은 한쪽에 쌓여 있던 폐기물 의자 더미 뒤에 숨어 어금니를 악물었다. 고수는 이들과 처음 맞닥뜨리자마자 조영을 찾았지만 앤비는 시치미를 뚝 떼고 병원에 있다고 선수를 쳤다. 조영이 팀을 이렇게 꾸린 것은 앤비도, 로이도 성 실장과 송화에 비해 차분한 성격이고 도발에 잘 넘어가지 않기 때문이었다.

조영은 좀 전부터 렉터가 지키고 있는 프리즘 함만을 노리고 있었다. 앤비가 렉터에게서 하나씩 빼앗고는 있었지만 로이가 쓰러진 이상 프리즘을 전부 수거할 시간도 없었고, 그 중에서 어떤 게 쎄리원의 프리즘인지 알아볼 수도 없었다. 다만 한 가지 희망이 있다면 앤비가 빼앗아 깨버린 프리즘에서 점액질 형태의 작은 사람들이 생겨나더니, 그 크기가 점점 커진다는 것이다. 하운이 사람들을 데리고 있는 동안, 그리고 앤비가 버텨주는 동안 어떻게든 프리즘을 한번에 폭파시켜야 했다. 조영이 손에 들린 부착형 폭발물의 레버를 살짝 돌려보았다.

목표물과의 거리는 3미터 이상. 나야말로 도주, 육탄전 같은 건 자신 없다고…….

로이는 자신의 몸에 마약이 주입되었음을 알자마자 주사를 뽑아냈지만, 대미지가 여러 겹으로 쌓인 몸이 바닥으로 꺼지는 것만은 막을 수 없었다. 떨리는 손을 들어 주삿바늘을 보니 아직 내용물이 반 이상 남아 있었다. 젖 먹던 힘을 짜내 렉터의 발치로 다가간 로이가 렉터의 발뒤꿈치에 주삿바늘을 찔러 넣었다. 괴성을 내지른 렉터가 로이의 목을 양손으로 잡아 천장으로 들어 올리고는 짙은 농도의 마취제 향을 내 뿜었다.

흐려져가는 의식 속에서 로이가 중얼거렸다. "이래서 히어로 하기 싫었다니까……."

주위를 살피던 조영에게 고물 자전거 한 대가 눈에 들어왔다. 빨갛게 녹이 슨 몸체와 손잡이가 연식을 보여주는, 이처럼 긴박한 상황에서 사용하기엔 무리가 있는 물건이었다. 굴러가기나 하려나? 하지만 몸을 투명하게 만들 수도, 빨리 달릴 수도, 하늘을 날 수도 없는 조영으로서는 불가피한 선택이었다.

조영은 조심스레 옆으로 기어가 자전거의 고정 지지대를 풀었다. 바닥에 바퀴를 좀 밀어보니 잘하면 갈 수 있을 것 같았다. 조영은 프로듀서들이 흔히 앓는 이 '될 것 같은데' 병이 자신을 끝끝내 죽이고 말 거라고 생각했다.

고수가 앤비를 단상 끝까지 밀어붙였다. 앤비가 고수의 칼을 뺏으려 했지만, 그럴 때마다 고수가 고리를 돌려 공중으로 칼을 날리는 바람에 번번이 실패했다. 몇 차례의 공격이 실패로 돌아가자 꼼짝없이 막다른 곳으로 몰렸다. 고수가 앤비의 아랫배에 칼을 찔러 넣었다. 앤비는 절로 입에서 비명이 나올 것 같았지만, 손으로 입을 막아 비명을 삼키며 단상 아래로 주저앉았다. 불과 몇 달 전까지 시민들의 지지를 받으며 히어로로 일했다. 히어로는 과장된 반응으로 겁에 질린 시민들을 동요시켜서는 안 된다. 소란을 일으켜 위급 현장에 혼란을 주어서도 안 된다. 쓰러져도 다른 히어로에게 역할을 넘기기 전까지, 자신의 역할을 충분히 완수해야 한다. 수없이 명심했던 행동 강령이 의식도 없이 몸에서 배어나왔다.

앤비는 허리가 끊어지는 고통을 느끼면서도 고수의 한쪽 손에 들린 칼을 뺏어 멀리 던졌다. 칼이 있었던 고수의 오른손에 앤비의 팔찌가 걸려 있었다. 코웃음을 친 고수가 나머지 한쪽 손의 칼을 머리 위로 들어올렸다.

쨍그랑!

프리즘 더미 사이에서 초속도로, 붉고 까만 형체가 발사되듯 튀어나왔다.

써리원이었다.

수없이 프리즘을 들이받은 몸은 엉망이었지만 눈빛만은 형형하게 살아 있었다. 렉터가 위를 향해 마취제 향을 내뿜었지만 어느 때보다 섬광처럼 움직이는 써리원을 따라잡을 수 없었다. 천장에서 내려온 써리원이 발로 고수의 칼을 차서 날려 보냈다. 빨간 하이톱 스니커즈를 신은 발이었다.

고수가 빽 소리를 질렀다. "씨, 감옥이 약해 빠졌잖아! 어떻게 된 거야!"

장의자에 널브러져 비실거리던 닥터 스머지가 억울한 눈길을 보냈다. 그는 마치 이렇게 말하는 듯했다. 성능이 좀 약해도 예쁜 걸로 골라오라면서요. 고수가 방심하는 사이 써리원이 그의 턱에 주먹을 연거푸 갈겼다. 프리즘도 빼앗기고 이능력도 쓸모가 없어진 고수는 허수아비 상태였다. 고수가 진득한 핏물을 입에서 줄줄 흘리며 단상 위에서 꿈틀대는 동안 써리원이 프리즘 함 쪽을 바라봤다.

조영이 고물 자전거를 타고 프리즘을 향해 질주하고 있었다. 고철이 삐걱대는 소리가 교회를 썰렁하게 울렸다. 조영이 렉터를 삿대질하며 써리원에게 입 모양으로 소리쳤다. 빨리 안 치고 뭐 해! 내가 바보짓 하는 사이에 치라고!

써리원은 주먹질을 해대는 렉터를 피해 뛰어다니다가, 조영이 자전거를 타는 와중에 던진 방독면을 받아서 썼다. 렉터는 기둥 위쪽을 신출귀몰하게 날아다니는 써리원이 마치 날벌레처럼 거슬렸다. 이리저리 고개를 돌리고 있는데, 한쪽 귀에서 이명이 들렸다. 눈동자를 돌려서 보니 써리원의 주먹이 관자놀이에 꽂혀 있었다. 렉터가 바닥으로 쓰러지자 교회 전체가 울렁이는 듯했다.

지금이다!

프리즘 함 앞에 도착한 조영이 힘껏 팔을 뻗어 폭발물을 붙였다. 자성 능력자의 이능력을 활용해 만들어진, 어디에나 붙는 만능 양면 자석이 함에 완벽히 달라붙었다.

조영이 레버를 '즉시 폭발'로 돌리려고 붙잡았을 때, 누군가 뒤에서 옷깃을 잡아당기고 입을 덮쳤다. 강제로 벌려진 입안으로 한 움큼의 블랙베리가 쏟아져 들어왔다. 시큼한 블랙베리가 입안에 가득 차서 조영은 몇 개를 씹지도 않고 삼켜야 했다.

"우, 움직이지 마."

그의 얼굴을 본 조영이 눈을 크게 치떴다. 믿을 수 없는 눈. 믿고 싶지 않은 얼굴들. 의식이 없는 로이를 제외하고 그 자리에 있는 써리원도, 앤비도, 하은도 같은 표정이었다. 프리즘 속에서 나온 사람들을 데리고 있던 하은의 표정이 가장 실망스럽게 일그러졌다.

"하지 마…… 고도를, 고수를 놔줘. 제발. 그렇지 않으면."

경태가 조영의 목을 잡자 스멀스멀 길어진 손가락이 가는 목을 완전히 감쌌다.

"이 안에서 자라게 할 거야."

상상만으로 끔찍했다. 조영의 몸속에서 블랙베리의 가시덩굴이 피어난다면, 경태가 일전에 보여주었던 생장 속도로 자라난다면 순식간에 온몸이 찢어지고 말 것이다. 써리원이 가까이 다가가자 경태의 손가락이 밧줄처럼 늘어나 조영의 몸을 휘감았다.

"오지 마!"

교회 문이 열리고, 뒤늦게 성 실장과 송화, 진심과 필릭스가 초토화된 광경을 바라보았다. 송화의 품에 안겨 있던 하민이 부스스 눈을 뜨자 경태가 눈물을 흘렸다.

"오지 마. 제발, 제발. 나, 하민이 살리고 싶어. 조영 씨도 죽이고 싶지 않아……."

"그래. 나를 보내면 그쪽 아들, 정상인으로 만들 수 있어." 힘겹게 몸을 일으킨 고수가 피 칠갑이 된 옷을 정돈하며 물었다. "어떻게 할래?"

경태는 지적장애가 있는 하민이 다른 아이들과 어울리지 못하고, 다른 아이들처럼 자라지 못하는 것이 마음 아팠다. 아무리 할 수 있는 모든 치료와 좋다는 약을 먹여도 자신이 직접 아들의 장애를 경험할 수는 없었기에, 그저 하민이 앞으로 걸을 길이 한없이 불행해질까 봐 매일 불안했다.

그런 경태에게 고도라는 여자가 다가왔다. 자신은 선천적으로 몸이 불편하거나 정신이 아픈 아이들을 치료하는 일을 하고 있다며, 자신의 경호와 운전을 담당해주면 하민을 건강하게 치료해주겠다고 했다. 고도에 대해 알아보니 하민이 입원한 하늬요양병원을 후원하고 서울에서도 저명한 교양인으로 이름난, 훌륭한 사람 같았다. 경태는 고도가 서울 사람이라 산길을 힘들어한다고 생각해서 정성스레 운전을 했고 유명한 사람이라 경호가 필요한가 보다, 했다.

치료에 필요하다는 프리즘이란 도구를 뭔지도 모르고 창고에 보관하며 항상 정성으로 닦아 빛을 냈다. 아직도 무엇이 잘못되었는지는 알 수 없었으나 잠이 덜 깬 하민의 얼굴을 보니 가슴이 미어졌고, 배신감에 실망한 하은을 보니 가슴이 찢어졌다. 자신이 조영을 겁박하고 있음에도 경태는 자신의 몸속에서 가시덩굴이 자라는 것 같았다. 눈물이 줄줄 흘러 뺨을 적셨다. 나쁜 짓을 하고 있었다는 걸 알게 된 순간 이 눈물을 하은이 다시는 닦아주지 않을까 봐 두려웠다.

하지만 여기서 그만두면 하민이는, 의사가 퉁명스럽게 원래 나이대에 맞게 살지 못하는 건 당연한 게 아니냐고, 이렇게 적은 돈으로는 서울의 병실을 내줄 수 없다고 해서 받아주는 곳이 여기밖에 없었던 하민이는.

써리원이 주춤거리며 경태를 향해 만류하듯 손을 뻗었다.

"경태 형……."

"야, 박경태!"

하은이 박살 난 장의자 사이로 성큼성큼 걸어왔다. 경태더러 보라는 듯 한쪽 팔소매를 걷어 올리고, 손에 든 유리 조각으로 팔에 새겨진 경태의 얼굴을 마구 그었다. 경태의 얼굴과 허브와 블랙베리가 피로 물들었다. 너덜너덜해진 하은의 팔에서부터 핏물이 흘러 순식간에 바닥에 빨간 웅덩이가 고였다.

"하은아!"

경태의 몸에서 열기가 빠져나왔다. 조영의 몸을 감싼 손가락들이 고무줄처럼 튕겨나가더니 겨우 목도 다 쥐지 못할 정도로 짧아졌다. 경태는 멍하니 서서 하은을 바라봤다.

"넌 날 있는 그대로 사랑했으면서 왜 하민이는 있는 그대로 사랑하지 못해? 그 정도밖에 안 되는 애였어? 아직 우리가 하민이랑 뭘 해봤다고, 오히려 못 해본 것투성이인데 왜 지레 겁부터 먹는 거야?"

하은은 눈물 한 방울 흘리지 않았지만 마음속에는 누구보다 폭우가 쏟아지고 있었다. 어렸을 적에 백혈병으로 병원을 다니는 자신을 매일 찾아오며 좋은 것, 맛있는 것만 갖다주던 경태를 피했던 때가 있었다. 언제 완치될지도 모르는, 죽을지도 모르는 병을 안고 누군가의 사랑을 받는다는 게 부담스러웠다. 바보 같을 정도로 자신만을 바라보는 경태에게 아무것도 돌려주지 못할까 봐 무서워서 경태의 얼굴을 보고 말 한마디 하지 않은 적도 있었다. 하지만 경태는 그런 것쯤은 문제되지 않는다고 말했다.

"사랑하는 사람이 생겼으니 겁이 많아졌다 이거야? 약한 소리 하지 마! 사랑하는 사람이 생기면 겁을 내는 게 아니라 용기를 내야 하는 거야. 원래 사랑은 힘든 거야! 나 아닌 다른 사람을 어떻게 나보다 더 사랑해? 그게 내가 낳은 아이라도 어떻게 태어나자마자 자연스럽게 되겠어? 그게 어떻게 매일같이 똑같은 수준으로 유지가 되겠어?"

자기가 하은을 좋아하기 때문에 하은의 얼굴을 보기 위해 서울에서 부산까지도 왕복할 수 있고, 정말 '하느님의 은혜'가 닿으면 하은이 나을까 해서 교회도 열심히 나가고 있다고. 그러니까 하은이 자신을 좋아해주기만 하면 된다고 했다. 하은은 경태가 우리 꼭 결혼하자, 같은 말을 하지 않아서 경태와 결혼하고 싶었다. 아무리 좋아해도 아픈 몸으로는 뭐라 말해줄 수가 없는 하은을 보채지 않았다. 그저 항상 곁에 있는 경태와 살고 싶어서, 하은은 매일 링거를 달고 묵직한 손으로 걷더라도 살고만 싶어졌다.

"사랑하기 시작했으니까 매일매일 더 사랑하려고 노력하는 거야. 그 믿음을 배신하지 않으려고, 그 사람을 아프게 하지 않으려고. 사랑하려면 안 나는 시간도, 없는 용기도 쥐어짜서 내야 하는 거라고!"

전부 다 경태가 알려준 것들이었는데. 하은은 다른 무엇보다도 경태가 이것을 망각하고 있었다는 게 슬펐다.

아무도 오지 않은 고등학교 졸업식 날, 경태와 둘이서 담벼락에 돌로 하얀 서약을 남겼었다. 저와 결혼하시겠습니까? 네. 저와 결혼하시겠습니까? 네!! 똑같은 말이 두 번씩 적힌 그 서약처럼 바래지 않을 거라고 기대하고 말았다.

하은은 원래 무엇이든 기대하지 않는 아이였는데 경태를 사랑하고 하민을 사랑하게 되어서 그 전으로 돌아갈 수 없을 것 같았다. 원래 피부가 보이지 않을 정도로 경태의 얼굴을 수백 번 펜으로 그렸던 팔이 그러했고 약지에 뚜렷한 자국을 남기고 있는 동네 금은방의 반지가 그러했다. 그러나 어쩌면 마구 난도질해버린 경태의 얼굴 그림과 상처도 그러할지 몰랐다.

경태가 조영의 몸을 놓았고, 서서히 바닥으로 주저앉았다. 송화는 하민의 얼굴을 자신의 등 뒤로 돌려 안았다. 조영이 프리즘 함에 부착된 레버를 돌리자 커다란 폭발음과 함께, 프리즘들이 눈부신 빛의 파편을 만들며 터져나갔다.

무지개가 쏟아지는 듯한 장관이었다. 흐물거리던 사람들이 점차 본모습을 되찾았고, 한동안 자신이 누구인지 모르다가 서서히 눈에 희미한 빛을 되찾았다. 조영은 그 모든 프리즘의 조각들이 고수가 사람들에게서 뺏어간 그들만의 빛처럼 느껴졌다.

다른 사람들이 고수를 포함한 빌런들을 묶는 동안 써리원은 사람들이 모여 있는 곳으로 다가갔다. 어린아이와 노인들 사이에 머리가 길게 자란 여자가 앉아 있으니 쉽게 눈에 띄었다.

써리원은 그녀를 어떻게 불러야 할지 고민하다가 조심스레, 바닥에 떨어진 손을 잡아 올렸다.

"미진 누나."

손이 잡혀도 써리원을 보지 않고 벽만 바라보던 미진이 몸을 흠칫 떨었다. 미진의 몸은 많이 쇠약해져 있어서 앉는 자세조차 힘들어 보였다. 써리원은 잡은 손을 놓고는 미진의 등 뒤에서 무릎을 꿇고 앉았다.

미진은 한참 구부정한 등으로 숨만 쉬고 있다가, 아주 오랜 시간이 지나고 사람들이 하나둘 구급차를 탈 쯤에야 뒤에 있는 써리원에게 몸을 기댔다. 힘을 싣지도 않고 그냥 툭, 하고 등만 살며시 기댔다. 하지만 써리원의 심장이 크게 울렁거렸다. 지금은 이것만으로도 충분했다.

***

부상이 심한 사람들을 구급차에 태워 보내고, 경찰이 올 때까지 교회를 지킨 조영과 송화, 성 실장과 진심은 비적마을 입구의 설렁탕집에서 늦은 저녁 식사를 했다. 송화가 한 사코 곱빼기를 시키라고 성화를 부려 조영의 식사에는 대야에 가까운 뚝배기가 나왔다. 숟가락으로 국을 휘젓자 아기 주먹만 한 도가니들이 끝도 없이 나왔다. 조영은 그중 반을 진심의 그릇에 덜어주었다.

"선배님, 진짜 밥 좀 많이 드세요. 일을 한 만큼 밥을 먹어야 할 거 아닙니까? 몸이 막 항의하겠어요. 주인님, 밥 좀 주세요. 배고파요, 밥 좀 주세요. 네?"

"그래. 영아, 너 아까 자전거 타고 갈 때 위태롭기가 그냥 동춘서커스인 줄 알았다. 아휴, 여기 설렁탕 맛있네. 국물이 아주, 이따가 뭐 넣고 끓였는지 물어볼까 보다."

"실장님은 그만 좀 드세요. 여름에 그렇게 설렁탕으로 저를 괴롭혀놓고 아직도 맛있어요?"

"야, 네가 뭘 몰라서 그래. 설렁탕은 언제 먹어도 맛있어."

성 실장이 초상집에서 먹어도 맛있는 게 설렁탕이야, 같은 말도 안 되는 헛소리를 해대는 동안 조영은 국물에 밥을 말아 호호 불어먹는 진심의 손을 유심히 보았다. 숟가락을 이상하게 들고 있는 걸 보아하니 손을 다친 것 같았다. 반대 손을 보니 주먹을 꽉 쥐고 있었다. 조영이 진심의 주먹을 펴보자 손바닥이 온통 긁히고 찢어져 생채기가 나 있었다.

"어쩌다가……"

조영이 묻자 진심은 머뭇거리더니 괜히 냅킨으로 손을 가렸다.

"요번에 고수 부하들이 많았잖아요. 공장에서 같이 일해서 제 얼굴을 다 알아요. 만약 이번에 일이 실패해서 잘못되면 저 때문일 것 같아서요. 원래 어린애들은 일하는 데 방해되잖아요. 있어도 방해되고 없어도 찾아야 해서 늘어지고…… 그래서 제가 따라오고 있으면 있다고, 어디로 가면 간다고 벽에다가 다 표시해놨어요. 언니는 보실 수 있잖아요."

뚝배기에 코를 박고 먹던 성 실장이 머쓱하게 숟가락을 놓았다. 송화가 깜짝 놀라 상을 탁, 내리쳤다.

"아니, 무슨 말이 그래? 그리고 중학생이면 다 컸지! 다 컸는데 보호는 받을 수 있는 완전 꿀 빠는 나이라고, 그때 하고 싶은 거 맘껏 해봐야지."

"애 앞에서 꿀 빤다가 뭐냐, 꿀 빤다가? 영아, 얘도 이제 꼰대 다 됐다. 이거 '나 때는 말이야' 다른 버전 아니냐? 나 이런 것도 알아."

"오 마이 갓. 제가 아무리 고루해져도 실장님만큼은 아닐 것 같습니다만."

송화가 정중하게 한 손을 세워 가슴 위에 얹고 묵례를 했다. 티격태격하는 두 사람을 그대로 놔두고 조영은 진심의 손에 손수건을 감아주었다.

배꽃 무늬가 그려진 손수건을 물끄러미 보던 진심이 물었다. "그런데 써리원 오빠는 어디 갔어요?"

"그러게 말이다. 삼식이 어디 갔냐? 개도 배고플 텐데. 그 타투인지 뭔지 지우면 갑자기 배고파서 밥을 다섯 그릇씩 먹는다며. 그래서 하은 씨 손이 그렇게 크다고 하대?"

"잠깐 집에 갔어요."

"하긴. 명절이기도 하고 집에는 가야지."

누구보다 명절에 집에 가지 않기 위해 이곳에 와 있는 성 실장이 도가니를 퍼먹었다.

"그리고 삼식이라고 좀 부르지 마세요. 써리원이라고 이름도 직접 지어주시고선 왜 그래요?"

"와, 지금 완전 지 히어로 하나 생겼다 이거야? 막 감싸네? 나 이런 모습은 또 처음 보네."

진심이 입안 가득 도가니를 우물거리며 물었다. "집에서 누구랑 있어요?"

조영은 활짝 열린 설렁탕집의 대문 밖으로 영두마을을 바라봤다. 아마도 저쯤에 써리원과 미진의 집이 있었던 것 같은데.

"가족이랑 있대."

집에 가는 길에 꽈리가 보이면 한 움큼 꺾어다 가져가고 싶은, 적당히 시원하고 적당히 싱숭생숭한 추석 연휴의 첫날이었다.

***

써리원이 오래 사용하지 않은 식기를 깨끗하게 닦았다. 집 안의 먼지도 마당으로 날려 보내고, 방석을 깔아둔 곳에 미진을 앉히고는 마루를 꼼꼼히 물걸레질했다.

조리 도구가 변변찮았지만 라면을 끓이는 데는 문제없었다. 써리원은 슈퍼에서 진라면과 신라면을 하나씩 사와 두 개의 양은 냄비에 따로 끓였다. 진라면은 미진의 앞에 두고 자신은 신라면을 먹었다. 몸이 상한 미진에게 죽이나 미음이라도 끓여 먹일까 했지만 집에 온 미진이 계속 라면이 든 찬장을 바라보고 있기에 그렇게 했다. 김치도 계란도 없이 단출하게 라면만. 그건 남매가 가장 좋아하던 식사였다.

미진은 써리원이 라면을 반 넘게 비워갈 동안 수저를 뜨지 않았다. 퉁퉁 불은 면발 사이로 진라면의 고기 고명만 뚫어져라 보았다. 써리원은 긴 실타래 같은 머리카락을 묶어주었다. 면발을 먹기 싫을지 몰라 숟가락도 새로 가져다주었다.

미진의 쭈글쭈글해진 입가가 보였다. 입술 주변으로 각질과 건선이 일어나 있었다. 써리원은 반듯하게 접힌 손수건에 물을 적셔 미진에게 내밀었다. 미진은 잠시 고민하다가 손수건을 받아 입술을 적시고 한참을 닦았다. 언뜻 고개를 푹 숙이고 눈가를 닦는 것 같기도 했는데 써리원은 일부러 그릇에 얼굴을 박고 보지 않았다.

　면발 하나를 아주 오래 씹고 있으니 앞에서 젓가락 부딪치는 소리가 들렸다. 후룩, 하고 국물을 마시는 소리도 들렸다. 고작 라면 한 그릇으로 아버지의 위패를 앞에 두고 지낸 추석 상이었다. 남매는 얼굴을 거의 보지 않았고, 대화도 전혀 하지 않았지만 자기 앞의 라면 그릇을 남김없이 다 비웠다. 써리원은 그것이 미진과 아주 긴 대화를 한 것이라고 생각했다.

*　*　*

"선배님, 회사 차리면 꼭 연락하세요. 진지하게 이직 검토해볼라니까."

　송화가 조영의 손을 꼭 잡고 비장하게 뜻을 내비쳤다. 곁에서 가습기가 엄청난 위용을 뽐내고 있어, 두 사람이 마치 대단한 결의를 하고 있는 듯이 보였다.

"차리기 전까지는 연락하지 마?"

"크. 이 선배님의 까칠함. 사포 같아. 난 이런 게 왜 좋을까. 중독됐나 봐요."

　송화의 너스레에 옆 침대의 커튼이 확 걷혔다.

　로이가 짜게 식은 눈으로 물었다. "거기, 병문안 와서 너무 떠드시네요."

"우리한테 너무 관심이 없는 거 아니에요?" 배를 깎아 먹던 앤비도 한술 더 뜨며 말했다.

성 실장의 뒤로 양손에 20개들이 팥빵 쇼핑백을 든 쎄리원이 따라 들어왔다.

"실장님, 이 사람들 몸도 안 좋은데 무슨 빵이에요. 그냥 저 주세요."

"웃기지 마라. 내가 먹으려고 가져왔다."

송화가 입을 삐죽거리더니 들고 왔던 미니 캐리어 안에서 압축 팩을 꺼내 쎄리원에게 내밀었다.

"자, 이거 네 거야. 열심히 만들었는데 창고에 처박아두기가 아까워서. 거의 새것 아니냐?"

샤이닝컴퍼니에서 만들었던 쎄리원의 코스튬이었다. 쎄리원이 고글과 글러브를 꺼내 만져보았다. 조영이 마지막으로 리뉴얼해준 버전에, 세령도에서 조금씩 긁힌 자국들을 빼고는 깔끔한 체리 레드에 스트라이프 패턴의 도색이 은은하게 빛났다.

성 실장이 고글을 손끝으로 만지며 감탄했다. "영이, 얘는 이런 색을 참 잘 쓰네. 잘못 쓰면 촌티 나는데 앞으로 50년은 고급질 것 같은데?"

"저희 선배님이."

"우리 언니가."

송화와 진심이 동시에 운을 떼는 바람에 딱 놀리기 좋은 사건이 생겨버렸다. 조영은 빨간 고글 못지않게 빨개진 얼굴을 들지 못했고 성 실장이 거국적인 박수로 그들의 추앙을 환호했다.

그때 진심의 휴대폰에서 진동이 울렸다. 필릭스가 보낸 메시지였다. 조영은 구석에서 팔등을 뺨에 대가며 조용히 얼굴을 식혔다.

진심이 휴대폰 화면을 째려보고 있자 송화가 고개를 갸우뚱 기울였다.

"영어로 왔어? 읽어줘?"

"저 이제 영어 좀 하거든요?"

"그럼 해석해봐."

"아, 음…… 살려서 고맙습니다. 당신 회사 히어로들은 대단합니다, 모두."

말하면서 그간 필릭스가 왜 그렇게 엉망진창 한국어를 했는지 알 것 같았다. 영어로 아무렇게나 지껄일 때는 몰랐는데, 한국어로 직역해보니 딱 필릭스의 한국어만큼 허술했다.

성 실장이 침대 난간에 팔을 기대고 허허허 하고 웃었다.

"무슨 소릴 하는 거냐? 여기 히어로가 한 명도 없는데."

성 실장이 앤비를 가리켰다.

"저기 그만둔 놈."

그리고 써리원도 가리켰다.

"여기 아직 못 한 놈."

병실 안에 흩어져 있는 전부를 향해 손을 휘젓고 마지막으로 자신을 가리켰다.

"해볼 생각도 없는 놈들."

빵 터진 송화를 시작으로, 병실 안에서 서로 웃음을 던지고 또 퍼뜨렸다.

그러게. 히어로도 아니면서 사람을 구하겠다고 그렇게 진지하게 설쳤네. 조영이 생각했다. 그러니까 사람을 구한다는 건, 돕는다는 건 그렇게 어려운 일이 아닐지도 모른다고. 이 정도 마음만 있으면 충분히 할 수 있는 일이라고.

3부

누구에게나
함께여야 하는 시기가 온다

영원이 있을지도 모른다. 막연하지만 나는 이 사실을 믿고 싶다. 보라, 첫 줄부터 '사실'이라는 말로 단정 짓고 있지 않은가.

영원을 만드는 것은 올림픽의 성화 봉송과 그 궤를 같이한다고 생각한다. 영원은 처음부터 영원이 아니다.

영웅적이라는 것은 이어 나가는 행위를 뜻한다. 이어 나가는 도중에 그 형태가 변한다고 해서 영원이 아닌 것은 아니다. 왜냐하면 영원의 원리는 0이 1로 변하는 일만큼 단순하고, 그 사이에 수많은 소수점의 변칙도 존재하기 때문이다.

0에 가까워졌다고, 누군가는 일찌감치 포기한 것을 끝까지 건네받아 기어코 1로 만드는 게 영웅의 본분이다. 그 0이 1에 가까워질 만큼 먼 거리를 달려, 다시 1의 구역에 꽂아 넣기만 해도 충분하다. 영원을 위해 나의 모든 걸 포기하고 삶을 희생해야 할 것 같지만, 영원이라는 말은 그렇게 어렵지만, 사실은 0에서 1만큼만 움직이면 되는 일.

남을 구하고 돕는다는 건 그런 일. 한 줄의 글로도 노래로도 눈길로도, 금세 구해지는 쉬운 사람들. 스타 히어로의 탄생은 사람들이 더 쉬운 도움을 요청할 수 있게 만들었고, 우리는 모르는 사이에 굳이 히어로가 아니더라도 서로가 서로에게 쉬운 도움을 주고받을 수 있음을 학습한다.

좋은 말을 쉽게 한다는 건 왜 이리 부끄러울까?

그건 아마 그 자체로 영웅적인 행동이기 때문이겠지.

***

조영은 세령도에서와 같이 자신에게 들어온 인터뷰를 모두 거절했다. 대신 만일 인터뷰를 한다면 늘어놓았을 말들을 태블릿의 메모장에 적어 파일로 저장했다. 머잖은 데뷔 프로모션에 좋은 소스로 쓸 수 있으면 좋겠다, 그 정도의 생각이었다.

누군가 밖에서 캠핑카를 두드렸다.

"저희 이제 다 정리돼서요. 손도장 찍으러 왔어요."

어린이집 교사의 등 뒤로 아이들이 떼를 지어 기웃거렸다. 몇몇 아이들이 스케치북을 들고 있는 걸 보니 사인을 받고 싶어 하는 듯했다. 조영이 멀리 손을 흔들어 써리원을 불렀다. 빨간색과 하얀색의 얼룩무늬 캠핑카 위로 아이들과 교사가 빈 여백에 빨간 손도장을 찍었다.

"원래는 다 흰색이었다면서요? 벌써 이렇게 채우신 건가요? 그럼 이제 곧 데뷔도 하겠네요."

"네, 이제 얼마 안 남았어요. 기대해주세요. 생각보다 금방 채운 걸 보면 지방에 히어로가 많이 부족하긴 한가 봐요."

조영이 써리원의 데뷔 프로모션으로 선택한 게 바로 이 캠핑카였다. 서울을 제외한 전국의 지방에 몇 주씩 머물고 이동하면서, 특히 히어로가 적은 지역의 사건 사고를 해결했다. 한가할 때는 이능력뿐만 아니라 일손이 필요한 곳에 가서 도왔고, 도와준 사람들에게 다른 사례 대신 손바닥 도장을 찍어달라고 했다. 점점 알록달록한 점박이 차가 되어가서, 진심이 캠핑카 옆에 서 있으면 꼭 마스코트처럼 보였다.

하얀 캠핑카에 찍히는 빨간 손도장. 하얀 차가 완전히 붉게 변하는 날, 써리원은 기다리고 기다린 정식 데뷔를 치르게 될 예정이었다. 이 프로모션은 세간의 관심을 불러일으켰고, 조영과 진심이 써리원이라는 예비 히어로의 전국일주 다

큐멘터리를 찍어 사람들의 기대치가 점점 높아지고 있었다. 화려하지 않고 담백한 영상, 꾸밈없이 정말 히어로가 필요한 사람들을 찾아간 이야기들이 사람들의 호감을 샀다. 닭과 눈싸움을 하다가 갑자기 다음 장면에서 같이 줄넘기를 하고 있다거나 마을회관 할머니들의 뻔쩍뻔쩍한 추천 코스튬을 입고서도 진지하게 활동하는 모습이 히어로 써리원의 정체성을 충실하게 담고 있었다.

데뷔 전에 두 번이나 매스컴을 달군 써리원의 인터뷰를 하고 싶다는 연락과 스폰서의 문의도 쇄도했는데, 이전보다 국공립 단체의 연락이 많아져 조영은 내심 뿌듯했다. 어떤 기반을 다져야 하는지, 사람들이 어떤 본질에 감응하는지, 아이러니하게도 퇴사를 결심한 그날부터 배우게 되었다. 또는 확신하게 되었다.

"그럼, 써리원 형은 레드 심벌 히어로가 되는 걸 노리고 있는 거예요?"

한 아이의 질문에 아이들이 꺄악 하고 소리 지르며 방방 뛰었다. 조영은 어느새 빼곡해진 다양한 붉은 자국들을 보며 답했다.

"음, 그런 건 아니지만 어디서 레드가 행운의 컬러라고 들은 적이 있거든."

"더 멋있어!"

차 안에 앉아 신발 끈을 묶는 써리원의 곁으로 조영이 다가왔다.

"오늘 집에 가지? 이따 비 소식 있어."

조영은 써리원에게 우산을 내밀었다.

써리원은 열 개의 지역을 돌 때마다 한 번씩 미진을 보러 갔다. 그 정도를 미진이 부담스러워하지 않았다. 미진은 서울에 있는 병원에서 치료를 받는 중이었고 서울과 헌사리를 오가며 지냈다. 프리즘에 있는 동안 미진의 기억 속에 잊힌 것들이 많았는데, 그런 게 오히려 써리원과 미진의 관계를 회복하는 데 도움이 됐다.

한번은 써리원이 미진을 만나고 와서 이런 말을 했다.

"시간은 잡을 수 있어도 사람은 잡지 못해요. 사람이, 시간보다 빠르거든요."

그저 정말로 시간을 멈추는 능력이 있는 써리원이기에 하는 말일지도 몰랐지만, 조영에게는 아무리 느린 사람도 시간보다 빠르다는 얘기로 들렸다. 그러니 사람은 사람 자체로 초조할 필요가 없는 것은 아닐지. 조영은 결과가 좋으면 그게 진짜 좋은 건지 착각을 하고 있는 건 아닌지 의심해보곤 했는데, 요즘은 그냥 좋은 게 좋은 거라고 생각했다. 억지로 그러지 않아도 그게 됐다. 같이 전국을 돌아다니는 동안 조영은 조금 단순해졌고 써리원은 조금 섬세해졌다.

"경태 형, 어제 집으로 돌아갔대요."

"진짜? 반성문 500장 쓰게 했다더니 하은 씨가 드디어 받아줬구나. 그렇게 말하니까 꼭 공처가처럼 들리기는 한다."

"그중에 300장을 러브레터로 채워서 그만큼 다시 썼어요."

800장 쓴 거죠. 조영이 하은의 단호함에 고개를 절레절레 저으며 감탄했다. 조영도 하은도 많이 들어왔던 '무서운 여자'라는 말은 별로 좋아하지 않았기에 그 대신, 하은은 정말 '똑똑한 여자'라고 생각했다. 조영은 하은에게서 지키는 법을 배웠다. 때로는 살벌하게, 남들에게 칼같이 보여도 조영과 하은은 좋아하는 것, 소중한 것을 지키기 위해 평생을 애써온 사람들이니까.

"이원."

그리고 조영은 여전히 써리원을 이렇게 부르고는 했다.

"고수가 나로 변장했을 때 어떻게 알았어?"

"하는 말을 보고 알았어요. '만나게 해줄까'라고 했거든요."

조영이 써리원의 옆얼굴을 돌아봤다. 청소하지 않은 공터에 바짝 마른 단풍잎이 여기저기 조각나 있어서, 절기는 아직 가을 같았다.

"뭐뭐 해줄까, 이런 말. 선배는 잘 안 써요. 항상 그냥 하는 거라고, 뭐 대단한 게 있냐고 하면서."

써리원은 조영을 보고 알게 되었다. 대국적인 운명을 논하는 게 아니라, 옆에 있는 사람부터 구하는 게 히어로라는 것. 커 보이는 일일수록 단순하게 생각하면 도움이 된다는 사실을 알았다.

설거지 당번을 마친 진심이 차 안으로 불쑥 뛰어들었다. 써리원의 팔을 찔러가며 하고 싶은 말이 있는 눈치였다.

써리원이 진심을 바라보았다.

"저, 오늘 언니랑 둘이서 자요."

진심은 의기양양한 미소를 띄웠다. 써리원이 뭐라 반응해야 할지 모르는 기색으로 눈만 끔벅거리고 있자 진심이 덧붙여 물었다.

"부럽죠?"

채근의 뜻이 담겨 있었다. '빨리 부럽다고 해.' 조영은 잔잔히 웃으며 속으로 생각했다. 얘한테 그런 거 백날 말해봐라. 돌한테 말하는 거랑 다를 거 없지. 써리원이 훌륭한 히어로의 재목인 이유는 상대를 속 터지게 하는 능력을 타고났기 때문이다.

"조심해. 밤에 운전하는 건 거의 출동이라고 생각해."

조영의 습관적 잔소리가 시작되자 써리원은 가방을 챙기고 적당히 한 귀로 흘렸다. 써리원은 자신이 아무리 노련한 히어로가 되더라도 언제나 조영이 자신을 걱정한다는 점만은 변할 일이 없을 것 같아 좋았다. 사전에 걱정이 많은 사람은 생각보다 진심 어린 후회를 하지 않으니까.

"네, 뭐……." 써리원은 말려 들어간 후드의 모자를 빼내고 물었다. "오브 콜스 레이디, 할까요?"

진심과 조영은 가로등이 드문드문한 밤의 항구를 걸었다. 방파제와 윤슬 사이로 시간이 멈췄던 그때처럼 항구의 바람이 선선했다. 진심은 요즘 육안으로 인공위성과 진짜 별을 구분하는 데 빠져 있었다. 아르바이트를 해서 제 돈으로 망원경을 사고 싶다고 했다.

"와, 저건 진짜 모르겠다. 언니, 저거요. 언니가 보기에는 어때요? 인공위성치고는 은은한데. 가끔 가다 한 번씩 깜박이는 것 같기도 하고."

한쪽 눈을 감고 걷던 진심이 휘청거렸다. 조영에게 자신이 보고 있는 진위 불명의 별을 가리키려다가 그랬다. 좁은 길은 아니었지만 조영은 내심 놀라 진심의 팔을 끌어당겼다.

"조심해."

진심은 아랑곳하지 않고 이번에는 두 손으로 눈을 비비며 걸었다. 덕분에 조영은 진심이 가리킨 곳을 바라보기는커녕 진심에게서 눈을 떼지 못했다.

"언니, 근데요. 나중에 공기가 더 안 좋아지고 대기가 흐려져서 진짜 별을 보기 힘들어지면요. 사람들은 인공위성을 별이라고 생각하면서 살게 되지 않을까요? 그때 태어난 애들은 진짜 별이 어떤 건지 모르게 되고. 지금도 대도시에서 태어난 애들은 잘 모르잖아요."

"그러게. 확실히 그건 슬픈 일이지만……."

한때 조영이 해본 적 있는 걱정을 진심의 입에서 똑같이 들었다. 같은 나이대의 조영은 쓸데없는 고민을 한다는 말을 들으면 다신 꿈꾸지 못할 것 같아서 일기에만 적고 덮었지만 진심은 달랐다. 무슨 생각이든 우선 꺼내고 상처도 호응도 흠뻑 받아낸다. 누구도 이 아이가 꺼내놓는 진심을 막아내지 못할 듯했다.

"그날이 온다 해도 진짜 별의 모양을 알고자 하는 사람들이 분명 있을 거야, 너처럼. 10년이 걸린대도 100년이 걸린대도 그걸 관측해 보여주겠다는 사념으로 일생을 벼리는 사람이 있을 거고. 도자기나 탑 하나를 만들려고 평생은 물론 몇 대를 거쳐 같은 일을 해온 장인들의 기록을 박물관이나 유적지에 두고 보존하는 건, 우리가 살아가는 데 그런 정신이 필요하기 때문 아닐까?"

아주 적고 희귀하지만 이 희박한 가능성을 실현해낸 사람도 있노라고. 낭만, 진실, 희망, 내일, 그렇게 불리는 것들을 포기하지 말라고.

"그 기록을 보고 관측을 이어온 사람들 덕에 결국에는 반드시 별의 모습을 알게 될 거야. 언제나 그 속도는 별빛이 지구에 닿는 것보다 빨랐지. 인간의 생은 별로 길지 않고, 명이 짧은 것들은 상상 이상으로 집요하거든."

"하긴, 다 쓴 것 같은 치약도 버리려고 하면 갑자기 잘 나오잖아요."

하나로 물든 웃음소리가 나루터 위로 번져갔다.

조영은 진심을 보면서 세령도에서의 일을 겪고도 어떻게 저리도 당당하게 자랄까, 하고 생각했다. 도리어 그곳에서의 고통이 진심을 벼려낸 걸까. 어쩌면 태어나기를 파도였을지도 모른다. 하늘을 덮고 자란 아이라 기약 없이 올려다보는 것쯤은 초조해하지 않는 것일까.

인간이 마음에 세울 수 있는 방파제의 크기에는 한계가 있어 재지 않고 다가오는 파도 앞에 결국엔 무력해진다. 오래된 문명을 쓸어간 해일은 파괴적이지만 때로 처음부터 다시 시작할 기회를 주기도 한다.

종종 써리원을 미진에게 보내고 둘이서 저녁 식사를 했다. 그러다 한 번, 진심이 당연하다는 듯이 했던 말을 떠올리고 국이 다 식을 때까지 골몰했던 기억이 있다. 어린애들은 어른들이 일하는 데 방해가 된다는 이야기.

"언니, 뭐 해요! 이 언니 또 밥 안 먹네."

열댓 살 어린 진심에게 진심으로 혼나면서.

유년기의 기억이 모두 보육원과 공장에 몰려 있는 아이. 진심의 성공과 실패의 척도는 버림받지 않음에 맞춰져 있었다. 그래서 그날부터 조영은 진심을 가족에게도 맡기지 않고 무조건 데리고 다녔다. 어디든. 무얼 하든지. 당연히. 타인의 필요와 인정에 허덕거릴 걱정을 하지 않는다면, 순수한 힘을 품고 넘실거리는 진심은 분명 더 먼 곳을 볼 것이었다. 더 먼 곳으로 갈 아이였다. 땅만 보고 걷던 진심이 언젠가부터 하늘을 올려다보고는 했다.

일광에 가려 낮에는 보이지 않는 가장 희미한 별빛이라도 보고야 마는 것이 조영의 눈이었고. 너같이 대담한 마음으로 시행착오를 겪는다면 어설펐다 하더라도 그게 어떻게 실패일 수 있겠어? 아직은 그런 번듯한 이야기를 해주기에는 솔직하지 못한 어른이더라도.

"언니는 누구보다 히어로라는 직업을 사랑하는 것 같은데 한 번도 되고 싶어 한 적은 없다는 게 신기해요."

"사랑하기는…… 제일 뭔가, 보여줄 만한 게 많으니까. 기술도 예술적인 분야도 요즘은 다 히어로 업계에서 최신 동향을 보이는 경향이 있고."

"에이, 진짜! 듣는 사람도 없는데, 여기 저 말고 누가 있다고 그래요!"

진심이 입을 떡 벌리며 조영의 앞을 가로막기에 조영이 멋쩍게 멈춰 섰다. 가로등이 꺼질락 말락 하는 박자에 맞춰 괜히 조영도 눈을 깜박였다.

"네가 듣으니까 그러지, 네가."

바다도 듣고, 저 위에 별들도 듣지. 프로듀서의 덕목은 언제나 말조심이거든. 낮말은 동업자들이 듣고 밤말은 알고리즘 스피커가 듣는다고. 제작 소스 털리고 인풋이 좁아져서 자가 복제만 하는 피디들이 어떻게 되는지 아니.

이렇게 실없는 농담을 줄줄이 늘어놓았다. 진심이 어른들의 부질없는 말은 귓등으로 넘기고 본심만을 받아들이는 영특한 아이라서 얼마나 다행인지 모른다.

히어로가 되고자 하는 이들의 꿈을 들여다보고 있으면 어느 순간 조영은 별이 친숙하게 느껴졌다. 눈에 보이는 것보다도 가까이 있는 듯했다. 조영의 별, 스타가 될 원석들. 많은 프로듀서가 생각지 못하거나 실패하는 일이었지만 프로듀서는 스타를 시기할 필요가 없다.

조영은 믿고 있었다. 별과 내가, 히어로와 프로듀서가, 만들어지는 사람과 만드는 사람이, 사실은 서로가 서로의 꿈이라는 걸. 나와 별은 언제든 위치를 바꿀 수 있는 사이라는 것도.

앞으로도 오래 0을 1로 만들며 살고 싶었다. 더 멀리 가지 않아도, 0과 1 사이를 오가는 것만으로도 사람을 구하며 살아갈 수 있으니까. 앞이 보이지 않는 까만 밤에도 단 하나의 별을 띄우면 많은 이들이 그를 보고 길을 찾을 것이다.

조용히 진심의 곁에서 실어 보낸 조영의 오랜 꿈이었다.

작가의 말

핑크색 캡 모자를 쓴 무대 아래의 히어로

시작할 용기보다 그만둘 용기가 없는 사람들이 있습니다. 이 소설은 오로지 이 문장으로부터, 정확히는 처음에 제목으로 지어놓았던 '누구에게나 당하지 않으려면 그만둬야 하는 순간이 온다'라는 말로부터 시작하고 맺혔습니다.

자신의 인생에서 큰 파이를 차지할 만큼 어떤 일을 오래 하고 있다 보면, 그만두기는커녕 멈추는 것조차 두려워지곤 합니다. 누군가는 그것이 장기 연애를 하는 것과 다를 바 없다고 합니다. 그 말이 딱 맞습니다. 그게 없는 나를, 그걸 하지 않는 나를 나라고 할 수 있을지. 내가 그걸 사랑하며, 미워하며 보낸 시간들은 다 휴지 조각이 되는 건지.

소설 《개를 훔치는 완벽한 방법》에는 '때로는 휘저으면 휘

저을수록 고약한 냄새가 나는 법'이라는 대사가 나옵니다. 억지로라도 붙들고 있는 게 썩었다는 건 자신이 더 잘 아는 법이겠죠. 저 역시 그러한 무언가를 그만두면서, 아니, 그만둘 용기를 내기 위해 이 이야기를 쓰기 시작했고 이 소설을 새로이 '시작'하면서 그동안 잊고 있던 하고 싶은 얘기들을 발견했습니다. 바로 화려한 플레이어의 뒤에 있다고 여겨지는 엔지니어들의 이야기들을요. 그들은 뒤에 있는 게 아니라 검은 옷을 입고 옆에 있다는 것과 그들의 이어달리기로 무대 위의 영웅이 탄생한다는 것. 평생 히어로라 불리지 못해도 자신이 하는 일에 최고의 자부심을 가진 히어로 프로듀서들에게, 이 소설에서만큼은 핑크색 캡 모자와 빨간 스팽글이 달린 점퍼를 입혀주고 싶었습니다.

히어로가 주인공이 아닌 히어로물이 소설로 하나쯤 나올 때도 되었다는 일념으로 달려온 긴 시간, 마침표를 찍어주신 쌤앤파커스, 특히 이 글을 발굴해주시고 오랫동안 연락을 주고받으며 고생하셨던 홍윤선 님께 가장 먼저 감사를 드립니다. 또 갑작스러운 연락에도 불구하고 흔쾌히 추천사를 써주신 강민영 작가님께도 정말 감사합니다. 크라우드 펀딩 '히로-인 프로젝트'에 참여해 처음 이 소설을 장편으로 쓰라고 부추겨주었던 사이드킥_P 팀. 기은송, 김유진, 다미, 만취, 왕

우영, 이자영, 주주, 현이서, 해밥. 매사 번창하고 건필하시기를 바랍니다.

　서로가 서로의 인생에 0이자 1인 나의 어머니께, 언제나 나를 주인공으로 생각해주셔서 고맙습니다. 반드시 만드는 사람, 곁에 있는 사람이 주인공일 수밖에 없는 소설을 썼으니 언젠가는 반드시 어머니의 인생에 자신만 생각하는 나날이 되돌아오기를 바랍니다. 그날을 위해 부단히 노력하고 사랑하겠습니다.

　첫 장편소설이라 감사 인사가 너무 긴가 싶은데, 이 소설은 무엇보다도 당연하게 여겨진 존재들에게 감사하는 소설이라고 생각합니다. 누군가의 사랑과 꿈과 동경을 만드는 모든 분들, 무엇이든 용감하게 그만두고 정진하며 시작하시기를.
　여러분의 별이 언제나 가슴속을 따끔하게 만들기를 기원합니다.

2025년 여름
포충기 소리에 놀라며
오조

히어로 프로듀서 퇴사하겠습니다

2025년 7월 30일 초판 1쇄 발행

지은이 오조
펴낸이 이원주

콘텐츠개발실 정혜경, 홍윤선 **디자인** 정은예
마케팅 양근모, 권금숙, 양봉호 **온라인홍보팀** 신하은, 현나래, 최혜빈
디자인실 진미나, 윤민지 **디지털콘텐츠팀** 최은정 **해외기획팀** 우정민, 배혜림, 정혜인
경영지원실 강신우, 김현우, 이윤재 **제작실** 이진영
펴낸곳 팩토리나인 **출판신고** 2006년 9월 25일 제406-2006-000210호
주소 서울시 마포구 월드컵북로 396 누리꿈스퀘어 비즈니스타워 18층
전화 02-6712-9800 **팩스** 02-6712-9810 **이메일** info@smpk.kr

ⓒ 오조 (저작권자와 맺은 특약에 따라 검인을 생략합니다)
ISBN 979-11-94755-56-2 (03810)

- 이 책은 저작권법에 따라 보호받는 저작물이므로 무단전재와 무단복제를 금지하며, 이 책 내용의 전부 또는 일부를 이용하려면 반드시 저작권자와 (주)쌤앤파커스의 서면동의를 받아야 합니다.
- 잘못된 책은 구입하신 서점에서 바꿔드립니다.
- 책값은 뒤표지에 있습니다.
- 팩토리나인은 (주)쌤앤파커스의 브랜드입니다.

쌤앤파커스(Sam&Parkers)는 독자 여러분의 책에 관한 아이디어와 원고 투고를 설레는 마음으로 기다리고 있습니다. 책으로 엮기를 원하는 아이디어가 있으신 분은 이메일 book@smpk.kr로 간단한 개요와 취지, 연락처 등을 보내주세요. 머뭇거리지 말고 문을 두드리세요. 길이 열립니다.